OVERLORD
15

半森林精靈的神人 上

OVERLORD [15] The half elf God-kin

丸山くがね 插畫◉so-bin

Kugane Maruyama | illustration by so-bin

Kadokawa Fantastic Novels

Contents 目錄

Prologue

教國的國家元首——最高神官長。
身為宗派最高負責人的六位神官長。
司法機關長、立法機關長、行政機關長等三大機關長。
在魔法開發與研究上擔任要角的研究館館長。
軍事機關長——大元帥。
以上總共十二名人士組成的集團，正是國內的最高執行機關。
這是教國國內的最高掌權者集團，也是左右國家將來的集會。
在這既不算多寬敞也不豪華的房間裡，沒有一個人神色開朗。
當然，沒有幾個人會在這種場合表現得開朗歡快。但是，在場成員都是為教國服務的同志，交情也久到可以在對話中穿插些小幽默。換作是平常的話，氣氛會比這再輕鬆一點。唯獨這次卻有種緊繃的氣氛支配現場。
「魔導國開始進犯王國了。或者應該說，早就開始行動了。魔導國太可怕了……就連首當其衝的王國都整整一個月渾然不覺。我們作為耳目的風與水也早已被剷除。要不是有『占星千里』在的話，知道得會更晚……可以說王國的命運已經確定了。我們沒剩下多少時間了，勸誘冒險者的工作必須加緊腳步。」

最高神官長眼睛轉向土神神官長——雷蒙·札克·洛朗桑。

「已經在全力進行了。」

雷蒙回答後，研究館長向他問道：

「那個國家擁有的魔法道具就這樣白白讓給魔導國太可惜了，有沒有辦法能弄到手？特別是該國的祕寶——不滅護符（Amulet of Immortal）、守護鎧甲（Guardian）、活力護手（Gauntlet of Vitality），以及——」研究館長彎著手指一一數來後放慢速度，用意是強調最後這一項才是最重要的，說道：「剃刀之刃（Razor Edge）。」

「沒辦法，實在顧及不到那邊。能動員的人手有限。況且還得疏散王國國內的教國國民才行。」

「……魔導國都要攻打過來了。那個戰士長過世後，應該會由下一個戰士長候補，那個叫安格……勞……咳咳……什麼的男人裝備吧？」

大元帥這麼一問，研究館長再次開口：

「您是說布萊恩·安格勞斯吧，您說得對。直接把他連同裝備一起擄來就是了。那人總沒蠢到馬都快摔落懸崖了還繼續騎著吧？或許一開始會不高興，但很快就會開始感謝我們了。」

「但是根據我們的調查，我不認為那位男士是那種人。」

火神神官長——貝妮絲・納格亞・桑蒂尼說道。她是最高執行機關的兩名女性之一。

「妳真看得起他。」

聽到另一名女性——司法機關長這麼說，她露出了微笑。

「是啊。我們神官長在給予那位男士高度評價的同時，也判斷他不會接受我們的招待，已經指示屬下避免與他進行接觸了。」

「也就是說——跟那個戰士長一樣了？像他們那種不懂得放眼大局又不合邏輯，只憑感性行動的想法，我實在無法理解。」立法機關長如此低語後，發現有幾人對他投以並不友善的眼神，急忙開口補充：「恕我失禮，我似乎講得太過分了一點。但考慮到今後——人類的將來，我認為不愛惜生命是錯誤的行為。關於這點無論受到誰的批評，我都無意改變觀點。」

「我不否定你的這種觀點。」原本對他投以不悅眼神的其中一人，多明尼克・伊雷・白多士——風神神官長溫和地說。「但我們也有我們堅定不移的理念，不是嗎？我的意思是，那種抉擇就是他的理念。」

「圭爾菲老師也同意他的看法嗎？」研究館長略顯不滿地說道，枯樹般的老人——水神官長席內丁・德蘭・圭爾菲點了個頭。「……既然如此，關於這件事，我不會再有任何意見。」

「優秀人才願意來到我國是好事，他們目前都還好嗎？」

目前已經有幾個冒險者隊伍來到教國。這些人多半都是祕銀級，不過依據水明聖典收集情報的結果，也邀請到了一些前途無量的人才。

「沒好到哪——不，我是說不甚理想。」負責招納等工作的光神神官長，伊翁．加斯納．德拉克羅瓦說道。「雖說請他們來都是經過本人的同意，但很多人似乎心裡還是不舒——有心病，覺得他們對太多人見死不救。」

與會者當中有人告訴他，講話不用這樣畢恭畢敬的。伊翁堅毅地回答：「對前輩講話怎麼能沒大沒小？」又急忙改口：「這是晚生該做的。」

的確，他在只有神官長們出席的會議不是一定都講敬語。但那是因為他們幾個神官長的關係比這更為親近。

「所以——我們認為最好解決一下這種心病。」

「如何解決？」

對於司法機關長的詢問，雷蒙回答：

「我們認為既然是救人不成造成的心病，就該用救人的方式來治療——我們有意請他們先前往龍王國，在當地對付那些獸人。」

立刻有人附和：「原來如此。」

他們早已接獲消息指出魔導國與龍王國走近，該國買下了不死者。也知道那是非常強悍的不死者。

若是對此事置之不理，教國在龍王國的影響力將會日漸低下，魔導國的影響力則是與日俱增。就從預防此事發生的觀點來說，算是一個良策。然而，也有人表達憂心的意見：

「把我們勸誘的前王國冒險者送往監視不到的地點，不怕他們洩漏機密，讓魔導國知道他們與王國相互爭戰時，我們也在檯面下悄悄行動嗎？與其那樣，讓他們短期間內留在國內不是更安全嗎？」

「這方面應該不用擔心。他們知道王國的現況——而且對於自己見死不救感到後悔，我不認為他們會替那種殘忍無道的國家出力……除非是被精神控制系的魔法操縱開口，這個可能性我無法否認。」

「不，比起這個，真正該擔心的是被魔導國知道我國擁有能使用傳送法術的魔法吟唱者（Magic Caster）吧？」

「……的確，你說得對。」

「雖然我們偽裝成用魔法道具進行傳送，但也許有的冒險者已經看穿真相。就算試圖封口，也不知道情報會從哪裡以什麼方式洩漏出去……既然有可能被魔導國看穿我們的一張底牌，或許還是打消這念頭比較好。」

席內丁・德蘭・圭爾菲一面連連咳嗽，一面說道：

「……嗯，嗯……抱歉。我明白你的想法。但我個人認為底牌被對手知道，從另一方面來說也具有讓對手產生戒心，不敢衝動行事——這種嚇阻的效果。」

「我也贊成老師的看法……像三重魔法吟唱者（Triad）就是個例子。我看不需要這樣神經兮兮的吧。」

「哎呀，可是請問有多少人知道妳舉的這個例子？帝國的大魔法吟唱者能運用多少程度的魔法，世人所知的不都是些未經查證的情報嗎？」

「如果是妳說的那種人的話，應該也不會太注重『傳送（Teleportation）』的真偽吧？」

經過一番激烈討論，最高神官長認為再談下去也談不出個結論來，決定採取多數決的方式。最後還是決定讓冒險者們前去支援龍王國。

話雖如此，挖角來的冒險者們對教國而言其實跟傭兵差不多，不能期待他們有多少愛國心。因此在場的教國首腦陣容心裡的想法是，即使冒險者們外派後在龍王國落地生根也無所謂。因為教國將他們帶離王國只是為了避免痛失人類種族的強者，壯大國力並非他們的主要目的。

「要是我們能開發出第五位階以上卷軸的製作方法，使用起『傳送』就輕鬆多了……」

「沒辦法，花了數百年的歲月也沒成功。再慢慢研究吧。」

作為一項祕藏技術，教國擁有到第四位階為止的卷軸製法。這是周邊其他國家所沒有的技術。教國另外還擁有多項類似這樣的祕藏技術。數百年來，他們一直在開發用來保護人類、能夠戰勝能力高於人類的種族的技術。

例如他們也已經成功製造出人稱「神血」的藥水。但是由於性價比太低，目前仍在日夜進行研究改良。

「不過話說回來，魔導王怎麼會忽然做出那種大屠殺行為？就算說援助聖王國的物資遭人劫掠好了，那樣報復也太過火了。關於這方面，軍方是如何分析的？」

「第一種可能性是示威行為。」

大元帥豎起一根手指說道，有幾個人點頭同意。

「第二種可能性是，魔導王終究還是個不死者。」

「你們或許認為他是受到對活人的憎恨所支配，但我不同意。就算是等待開戰的導火線已久，回顧魔導王以往的行為模式，這次的舉動還是讓我覺得不大對勁。」

「老師說得對，我們軍方也推測這個可能性比較低。」大元帥一本正經地如此說完，

「那你就別故意講話吊人胃口啊。」或是「我看你只是想模仿上次的雷蒙吧。」還有「你有時候真的很不會看時間與場合耶。」等意見此起彼落。

「咳哼……而我們認為可能性最大的是第三種。」他豎起了第三根手指。「也就是如同

卡茲平原的情形，意在創造出不死者的多發地帶。」

不知道是誰沉吟著說：「有可能。」

隸屬於教國——多為信仰系魔法吟唱者的這些最高層人士，都深刻明白大元帥這句話的意思。

目的當然是擴大不淨地域，並將該地出現的不死者引進自己國內。這在一般情況來說是不可能的，同樣以不死者為王的魔導國卻能辦到。

有風聲指出魔導國已將同為不淨之地的卡茲平原納入支配範圍，說不定魔導王就是在該地獲得了某些東西，才會採用同樣的手段。

「這樣一想——魔導國的下一手就不難預測了。」

「為何？」

「先在他們與評議國之間製造出不淨地域，這麼一來，該地就會成為他們阻擋評議國的圍牆——」

「——然後就要舉兵進攻教國了，是吧。」

室內陷入一片死寂。所有人都從不同的專業領域拿本國與魔導國做比較，特別是軍事力量方面。

每個人的神情都只能用沉痛來形容。沒有人能維持表情平靜。

只要想起上一場會議接獲的情報，會有這種反應也是情有可原。魔導國在卡茲平原與王國開戰之際，展現的力量無論看在誰的眼裡都太過強大，也太過邪惡了。

就算用上教國的祕密武器——包括神人在內的漆黑聖典也難以抵擋。更何況魔導國的實力依然深不可測，越是深入調查就越是見識到更多黑漫漫的深淵。

「有再多兵力都嫌不夠。這下子或許只能跟評議國締結全面性的同盟了。」

「這樣一來要是有個萬一，他們或許是會派點援軍來吧。」

眾人都露出近似嘲弄的笑臉。

那個國家絕不可能派出足以拯救國難的援軍。

這是明擺著的事。

兩個奉行主義與發展目標南轅北轍的國家，絕不可能建立真正的合作關係。結盟後或許可以期待他們派兵相助，但白金龍王（Platinum Dragon Lord）本人是絕對不會前來馳援的。

一旦其中一國滅亡，剩下的另一國將會全面承受來自魔導國的壓力。為了避免這種事態發生，兩國傾盡全力攜手對抗魔導國才是明智之舉。但問題是，假設——純粹只是假設，兩國聯軍進攻魔導國並真的贏得勝利，之後會怎麼樣？下個瞬間評議國與教國就會變回假想敵國了。

只要稍微考慮到戰後的狀況，兩國都會想盡辦法讓魔導國軍多撥些士兵去對付另一個國家，況且結盟使得人員流動頻率增加的話，反而還會進一步加深諜報戰的激烈度。

就像這樣，即便與評議國結盟，也絕不可能寄予全面信賴。

思考如何僅以教國取得勝利還比較實際。

而且假設真的與魔導國開戰，也必須避免演變成雙方兩敗俱傷的全面戰爭。因為那樣會讓評議國漁翁得利。

理想的狀況是三者互相牽制，但那也得三方力量取得均衡才能成立。

「向魔導國屈膝也是個辦法。我們可以雌伏個幾十年甚至是幾百年，展開行動自內部瓦解魔導國。況且到時候魔導國的內情應該也摸透了。」

「帝國都能成為屬國了，這個方法並非不可行。再說看帝國得到的待遇，看起來似乎不算太悲慘。」

「但是，我們能讓國民接受嗎？」

「恐怕很難吧，一般公民不可能會接受。一個弄不好可能會引發暴動。」

「那種愚蠢的暴徒武力鎮壓便是了。」

「喂，這樣講太偏激了。非到不得已才能這麼做。首先，那些公民可不像我們一樣能接觸到所有情報。」

「照你這樣說，那是要跟公民分享同樣的情報了？就是因為歷史上這麼做曾經導致公民發生暴動，才會變成現在的作法不是嗎？」

「講話別這麼衝。就算魔導國攻陷了王都，應該也需要花時間安撫民心或是進行占領統治吧。考慮到之後的行動，我們還有一點時間——」

「——不，這個說不準。魔導國已經徹底毀滅了好幾座都市與村莊等等，無法保證他們不會對王都比照辦理。」

王都居民人數眾多。把那些人趕盡殺絕似乎有些不實際，但令人不安的是魔導國真的有可能這麼做。

「憎恨生命的不死者啊。」

「……他們在耶・蘭提爾沒有濫殺無辜，讓我們有點鬆懈了。」

「魔導國已經將帝國納為屬國，政治手段擴及聖王國與龍王國，這次又來蹂躪王國。既然如此，最好認為下一個就輪到我國了。不服從就得死。魔導國應該會逼我國從這兩個陳腐至極卻無可迴避的結局中選一個。為此——就算要和魔導國開戰，也得先解決我國的一個問題。」

「唔嗯，必須盡快討伐那個森林精靈爛胚不可。無論今後與魔導國會演變成何種關係，扛著兩個戰場都是最愚蠢的作法。」

消滅森林精靈國一事，早在魔導國誕生以前就是教國兵力部署的一大重心。他們無法傾盡全力處理魔導國的相關問題就是因為這個原因。

「最糟的狀況是與擁有壓倒性軍事力的魔導國正面為敵，但我們的職責就是預設最糟的狀況，調整國家前進的方向。至於那些傢伙，最好能在短期間內擺平他們。」

「我不認為魔導國會在興兵攻打王國的同時又跟我國挑釁，但有可能做出牽制以防我國對急遽生變的事態展開行動。一種可能的方法是在國境附近以假裝自然發生的方式讓不死者出現，達到聲東擊西之效。關於這點最好也先做點防範。」

「說得對……同時……也得為人類物種盡量留下一點可能性。」

有幾個人神情謹肅地點了點頭。

「我們要讓部分民眾避難。前往我們的希望之地……不，是絕望的遺跡。」

說是避難，並不是指教國有其他可以依賴的國家。但也不是要讓民眾淪為流民。

教國在國外擁有僅僅一處避難場所。這個可稱之為祕密村落的地點，曾經是——在六百年前只能驚恐地四處逃命的人類種族，賴以為生的地方。

現由六色聖典之一，土壟聖典鎮守該地。

「……要避難的話最好現在就開始進行準備。人選呢？」

「也不能隨機選擇。我們幾個自然必須留下，那麼不如每個人各自選出代表，讓這些人來進行挑選如何？」

「不，洛朗桑閣下也應該過去。」

「什麼？」

「萬一我們遇難，曾經隸屬於漆黑聖典的你才有能力保護並教導倖存者，不是嗎？」

「我現在已經沒有過去的實力了。況且我們身為組織高層，任何時刻都必須坐鎮本國，離開國內恐怕會讓許多民眾心生疑慮。」

「可是——」

「不——」

「就我的看法——」

幾個人爭辯得益發激烈，同樣又是最高神官長開口了：

「在這事上吵得再激烈也沒用。雖然是重要議題沒錯，但還有時間從長計議。」

沒有人有異議。

「很好。那麼——來談談最重要的議題。那些森林精靈——多少出現一些漏網之魚也無妨。但是，只有那個下三濫森林精靈王必須確實逮到——」

看到最高神官長像是變了個人似地充滿憎惡的表情，雷蒙點頭道：

「我們會給絕死絕命選擇的機會。」

「唔嗯。就算白金龍王發覺那孩子離開國內，以目前這種狀況應該也不會多說什麼。我個人是打算讓森林精靈王嘗受這世上的一切痛苦，再奪其性命——但還是得以那孩子的幸福為優先。有勞各位了。」

「遵命。」

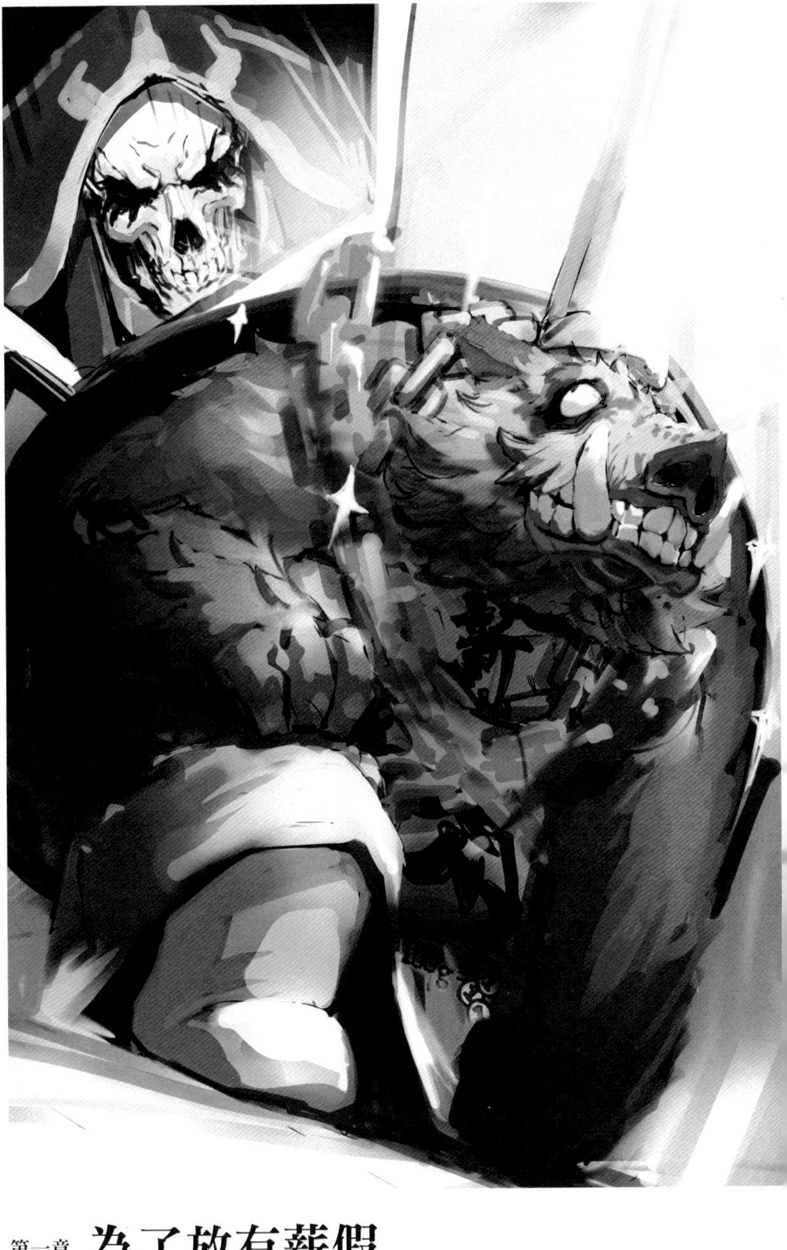

第一章 為了放有薪假

Chapter 1 | To Take a Paid Vacation

1

安茲把厚厚一疊用活頁夾固定的文件翻閱完畢後，翻回第一頁，在角落輕輕蓋上個人印章。稍作遲疑之後，同樣輕輕地蓋上批准章。這樣一來，記載於這疊活頁文件的——安茲認為是超高難度政治問題的解決方案就獲得批准，雅兒貝德將會去遴選人才，著手達成目標。

安茲把活頁文件交給一旁待命的露米埃。這樣本日的最後一份業務就處理完畢了。

安茲將視線轉向時鐘。

時針顯示時間為十點三十分。

安茲的工作時間是從十點開始。換言之從他開始工作到現在只過了半小時，而且最近都是這樣。雖說安茲的工作向來常常都是上午就結束了，但現在這樣未免也太快了。

換作是上班族時期的鈴木悟，絕不會到了這麼晚才來上班——除了排晚班之類的情況例外。只是，這純粹是悟的常識，對於超級企業（Megacorp）等職場的員工來說，在較晚時間進公司不是稀奇事，要是讓烏爾貝特他們來說的話，有勤務時間變更制度反而算是很好命了。

至於活在這個世界的人們——例如安莉或恩弗雷亞等村民，一般來說都是日出而作，日落而息。

居住於都市的庶民大致上也是這樣，只是聽說起床時間會再晚一點，就寢時間也比村莊稍晚。這點主要是受到燈光的有無所影響。除此之外，擁有魔法燈光等多種照明方式的貴族等階層也說過，他們就寢時間較晚，工作的開始時間也就跟著推遲。

那麼納薩力克是否統一於十點開始工作？錯了。

納薩力克是黑色企業中的黑色企業。

首先一般女僕會分成早班與晚班，工作時間相當長。同樣地，負責地下九層警衛工作的科塞特斯的部下們也是如此。休息時間沒個準則，幾乎沒有類似小休息的制度。也沒有什麼點心時間或吸菸時間。

然而，九成的人對這種待遇都沒有怨言。

期望打造一個白色職場的安茲，向一般女僕問過了這方面的意見。

聽了之後的感想是「這些人腦袋有病」。不，或許應該說他們忠心耿耿吧。

當女僕一臉認真地對他說「既然能夠使用道具消除疲勞，當然應該永遠不斷地工作下去了」，安茲聽到渾身都發毛了。而且就連剩下一成回答對待遇有所不滿的人，要求的也是「請再給我更多工作」。

只不過——那種狀況在不久之前已經劃下句點。

這或許是一廂情願的想法，但安茲總是希望能夠建立完善的福利制度。為此，安茲最主要還是著眼於一般女僕們。

首先，她們的等級非常低。還有一個很大的理由，就是她們具有美麗女性的外貌。安茲無意厚此薄彼，但是跟科塞特斯等人相比之下總是不免多照顧她們一點。

只要安茲一聲令下，在這納薩力克之內幾乎所有人都會聽命。但是那樣做有可能會澆熄她們的工作熱忱。

因此，他必須巧妙地說服她們。

於是他這麼說了：

今後，一般女僕可能會有機會帶領指導一些人類女僕。到時候妳們可不能說「我們平常都是這樣」讓她們工作過度。

藉由這種方法，雖然是不情不願，但總算成功減少了勞動時間，增加了假日。

以前是每四十一天放一天假，現在竟然增加了一倍。

變成了放兩天假。

——安茲是覺得根本沒什麼不同，但是增加更多假日可能會引來強烈反彈。應該說感覺得到那種氛圍。因此，他只能就此妥協。

基於這些原因，目前還沒能把休假制度——有薪假、暑假與節日等假日巧妙地排進行事曆。

即使遭到ＮＰＣ反對，安茲仍然強行把這類休假制度編入體系，與其說是為了女僕們著想，說不定是鈴木悟以前跟這類休假幾乎毫無緣分，抱持著憧憬的關係。

因此，安茲又想到了另一招。

就是身為納薩力克頂點的安茲自己少做點事。最高領袖都沒做多少事了，或許眾人也會覺得「我們好像也不用那麼賣力」，藉此達到意識改革之效。

當然另一個理由是安茲有種預感，擔心一點也不優秀的自己率先行動，可能會把納薩力克搞得上下一團亂。

然而這個作法失敗了。

納薩力克的內部人員竟因此改變了想法，覺得安茲不做事是理所當然，應該由大家努力補上。

結果導致安茲那些幾乎只需要批准的少少工作，現在變得更少了。這應該是一件很棒的事。讓一點也不優秀的安茲負責大量工作，對納薩力克來說有害無益。可是為此導致其他成員多費心力，又讓他覺得有點內疚。

（唉……）

安茲眼睛轉向旁邊，看看神情嚴肅規矩——眼神異常有力地——凝視自己的兩名女僕。

她們是今天的安茲班與房間班女僕，兩人一跟安茲對上視線就會詢問有何吩咐，所以安茲沒有正眼直視她們。

（沒必要認真做事到這種地步吧……真希望她們能稍微放鬆一點……這種緊繃的氣氛害我有點胃痛……）

安茲不禁心想，不知道有多久沒看到女僕的笑容了。安茲在心裡最後一次嘆氣，對站在身旁的女僕出聲說道：

「……那麼，露米埃。」

「是，安茲大人。」

「讓我確認一下，我今天的事務就這些了？」

「是，安茲大人，就這些了。」

之所以向她這個今天的安茲班女僕提問，是因為現在雅兒貝德不在的時候，都是由一般女僕負責處理相當於祕書的工作。

看來今天的行程當中，並沒有謁見或交涉之類的工作。

話雖如此，工作還是有可能突然進來，絕對鬆懈不得。而且經由安特瑪的「訊息(Message)」等方式請安茲出面的突發事務總是非常棘手，每次都是那種會讓不存在的胃陣陣絞痛的事情。

「是嗎……」

安茲轉動視線，看向這個房間裡的另一張桌子。

那是應雅兒貝德的強烈要求擺在這裡的座位，但她不在那裡。

大多數情況下，雅兒貝德都會在這個房間裡跟安茲一起辦公，但他們攻陷王都到現在才過了幾天，她似乎忙得不可開交，在納薩力克內頻繁地四處奔波，有時還得前往當地進行磋商，最近難得看到她的身影。

安茲問過女僕自己不在的時候雅兒貝德的情況，聽說就像吃了炸藥一樣。不知道是因為工作量實在太大，還是見不到安茲的關係。

（如果是後者的話，增加見面的時間應該是最好的解藥吧。）

只要這樣能讓她開心，安茲沒有任何理由拒絕。

「…………」

安茲不說話就沒有人會出聲，使得房間完全陷入寂靜。

說句真心話，安茲真正想要的是可以聽到更多閒聊聲音的職場，但這幾年來他已經徹底了解到她們永遠不會那樣做。

實在很寂寞。

（我大概一輩子都得過這種被人服侍的生活了……好吧，這是無可奈何。只是，還是得對環境做點改善。）

安茲平時會把多餘時間用在各種方面上。

像是練習騎馬。

或是假裝閱讀學術書籍，其實讀的是商管書。再來就是政治學書籍——看了半天都沒看進腦子，應該是因為只是隨手翻閱吧。希望不是因為安茲的頭蓋骨裡空空如也的關係。

還會做各種魔法的實驗。

最近還會到科塞特斯那邊練習使用武器，以及跟潘朵拉·亞克特進行訓練。

「那麼——」

他在辦公室自言自語——其實是刻意——大聲說道。

差不多可以開始付諸行動了。

接下來要進行的是幫助亞烏菈與馬雷交朋友的計畫。首先要做好行前準備。

說到要讓兩人交到什麼樣的朋友，首選當然是黑暗精靈。其次是近親種族的森林精靈等等。就算要縱觀今後的世局發展，冷不防——作為第一個朋友——去結交蜥蜴人(Lizard Man)或哥布林(Goblin)未免有點難度。

先從血統較近的種族開始。

他把視線轉向露米埃。

「——我要前往地下六層。隨我來。」

「遵命。」

其實不用說她也會跟來，但還是說一聲比較好。

安茲帶著露米埃，用戒指的力量傳送到地下六層。

只要命令一聲，露米埃就會帶著安茲要見的那些人到房間來，況且身為納薩力克的最高統治者，或許應該直接傳喚要見的那些人才合於身分。安茲之所以沒那麼做，是因為希望圓滿解決此事。為此還是由安茲親自走一趟，表現誠意比較好。

比起蠻橫地把人叫來，自己主動前往更能讓對方感覺自己受到尊重，增進雙方的親近感。而且此地的統治者特地現身，如果能夠藉此施加適當的壓力，必定能讓事情更好解決。

安茲想見的那些人，就是他們過去將一群冒險者引誘進納薩力克時，擒獲的三名森林精靈。

（……其實早在把那些森林精靈安置在地下六層時就該把情報問個清楚了……無奈那時候辦不到。）

那時候到現在已經過了數年，安茲只有在一開始見面時問過最低限度的情報，森林精靈國度或是個人的相關情報都還沒問出來。這是因為當時以及在那之後，安茲都希望能維持解救森林精靈奴隸的友好不死者地位。假如針對她們的居住地點或是森林精靈的詳細情報刨根究底，她們一定不會覺得安茲是本著善意出手相救。

那麼現在問還不是一樣？非也。

現在跟當時只有納薩力克地下大墳墓一塊領土的情況完全不同。

對於吸收了多元種族的納薩力克地下大墳墓——安茲．烏爾．恭魔導國來說，為了與森林精靈國建立邦交，試著獲得各種情報並不是什麼奇怪的事。

（現在這方面要找多少藉口都行。況且好像沒聽說他們倆對那些森林精靈暴力相向……如果她們已經敞開心扉就太棒了，不過還是別抱持太大期待吧。要是當時早點想到的話就好了，可以更巧妙地命令他們……）

安茲想歸想，卻不太想讓亞烏菈與馬雷接受自己的命令，虛情假意地對待那些森林精靈。換成迪米烏哥斯或雅兒貝德之類的話就不會想這麼多了。

剛才一般女僕與科塞特斯的問題也是，被對方的外表左右判斷能力不是一件好事，但安茲不免還是會被外表所影響，大概因為自己是一般人的關係吧。

讓露米埃跟隨左右，安茲在陰暗走道上邁開腳步。走道前方放下了一道格子巨門，陽光從縫隙間灑落。

前面就是地下六層的圓形競技場。

使用戒指可以直接傳送到雙胞胎的住處附近，但他沒這麼做，是因為——

——宛如自動門一般，吊閘猛地向上升起。安茲忽地覺得有點眼熟。來到這世界的第一天他也是像這樣造訪此處，然後見到競技場裡的嬌小人影。

「安茲大人，歡迎您的到來！」

少女用朝氣十足的嗓音對他喊道。

「唔嗯。亞烏菈，我有點事要找妳——要讓妳多費心了。」

看來今天是亞烏菈輪值留守。運氣真好。

隨著魔導國規模擴大，各個樓層守護者也開始負責各種工作。當然，也常常需要在納薩力克以外的地方活動。不過他們似乎已經安排好，在雅兒貝德、迪米烏哥斯、馬雷、亞烏菈、科塞特斯與夏提雅之中，無論何時至少都會有兩、三人留在納薩力克。

大多數時候都是雅兒貝德、科塞特斯與夏提雅這三人留下，但有時科塞特斯必須前往蜥蜴人的村莊，夏提雅也會為了役使龍族而外出。

在這種時候，就會是其他人留下。

這不是安茲下的令。

的確，安茲曾經想過安排科塞特斯擔任納薩力克的防衛主任，夏提雅擔任副主任。但現在的統治區域已經比當時擴大許多。因此，他個人覺得只要有一名守護者留下，其他成員出外工作也不礙事。

只是，他不太想主動給這種意見。

因為安茲擔心當守護者們自主思考採取行動時，他這個絕對君主投下意見，會遭到大家優先採用。他還是比較想尊重守護者的自主性。

更何況遠比安茲來得聰明的雅兒貝德以及迪米烏哥斯既然都同意了，安茲有什麼想法等於毫無意義。比起安茲低於凡人的淺見，守護者們的想法一定更正確。

「是！遵命，安茲大人。那麼您今天蒞臨的目的是？」

「——唔嗯。」

面對笑容可掬的亞烏菈，安茲語氣沉重地回答。其實他講得這麼沉重，並沒有任何意義。用平常那套極具統治者風範的態度正常回答「唔嗯」就沒事了。他只是一想到之後的事情——不知道能不能順利進行，一不小心就回得太沉重了。

只是效果似乎十分強大，亞烏菈頓時繃緊表情。

這下糟了，一定又造成某種誤會了。

「不——」安茲差點大呼不妙，但要是讓她問起什麼不妙就好看了。這方面被追問會導致各種演技大崩盤，搞到他驚慌失措隨口亂講；這點他敢保證。「——不急，對，我來是想先見見那些精靈。」

「……請容我確認一下，您說的『那些精靈』是指那些森林精靈俘虜，是嗎？」

（真是不好意思。我就知道不該亂找話掩飾……拜託別用那麼認真的眼神看我……變回剛才的笑容好嗎……）

「……正是。我想知道那幾人的近況。然後為了走下一步棋，想問她們幾個問題。」

「遵命。那麼我立刻去把她們帶過來。」

安茲早就料到會這樣了。應該說隸屬於納薩力克的每一個人，都會像現在的亞烏菈這樣回話。所以安茲接著說出事先想好的回答——或許也能說是哄騙用的花言巧語。

「不、不了，不需要。我這麼做有兩個目的。」

「……竟然有兩個？大人就連召見幾個俘虜，都想得這麼深遠啊……」

亞烏菈用欽佩的眼神看著安茲。並沒有，我只是準備這套理論來防範亞烏菈還有馬雷你們而已。安茲不能這樣說，不禁稍稍別開目光。

「首先是藉由我主動前去見面的方式，給她們施加壓力。另一個是……這跟那幾個森林精靈沒有直接關係，就是自從我完全支配都武大森林之後，有各種族群來到了這地下六層。我想親眼看看現在變成了什麼樣子。如何，亞烏菈？如果方便的話，我想請妳帶我去變化最大的地方走走，可以嗎？」

安茲基本上將每個樓層直接交給守護者們管理，幾乎從不插嘴，因此，也從來沒直接親眼確認過樓層的變化。這是信任感的證明。如果部下工作處理得當，上司從旁插嘴只會讓部下嫌煩。

所以，安茲只是想順便看看罷了。然而，不知道亞烏菈是如何理解的，整個人的感覺都變了。變得似乎有種戒慎恐懼的氛圍。

「——遵命。原來大人所說的不急，是這個意思啊。」亞烏菈表情謹肅地回答。「還有安茲大人，您不需要問我可不可以！安茲大人是納薩力克的絕對統治者。無論您要去哪裡，都不用經過那個區域的管理者同意！」

「啊……？唔、唔嗯。謝謝妳這麼說。」

「也不用說什麼謝謝……呃，那麼我想花園應該是變化最大的區域，這就帶大人過去看看。」

「花園——」安茲追溯記憶。「——就是那個有部分植物系魔物遷居的場所吧。」

「是的，就是那裡。再來還有將不具智慧的植物系魔物實驗性移栽的隔離區、讓有智慧的植物系魔物居住的區域，其中還有一些魔物用以前建造的村莊作為據點，像人類一樣生活起居，那裡我也帶您去看看如何？」

她所說的村莊是為了讓人類在納薩力克內也能生活——將來若是遇見其他玩家，可以找藉口說納薩力克也在試著與人類共存共榮而建造的聚落，就是個幾間小住家林立的地方。雖然也有田地等等，不過老實說，規模沒大到能稱為村莊。但因為也沒其他稱呼方式了，大家姑且就這麼叫它。

「不知道大人還記不記得，有個樹精叫皮尼松？」

「……嗯，記得很清楚。」

其實不算是真話，因為安茲不太記得她的長相了。只能模模糊糊想起一個人影。不過，他的確記得有過這麼個生物。應該說安茲記得的是那後來的戰鬥，說成跟那場戰鬥一起記住或許比較貼切。坦白講，安茲很不擅長記住別人的名字或長相，如果有名片的話還會在背面寫上見面時的印象。

「那東西在那個村莊裡當起村長來了。」

一問之下才知道，植物系魔物有不少人性情善變，皮尼松得到村長的地位其實也只是自稱。只是，由於她是最早來到納薩力克的植物——曾經面對其他植物系魔物擔任中間人，所以還算有點人望。換個說法大概就像是來自納薩力克以外的植物系魔物之中的代表吧。

聽說這裡也有一些植物系魔物比皮尼松更強，有時不是很聽話，但她有亞烏菈與馬雷做後盾，聽起來目前還沒遇到過什麼困擾。

來到納薩力克的植物系魔物都受到亞烏菈與馬雷的歡迎。所謂的歡迎其實就是單純見識到兩人的戰鬥能力，並且看到一些魔物聽從他們的命令罷了。聽說大多數的魔物在這時徹底了解到彼此的戰鬥能力差距，以後都會乖乖聽從兩人的命令。

除此之外，魔物在這時候看到馬雷讓付費魔物森林龍（Woodland Dragon）跟在身邊，似乎都懷疑馬雷是神，變得一看到他就害怕。而自從牠們看到馬雷又是降雨又是把土地營養提升到可怕的程度之後，這個想法就更堅定了。

「只是，我想並不是所有魔物都真的把他當成神一樣崇拜。因為也有些魔物知道那是森林祭司(Druid)的魔法效果。真要說的話比較像是必須讚揚的存在……該怎麼形容才好呢……」

「嗯——」亞烏菈陷入沉思。

安茲好像能明白那個意思。換言之就跟讚揚那些創建了精美外裝的玩家為「神」有異曲同工之妙。不然就是類似偶像明星的存在，又或者是兩者混合的觀念。

「——原來如此，我大致上了解了。總之只要能讓魔物服從你們二人就行了，無論採取的是哪種手段或方法……啊，唔嗯。就是這麼回事。」

安茲後悔自己不該用這種說法形容兩人妥善的管理方式。

不用講這麼多廢話，只要誠心說一句「很好」就夠了。

安茲偷看亞烏菈的表情，她看起來並沒有放在心上。但是，也許她並沒有把內心想法表達出來。

（明明有那麼多商管書都寫到，不可以講一些讓屬下喪失幹勁的字眼……）

安茲告誡自己以後要再多注意一下講話方式。同樣地，也得多注意口氣以及聲調等等。

「……咳哼。去村莊看看是不錯，不過這次先去花園就好。抱歉辜負妳的提議了，亞烏菈。」

亞烏菈急忙揮了揮手。

「請、請別放在心上！就像我剛才說過的，安茲大人是我們納薩力克的絕對統治者！請安茲大人照自己的想法在這樓層巡視。是我不好，不該沒大沒小地做什麼提議！」

「不、不會……」

（……怎麼會變成謝罪？應該說……亞烏菈從剛才到現在的反應怎麼都這麼反常奇怪？難道是一開始見到她時做的掩飾引起了奇怪反應？比方說以為我在想某些計畫？）

安茲還在困惑時，亞烏菈繼續說個不停：

「在這納薩力克——不，在這世界上，沒有任何地方可以拒絕安茲大人的到來！」

安茲心想：不，世界上多得是我不能去的地方。特別是一些只有女生可以進入的場所，要舉多少例子有多少。可是，就算他這樣說，亞烏菈大概還是會說安茲大人進去沒關係吧。那樣怕會把氣氛搞得很尷尬——對安茲來說——所以他不會這樣回話。

視線稍微瞥向露米埃，只見她正在點頭，一副「說得對極了」的表情。

安茲開始懶得替每件事找藉口了。

不過他留意不把這種內心情緒表現在外，對亞烏菈溫柔地說：

「那就請妳帶路了。」

「遵命！請放心交給我。」亞烏菈用力拍了一下自己的胸脯。「那麼——大人想用什麼方式移動？要不要找個坐騎？」

「也好。可以麻煩妳嗎？」

「是！屬下遵命！」

亞烏菈視線望向另一邊，微微皺眉專注於某件事情。不過，這個動作只維持了短短數秒。

「在更近的距離內有其他魔獸，但我以個人判斷把芬恩以及克亞德拉西爾叫來了。這樣可以嗎？」

「在這情況下妳不用一一向我確認。只要亞烏菈妳認為可以，我沒有異議。」

「謝謝大人。那麼可以請您稍候片刻嗎？」

「好，麻煩妳了。」

安茲如此對她說完，環顧競技場。

在納薩力克當中最適合散步的地點——跟地下九層或十層的樂趣稍有不同——當屬地下六層與五層。特別是如果時間點剛好，在地下五層可以看到難得一見的極光等發光現象。只是，聽說其出現機率設定得非常低。就這層意味來說，散步起來正常愉快的要屬地下六層了。他們正準備前往那裡。

安茲面露微笑，感覺胃痛緩解了不少。

●

「抱歉失陪一下。」亞烏菈說完，稍微離開主人與露米埃的身邊，拿出項鍊。

雙胞胎的項鍊是能夠雙向取得聯繫的遺產級道具。儘管不是效果多強大的道具卻隨時裝備在身上，是因為必須持續配戴兩天以上才能使用。像這樣的道具常常具有強大效果，但是這個例外。而且從使用條件來說，啟動的一方——正確而言是開始通話的一方必須握著這條項鍊，因此很難在險象環生的戰鬥中使用。

不過，使用上的限制也就這些了，有了它就可以無限進行雙向聯繫。

像這樣的道具算不算優秀，值不值得占用一個欄位，可能是見仁見智。

「——馬雷。安茲大人大駕光臨了。」

隔了一小段時間後，馬雷的聲音在腦內響起。

『咦？咦？安茲大人直接蒞臨？為什麼？』

「這還用說嗎？當然是來視察的嘍，視察。」

『咦咦！』

「我想大人親自蒞臨，應該是要確認我們或是領域守護者有沒有妥善管理這個樓層……這次大人只說要視察新蓋的花園……但我看最好確認一下各領域守護者最近有沒有開始打混。」

『是不是因為……這個樓層的外來者最多？還是說只是依序？』

「——啊，說不定喔。」幾件事情在亞烏菈的心中連接起來。當然也有可能只是亞烏菈在亂猜，但應該八九不離十。「安茲大人說他有兩個目的，但是照安茲大人的作風……我不認為會只有兩個……說不定大人沒提起的第三個目的，就是要像這樣喚醒我們的注意力。」

『喔……也就是說雖然外面的工作變多了，但還是要確認我們有沒有把最重要的基本工作也做好？』

至於主人這麼做的原因，亞烏菈心裡有一點點頭緒。

以往那些豔羨不已地看著雅兒貝德或迪米烏哥斯分秒必爭地工作的人——例如夏提雅或科塞特斯——如今也漸漸開始在納薩力克外執行任務了。特別是在毀滅王國之際，他們都以其勇武充分證明了自己的忠義。然而主人也許察覺到了他們這種近乎慶典的狂熱。

不管分配到何種職務，亞烏菈等人終究是納薩力克的樓層守護者。防衛、管理並統轄自己分配到的樓層，是他們永恆不變的職責。主人也許是想質問他們是否都把心思放在新工作上，忘了自己的本分。

可是，如果讓主人親口表示對亞烏菈等人的責任心有所疑慮，這個樓層守護者就白當了。萬一此事被其他樓層守護者——特別是守護者總管雅兒貝德知道，她一定會橫眉豎目地開罵。所以主人才會不直接明講，這就叫做宅心仁厚。

『說不定還有一個目的，就是要經由我們把這件事轉達給各位守護者，好提振大家的精神……』

「有可能喔。那這就是第四個目的了？但總覺得好像還有……」

亞烏菈猜不透。馬雷似乎也跟她一樣。想到如果是迪米烏哥斯或雅兒貝德的話說不定能猜透，就覺得有點不甘心。

「總之，你先讓她們準備一下。」

『……咦？她們？』

「啊，抱歉，還沒跟你說。剛才我不是說大人有兩個目的嗎？一個是視察，另一個就是來見那些安排住在空房間裡的森林精靈。」

『喔，她們啊……她們總是說王族怎樣怎樣的，好煩喔。真希望安茲大人可以把她們帶走。』

馬雷的語氣聽起來是真的很不喜歡。

喜歡躺在被窩裡發懶的馬雷，看在那三個人眼裡似乎是個急需照顧的人，把多出亞烏菈好幾倍的心力用來照料他。像是幫他曬棉被、換衣服，有時甚至還服侍他洗澡。這些對馬雷來說豈止沒必要，好像根本就是礙事，但他在主人的命令下負責看顧她們，在這種狀況下不能對她們的「服侍」不屑一顧。

「——啊，芬恩牠們就快到了。我不確定再過多久就會到你那裡，馬雷，你要馬上做好準備喔。」

『嗯，妳放心。』

解除與馬雷的通訊，亞烏菈回到了主人他們的身邊。

●

納薩力克地下六層百花齊放的花園，如果讓體驗過至今幾層地獄的入侵者來看，必定會猜想花園某處潛藏著擬態魔物，或者是致命陷阱。然而，那種東西這裡統統沒有。

明明是這麼「欲蓋彌彰」的地點，其實並沒有設下任何防範入侵者的機關。

YGGDRASIL不是沒有擬態為花卉的植物系或昆蟲系魔物，只是這裡沒有設置罷了。更進一步來說，也沒有安排這種特別場所大抵來說都會有的領域守護者。

這個就某方面來說算是亞烏菈與馬雷的直轄領域的地方，真的就只是一座美麗的花園。

其實這裡原本是要打造成陷阱的。

一路闖進地下六層的入侵者，不可能會把這裡當成普通的花園。不是提高警覺不靠近，就是先下手為強用附加燃燒效果的攻擊全部燒掉。當時有人提出點子，建議在周圍種植會對火焰等等產生反應而散布劇毒或麻痺毒的花卉。無奈受到三名女性成員的強烈反對，被迫砍掉重做。結果，這裡就變成了平淡無奇的普通花園。

那才是安茲所知道的地下六層花園。然而現在，花園已經變了個樣。

巨大到好像能把一個人包進去的花苞大搖大擺地突出於花園之中。總共有十二朵。一看就覺得很可疑——應該說感覺絕對有鬼。

安茲追溯記憶。

這世界上有很多安茲所不知道的魔物，不過他想起ＹＧＧＤＲＡＳＩＬ也有那種形狀的魔物。

「記得那是蔘根妖精(Alraune)？」

「是的！就是她！」

納薩力克內沒有設置那種魔物，來到這世界後也沒有召喚她們。所以那一定是外來種——從都武大森林帶來的族群。

而在花園的中央，深深插著一把軍鏟。

是神器級（Gods）道具——地球回復。

地球回復是神器級武器，耐久性是高到爆掉沒錯，相反地攻擊性能卻低得嚇人。這是因為大部分的資料數據都被挪用到附加的力量上了。

除此之外，花園裡還有像是巨大安哥拉兔的魔獸——針刺兔（Spear Needle）。那樣一大團穩坐在花園裡，啃著巨大胡蘿蔔不停咀嚼的模樣真是如詩如畫，彷彿置身童話世界。不過，牠被配置在這裡的原因想必不是為了營造氣氛。

實際上要問過亞烏菈才能確定，不過牠應該是監視人員不會錯。

別看牠那樣，等級可是在六十後半。就算蔘根妖精們想作亂也會被牠輕鬆殲滅。

「順便說一下，那隻小白兔正在啃的胡蘿蔔是從田裡收穫的。是皮尼松等植物系魔物各自發揮力量，給予普通胡蘿蔔大量的營養等成分，才會變質成長到那麼巨大。」

「不是發育是變質？讓牠吃那種東西沒關係嗎？雖然說牠等級夠高，一點毒素應該是沒有影響……」

「那個沒有毒的。我跟料理長確認過，說是作為食材達到了合格標準。只可惜不像納薩力克內原有的食材具有增加增益效果的作用，就只是變得更大更甜而已。」

「那樣以食材而論不是相當成功嗎？魔導國內的一般農民有辦法種出來嗎？」

「沒辦法。目前即使在植物系魔物的協助下還是很難大量栽培。就算用上地球回復的力量，好像光是一根就會吸走土壤裡相當龐大的營養……雖然還不到導致土地沙漠化的地步，但是除非使用讓大地恢復營養成分的魔法等等，否則至少也得休耕一年……」

安茲他們看著看著，其中一朵花苞——最大的那朵緩緩綻放了。

「——那是蔘根妖精王(Alraune Lord)。她是這裡總共十四株蔘根妖精的調停者。」

亞烏菈壓低音量跟安茲介紹。她說的必定就是那朵正在綻放的蔘根妖精。

「十四株？」安茲很快地重新數一遍，也壓低音量問道。「不是十二株嗎？」

「是。另外兩株才剛出生，躲在那片花園的花草裡。要不要把她們拖出來？」

「……不了，不用這麼做沒關係。」

在這納薩力克內出生的話應該要算做納薩力克的魔物，還是不算？能力方面呢？安茲心中浮現種種疑問，但還沒向亞烏菈提問，花苞已經完全盛開。

裡面一如想像，有個具有女性外貌的魔物。應該說跟他在YGGDRASIL看到的模樣十分酷似。亞烏菈說那是花王，但除了大小之外沒什麼不同。

頭髮與眼睛跟花朵同色，全身上下則跟花莖一樣都是綠色。沒穿衣服，但皮膚看起來像是以細小花莖構成，硬要說的話其實滿噁心的。

相當於眼睛的部位向上吊起，面容看起來一點也不友善，甚至有點像在生氣。

無意間，安茲感到有點懷念。他想起了聖王國那個眼神充滿威懾感的少女。

安茲不是很擅長記住別人的長相等等，但只有那雙眼睛令他印象深刻。

這隻魔物的臉孔邪惡地扭曲了。

「早安，亞烏菈大人。感謝您今天再次賜予我們燦爛的陽光，我謹代表綠色物種向您致謝。」

從那銀鈴般清澈的嗓音感覺不出敵意。豈止如此，甚至能感覺到敬意。看來剛才的笑臉純粹只是表示歡迎。儘管掛在臉上的表情怎麼看都像是笑裡藏刀。

花王以外的花瓣明顯地動了動，但沒有要開花的樣子。只是，頭沒有完全被花瓣遮住，在頻頻偷看安茲他們。

安茲不知道這種態度代表什麼意思，因此不能說她們沒禮貌。搞不好在蔘根妖精的文化當中，這種態度正是代表了最高敬意。

「那麼——」

花王往安茲看了一眼。

「——這位大人正是納薩力克地下大墳墓的支配者，是將那座森林，甚至是這附近一帶全數納入版圖，統領各大種族的魔導國開國元首，王中之王，至高無上的君臨者安茲．烏爾．恭魔導王陛下！」

亞烏菈驕傲地宣告後，花王的神情不知為何變得更邪惡了。其他蔘根妖精的花瓣都在顫抖，慢慢把臉縮回去。不知這是出於戒心或是恐懼？或者是出於敬服之意？

從她們的表情很難斷言，但安茲覺得似乎是第二個。

「初、初次有幸拜見此地的支配者、魔導國的統治者，以及最不可忘記的，亞烏菈大人與馬雷大人的主人，安茲．烏爾．恭魔導王陛下。」看她張開雙手，應該是在致意。「小女子名叫阿紫。還請陛下今後垂念關照。」

根本就是頭髮的顏色嘛，安茲心想。

該怎麼說呢？這名字也太直接了，好像沒多想就取了。但他不可能把這話說出口。當著人家的面取笑父母親——大概吧——給對方取的名字是最惡劣的行為。

「唔嗯，我會記住的。話雖如此，這個地方我已交給亞烏菈與馬雷看管，幾乎不會由我直接下達指示。妳們聽從兩人的指示行事就是了。」

他不知道兩人是如何管理這群蔘根妖精的，所以先敷衍過去再說。因為安茲有過經驗，知道社長跟部長給的指示如果互相矛盾會把事情搞得非常麻煩。

再說另一方面，他根本不知道蔘根妖精被賦予了什麼職務，又受到什麼樣的待遇，所以不知道還能說什麼。

「遵命，魔導王陛下。」

安茲心想這隻魔物原本住在森林裡還這麼懂禮貌，感到很佩服。不知道她的這些知識是在何時何地獲得的？是兩人教過她，還是——

（——也有可能其實只是講話帶有那種語感，實際上講的話更有蔘根妖精的風格。例如其實說的是安茲大花苞之類的。）

語言能相通應該有很多好處，但搞不好也曾經因為這樣發生過問題。不過就算她真的把安茲叫成大花苞，也無所謂就是了。

就這樣，安茲環顧花園。

除了擋住視線的蔘根妖精似乎有點礙事，其他就跟以前看到的景象完全一樣。

安茲露出似有若無的微笑——當然，臉孔沒有任何變化——啪沙一聲用自己能擺出的最帥動作翻動長袍，轉過身去。狩神狼（芬里爾）與太陽蠹蜥（伊察姆納），還有露米埃都在那裡等著。

安茲往前走，亞烏菈立刻走到他身旁問道：

「已經看夠了嗎？要不要給其他的蔘根妖精拜謁大人的機會？」

「不了，我想沒那個必要。想看的東西都看過了。接著可以請妳帶我去見森林精靈嗎？」

「遵命。」亞烏菈回答，安茲跟她一起騎著芬里爾在地下六層前進。

不久就來到了目的地附近。抬頭一看，從幾棵樹木伸出的枝椏縫隙間，可以窺見亞烏菈與馬雷當成住處、形狀有點歪扭的樹。

一行人只用了幾秒就穿過樹林，一片草原在前方鋪展開來。草原中央有一棵直徑大於高度的矮胖樹木，繁茂生長的樹枝在大地上形成陰影。

而在那棵樹的大樹洞前，可以看到馬雷以及如影隨形的三名森林精靈。那一定是在迎接安茲的到來。

不知道亞烏菈與馬雷是何時取得聯絡的，如果是在來到這一層之後立刻取得聯絡，那或許讓他們等得滿久的了。

雙方並沒有約好碰面時間，安茲不用感到抱歉。

問題是……

假設安茲是分店長，接到聯絡說本公司社長前來視察，已經抵達最近的車站的話，他當然會立刻在分店門口等人。不可能不出去迎接。這樣想來，也可以說錯在安茲沒有先說好大概幾點會到。

安茲本身很想辯解，聲明他是到了這裡才想到這點，不是故意的。但是，這樣講真的是對的嗎？再說雖然不知道讓馬雷他們等了多久，但如果有人敢在這時候說：「其實你們不用等我的。」那就算被批評絲毫不懂得設身處地替別人著想也怪不得人。

馬雷的穿著跟平常一樣，森林精靈們穿著統一的樸素──儘管或許有人會說就是這樣才棒──工作服。坦白講，安茲很想問難道沒別的衣服可穿了嗎？但既然亞烏菈他們認為沒問題，他也不便多說什麼。

再說——

（——如果穿女僕裝什麼的，露米埃她們可能會不高興。）

一般女僕似乎以身為安茲的女僕為傲。因此，比方說從外面帶候補女僕進來是不至於直接被霸凌，但他聽塞巴斯說有發生過間接性的霸凌——例如不教新人怎麼做事等等。

如果是服侍亞烏菈或馬雷的女僕，或許不會讓她們排斥到那種地步，但也說不準。再說讓森林精靈們穿得跟她們一樣也許會引來反感。因為對她們來說，女僕裝就等於是戰鬥服。

芬里爾移動到四人面前。

「——謝謝你們特地出來相迎。你們的盡忠令我非常滿意。」

安茲騎在芬里爾背上，搶先居高臨下出聲慰勞。本來有想過先等迎接他的馬雷講完問候詞再說，但最終認為還是自己先致謝更能顯示出人品。

「謝、謝謝大人。」

馬雷面露笑容低頭致謝，三名森林精靈也跟著立刻低頭。

（很好。）

安茲感覺得出來這次的對話相當成功，在心中握拳叫好。

他掃視抬起頭來的森林精靈們。

所有人豈止臉孔，全身上下都僵住了。她們被安茲這麼一打量，都咕嘟一聲吞了吞口水。

誰都看得出來她們緊張得要命。問題在於是嚇得不敢動，還是出於其他原因。換言之，是害怕言行有個閃失就會丟掉小命，還是見到名人讓她們緊張。

以防萬一，安茲確認了一下自己並沒有散發出靈氣。他對森林精靈們沒有抱持任何敵意或殺意，應該不會因此引發她們的恐懼。

（這方面意外地還滿棘手的。我是自認為已經很會控制了……）

像安茲這樣的強者朝對方表現出強烈情緒時，對方有時候會敏銳地察知，並導致內心受到恐懼等情感所支配。那樣就等於自己的想法被對方猜透，因此安茲在跟科塞特斯進行訓練時也被提醒過幾次。另一方面，安茲自己卻無法靈敏地察覺到對方的殺氣等氣息。

安茲曾經命令非常不願從命的科塞特斯，硬是要他對自己表現出那類情緒，結果的確是有股威懾感。可是，安茲感覺不太出來那到底是不是殺氣。說不定不死者天生就是缺乏這方面的感應能力。

這是因為不死者對精神作用具有完全抗性。感應殺氣就廣義而論或許也可以說是對精神發揮了作用──這麼說好像也對。

只是，夏提雅似乎懂得如何感應殺氣，因此科塞特斯的說法是「只要增進身為戰士的實力，也許會變得更容易感應到那類情緒反應」。為了讓自己將來能夠感應到那類情感，把它作為訓練的目標也不錯。但也有可能就只是安茲個人太遲鈍了。

（啊——一不小心就開始胡思亂想了。）

就在安茲重新打起精神時，馬雷幾乎於同一時間開口：

「那、那個，請、請問大人。那個……安茲大人您今天，表、表示、表示想跟這幾個人見面，不知道是什麼原因？」

馬雷顯得比平常還要更戰戰兢兢，但果然已經聽亞烏菈說過來意了。既然這樣就好談了。

安茲大動作地把臉從馬雷轉向森林精靈們，讓視線對著她們。森林精靈們低下頭去看著地面，像在閃躲他的視線。一看就知道她們渾身都在發抖。

這怎麼看都不是因為緊張。

（這應該是出於恐懼反應吧。也就是說雖然我有亞烏菈與馬雷這兩個黑暗精靈小孩作為部下，但她們到現在還是對我有戒心？坦白講，既然他們兩個活人都效忠於我，在這裡自在地生活，她們應該看得出來我跟她們所知道的不死者並不一樣……好吧，誰教我就長這樣。就算理智上明白，心態上或許還是很難接受吧。）

不死者在這世界被認為是憎恨生者的存在，是所有活人的公敵。她們面對這樣的存在會覺得害怕而有所戒備，也可說是理所當然。

如果她們這幾年來都跟著夏提雅看過各種不死者，或許會因為習以為常而做出不同的反應，但在這地下六層幾乎沒有不死者。所以也怪不了她們。

（——記得這應該叫做百聞不如一見吧。）

在ＹＧＧＤＲＡＳＩＬ也是如此。

相當於玩家技能的一些技巧，實際示範給自己看比口頭說明來得好懂。不過當然，之後還是要靠自己練習個幾次——不，是反覆練習幾百次才終於能夠融會貫通。

「——對，就是這樣，馬雷。我有件事找你背後的那幾人……對，只是件簡單的小事。」

森林精靈們的呼吸變得越來越急促。

安茲的真心話是：妳們別嚇成這樣好嗎？只是，他也不可能活潑開朗地說：「不用這麼害怕啦～♪」納薩力克的支配者安茲．烏爾．恭的演技絕對不能崩壞。可是也得想想辦法讓她們安心才行。

「……不用這麼擔心。我來到這裡並不是要危害妳們的性命。」

安茲本來想接著說：「所以妳們放心。」但想到如果有個恐怖的對象跟自己這樣講，自己恐怕也不會接受，便說不出口了。有哪個員工聽到老闆說今天不用顧慮身分盡情喝酒，就真的能夠忽視身分高低？

（唉。麻煩死了……）

即使知道是下策，安茲仍忍不住想使用「支配（Dominate）」等精神控制系魔法。因為他沒自信能夠說服或是安撫對方。

那種魔法在效果消失後，當事人仍然會記得自己被命令或是做過的內容。而且在其他國家，使用精神控制系魔法動某些手腳似乎被視為一種野蠻行為。

他不知道森林精靈會怎麼看待這種作法，但想也知道不會喜歡。事實上，假如有哪個傢伙敢對納薩力克的成員幹那種事，安茲也會虎視眈眈地尋找對方的破綻，準備給予致命性的打擊。

當然，如果是為了獲得重要情報，安茲採用這類手段不會有任何遲疑。豈止如此，連「竄改記憶（Control Amnesia）」都會毫不猶豫地使用。

但是現在不需要用到那麼極端的手段。安茲並不是已經確定她們做了什麼壞事，或是蓄意隱瞞某些情報。再說——

（這跟任……倍爾？那時候的情況不一樣。明明只要問問話就能獲得情報，如果亂用魔法，也許會讓亞烏菈與馬雷覺得他們沒問出該知道的情報——進而認為我懷疑他們能力不足。）

這對雙胞胎……不，隸屬於納薩力克的所有人，都認為安茲的所作所為絕對正確——坦白講，這種思考方式很危險——安茲很清楚這個集團的忠貞不二。

正因為如此，安茲認為自己必須盡量避免做出一些會讓眾人誤以為他質疑組織管理能力的行為。一方面是因為無法預料後果，更重要的是安茲根本沒有那個意思。

更何況如果要使用精神控制系魔法的話，老早之前就該用了。

在擒獲她們的時候，他之所以沒用那種魔法，是因為希望基於善意將她們拉進陣營——守住解救她們脫離苦難的立場。考慮到至今投入的這些成本，以魔法手段強制對方開口就太欠缺考慮了。

「——唔嗯。總之，在這裡不方便說話。換個地點吧。」

既然沒有自信靠口才讓對方卸下心防，用其他手段卸除就是了。首先是地點。

「那就到上面去吧！」

「是、是的！請務必光臨！」

「啊——」

安茲將視線轉向上方——那棵巨樹。

作為與她們談話的地點，這裡是個好選擇嗎？

這裡就某方面來說稱得上是她們的生活圈。既然如此，待在這裡或許會讓她們比較容易開口。這樣一來，誰要負責準備飲料？亞烏菈或馬雷嗎？不，讓安茲帶來的露米埃去處理就行了。

（不錯的選擇。重點在於對話想採用和樂融融還是劍拔弩張的氣氛。換言之是要讓她們在友好的氣氛下自動說出情報，還是用威嚇的方式逼她們吐實。嗯——時間有限。怪了，以前我都會用心整理簡報，還會預測對方的反應或提問……就像矮人或聖王國那時候一樣……最近是不是開始變得隨便了？）

人家在問自己的意願了，最好快點答覆。但越是在這種時候，越容易想一些不必要的事情。

（……說到這個，一般女僕還沒自動自發地為客人上過飲料。不、不對，好像……有過那麼……一次？）

不可能是房間裡沒準備飲料。上次安茲下令時——女僕以果汁為首，舉出了各種飲料作為選項。換言之，安茲的房間裡有某個地方準備了飲料。一般女僕每天都在努力讓自己變得完美無缺，安茲不認為她們會忘了準備，或是不夠貼心。

這樣想來，或許是因為統治者安茲不喝飲料，於是女僕覺得其他人也不該喝。就像老闆如果不喝，員工也不太敢自己一個人喝。

大概最正確的作法是——就算不能喝——也替安茲準備一杯，然後也為訪客準備飲料吧。

（真對不起以前的那些訪客……）

安茲決定回去之後跟佩絲特妮交代這方面的事情，接著發現自己正在把心思用在不是現在該處理的事，著急起來。

（等等，等等，不對。現在該考慮的，是要在哪裡喝飲料。繼續花時間思考下去，會讓他們誤會我不想在亞烏菈他們家喝茶。那樣就糟了。可是——）

安茲為難地環顧四周。

「啊！」

亞烏菈叫了一聲，安茲硬是壓住差點嚇得跳起來的肩膀。說不定是受到太大的驚嚇，反而讓心靈強制鎮靜化了。

「大人是不是打算不在這裡說話，而是想在地下六層另外找個地點？」

「唔，唔嗯。正是。我看天氣不錯，覺得在外面談話也是個不錯的選擇。」

「那麼我們立刻去準備。遮陽傘或是桌子什麼的，我們這邊都有！是泡泡茶壺大人跟其他大人談話時用過的東西！我們也有拿來使用，都還可以用。建造的村莊裡也有無人使用的房屋，以及雖然我沒帶大人去看過，其實這個樓層還有涼亭什麼的喔！」

「嗯，我跟大家一起去過。」

安茲無意間，想起跟同伴們輕鬆閒聊的那些時光。

（——感覺比起從前，回憶往事的次數似乎慢慢減少了。）

也許是因為安茲漸漸地不再從ＮＰＣ身上看見同伴們的身影了。是自己正逐漸忘卻過去的同伴們，還是說他開始把ＮＰＣ視為一個獨立的存在？但願是後者，如果是前者的話就太寂寞了。

鈴木悟的一切——如今回想起來依然絢麗的所有快樂回憶，都與他們同在。

（——不對！才不是什麼回憶！安茲．烏爾．恭就在這裡！還沒有結束！）

安茲被一種難以形容的情感灼燒著內心，呼出一大口氣。然後將視線轉向亞烏菈與馬雷。

（……大家……離開這裡的時候不知道心裡做何感想……不，那時候ＮＰＣ都還只是標準的ＮＰＣ。假如在那個瞬間，啊……）

他搖搖頭。

思維就快要變得支離破碎了。必須確實執行這次的計畫才行。

安茲偷看周圍其他人的表情，沒有人顯得特別困惑。

大概是以為安茲正在考慮亞烏菈的提議吧。既然如此，目前就先把所有心情放一邊吧。

「這個嘛……這個樓層也不錯，不過……難得有這個機會，不如去其他地方談吧。帶她們看看我們支配的其他場所或許也不錯。」

如果想要以完全友善的方式進行，選擇她們熟悉的場所是很有效的手段。但安茲也說不上來，總之就是想離開這裡。

既然這樣，那該在哪裡談話好呢？有兩個候補地點。

一個是耶．蘭提爾。另一個是——納薩力克地下九層。

讓森林精靈們看到目前耶．蘭提爾有著多元物種共同生存，一定能讓她們留下好印象。但是，也無法斷定不會發生任何問題。如果是直截性的暴力等攻擊多得是辦法應付，也能設法哄騙森林精靈們。但如果有人採取對森林精靈們造成壞印象的手段就麻煩了。例如故意在她們面前演戲，說魔導王魚肉百姓之類的。

作為一層謀略，使用精神控制系魔法操縱一群人，讓他們同時高喊口號，也許能夠有效地讓森林精靈心生懷疑。

真要說起來，安茲在耶．蘭提爾可是受人恐懼的對象。雖然也有人對他心悅誠服，但人數不是很多。很遺憾地比例大約七比三吧。所以讓森林精靈看到人民害怕安茲的場面，恐怕還是會帶來負面效果。再說——森林精靈們要是誤以為住在耶．蘭提爾的多種種族都是像奴隸一樣被抓來的，就慘不忍睹了。

（這樣的話……還是地下九層比較理想。那麼哪裡才是最好的場所？）

是否該兼做練習，在安茲自己的房間讓露米埃準備飲料？

安茲想了一下。

在社長室被人用飲料招待，跟在咖啡廳喝飲料；自己的話哪種情況會比較安心？

「答案只有一個，還能有其他選擇嗎？好，去地下九層吧。那裡有餐廳，我們可以在那裡吃個飯——你們吃過了嗎？」

「沒、沒有，還、還沒吃。」

「是嗎？那麼時間剛好。」

事實上，安茲挑這個時間是有點故意的。

一般來說只要填飽肚子，心情也會稍微鬆懈一點。

但是，由於他花了一點時間才來到這裡，本來還擔心趕不上吃飯時間，看來運氣不錯。不，畢竟他們已經接到通知說安茲來到這個樓層了。既然不確定安茲什麼時候會來，應該沒那多餘心情用餐吧。

「好，那就邊用餐邊談吧。」安茲一邊轉向森林精靈們一邊說道。「如何？」

三名森林精靈慌張起來，面面相覷，誰也不願意開口回答，推卸了半天後才由中間的那一個答話。與其說是擔任代表，更像是被左右兩人催逼到迫不得已。

「回、回大人。只要亞烏菈大人與馬雷大人認為可以，就照大人的意思。」

安茲心想，的確是不能丟下兩人擅作主張。於是安茲也向兩人問道：

「如果沒問題的話，我想帶她們去餐廳，你們覺得呢？我希望你們倆方便的話也一起過來，如何？」

「我們都沒有問題！對吧，馬雷。」

「呃，嗯。啊，不是，好的。姊姊說得對，我、我們沒問題。」

「那就好。那麼——」安茲視線轉向森林精靈們。「——我要發動『傳送門(Gate)』了。」

2

一行人首先用「傳送門」移動到地下六層的出入口前面。然後在那裡送出「訊息」，要求管理出入口的奧瑞歐兒連通與地下九層之間的門。當然，從地下八層到地下九層的門也已正常啟動。否則很有可能會被阿里阿德涅系統擋下。

坦白講，其實不用這樣大費周章。

安茲．烏爾．恭之戒能傳送的人數有其上限，無法一次傳送在這裡的所有人，但只要來回兩趟就解決了。即使如此安茲還是這樣大費周章，是因為他還抱持著戒心，想對森林精靈提供假情報。而且非到不得已，他不想讓人看到戒指的力量。

穿越地下九層的出入口，科塞特斯的部下們正在擔任警衛，看到安茲現身，深深鞠躬向他致敬。

「──辛苦了。」

安茲用統治者應有的態度，落落大方地只給了這一句話。

跟在亞烏菈與露米埃後面，三名森林精靈和睦地並排現身。但是，一看到對安茲行臣服禮的魔物，立刻像是結凍了一般停止動作。

科塞特斯的部下們並沒有用敵意等等威懾森林精靈們。只是，假如一般人走在森林裡時忽然有野生老虎從樹叢裡現身，誰都一定會當場嚇呆。森林精靈們現在就是這種反應。

然後其中一名森林精靈被人從背後輕輕推了一下。

由於森林精靈才剛走出門口就站定不動，對於走在最後面的馬雷來說只是在擋路。所以才會──盡量耐住性子輕輕地──推了她一下，但對於緊張情緒達到頂點的森林精靈來說竟成了破壞平衡的一擊。

「啊噫……」伴隨著丟臉的哀叫聲，她身體一個搖晃，一屁股跌坐在地。左右兩名森林精靈頓時臉色大變想把她拉起來，但可能是嚇得腿軟了，森林精靈似乎下半身使不上力，站都站不起來。

「……不用怕。在這納薩力克之中，沒有一個人會傷害妳們。」

「是，是………」

她們應該不是不相信安茲說的話，但還是沒能解除極度的緊張感。

左右兩名森林精靈連續點頭的動作非常之快，頭髮都在啪沙啪沙地搖動。癱坐在地的森林精靈更是一副快哭出來的表情。

安茲可以很有自信地斷言，這樣完全不像話，而且會留下負面影響。既然如此，最起碼得稍微幫助她們放鬆心情。

「……在去餐廳之前，先找個地方休息一下吧──『傳送門』。亞烏菈，妳抱那女孩起來。」

「是！」

「不、不了，怎麼好意思讓亞烏菈大人做這種──」

「──好了啦，沒關係。好，走吧。」

亞烏菈無視於癱坐在地的森林精靈說的話，一舉手就把她抬了起來，然後扛在肩膀上。森林精靈穿的是工作服，所以完全沒有發生裙子掀起來之類的意外事件。

半球形的黑色球體──「傳送門」通往自己那間熟悉的房間。

三名女僕低頭致意的模樣映入了視野。她們的腳邊放著清掃工具。

「辛苦了。我休息一下，很快就會離開房間。妳們繼續打掃沒關係。」

「遵命。」女僕們回答並再次低頭的同時，後面幾個人也穿越「傳送門」過來了。

森林精靈們嘴巴半張，在房間裡偷偷地東看西看。表情看起來還滿呆的。這裡跟亞烏菈與馬雷的家差別很大，似乎讓她們感到很稀奇。而且看起來也比剛才放鬆了一點。比起科塞特斯那些一副魔物樣的部下，大概一般女僕比較容易讓人接受，也比較不恐怖吧。

「亞烏菈，讓她去坐在那邊的椅子上。」

安茲指指雅兒貝德的座位後，亞烏菈順從地回話的同時讓森林精靈坐在椅子上。雅兒貝德的桌子一如她的為人，非常整潔。順便一提，安茲的桌子也很整潔，不過代表的意義不同。

「謝、謝大人……」

面對坐在椅子上低頭致謝的森林精靈，安茲盡可能用溫柔的聲調說：

「無妨，我能明白妳為什麼吃驚。不過剛才我已經說過，妳大可放心。在這納薩力克之中，沒有人會傷害妳——妳們也是。所以，妳們可以放鬆心情沒關係。」

不過說歸說，也不可能在一時半刻之間立刻放鬆吧。

安茲轉身背對她們走向其中一名女僕，壓低聲音下令：

「……等一下我要去餐廳，請妳先去屏退旁人，不要讓我們在路上遇到妳們女僕以外的人。餐廳也……」安茲本來想請她同樣屏退旁人，但決定作罷。「不，沒什麼。餐廳就正常使用沒關係。不，不如說我就希望妳們繼續使用。」

「是，遵命。那麼小女子這就去辦。」

「抱歉讓妳放下手邊工作，有勞了。」

「快別這麼說，安茲大人。」

安茲只是因為這名女僕離自己最近才會找她，但她似乎不這麼認為，對同事露出一絲耀武揚威的──微笑。而同事們則像是想掩飾心裡的懊惱卻掩飾不住，嘴裡念著「哃哃哃」，臉孔顯得有點扭曲。

接受了命令的女僕沒搭理這些同事，腳步輕盈地走出了房間。

安茲敏銳地──以安茲來說非常難得地──察覺到女僕們的視線集中在自己背上。這個錯不了，絕對是滿懷期待、希望她們也能得到一些特別工作的視線。順便一提，安茲班已經算是特別工作了，所以從露米埃身上沒感覺到那種氣息。

如坐針氈──當然女僕們絕對沒有那個意思，所以只是他自己愛坐──的安茲竭力轉移視線不去看那些女僕，眼睛望向坐在椅子上休息的森林精靈。然後確定她的呼吸已經恢復平順。

「已經好多了吧？……那就走吧。」

安茲怕這樣說會被當成強制命令所以並不想催促，但他實在待不下去了。

確定森林精靈可以正常走動後，安茲搶在眾人前面離開房間。他決定當作沒有在離開之際感覺到女僕什麼遺憾的眼神。

前往餐廳的途中，時不時會從背後傳來森林精靈不禁發出的感動嘆息。還有「好壯觀」或是「好美」之類的讚美聲。

安茲很想大肆炫耀一番，但努力憋住，頭也不回地繼續前進。

不久就來到了餐廳。路上完全沒有遇到任何僕役，除了稍微多花了點時間——森林精靈四處張望欣賞地下九層的景觀所以走得較慢，安茲走到特別想炫耀的地方時也會故意放慢腳步——之外沒出什麼問題。

納薩力克地下九層的餐廳，是仿照公司或學校餐廳的形象——安茲待過的學校或公司都沒有那種設施，所以是真是假不能確定——所設計，跟一般餐廳不太一樣。

安茲自從剛來到這世界時，把納薩力克內部設施看過一遍之後就沒來過這裡了，現在看起來，內部裝潢似乎沒什麼變。從中可以微微聽見年輕女性開心聊天的聲音，以及餐具互相敲擊的聲響。

應該是以一般女僕為主，在地下九層與十層工作的那些人吧。說不定領域守護者也來了。儘管以午餐時間來說太晚，但可能是因為排班制的關係，餐廳裡很熱鬧。

只要看到女僕們一團和氣地用餐的景象，森林精靈們應該就會明白這裡是用來做什麼的了。雖說搞不好會因為自己是外人而感到格格不入，但是置身於日常氣氛當中應該多少還是有助於減緩緊張心情。所以安茲才沒有讓女僕屏退旁人。

然而，安茲一走進餐廳的瞬間，剛才那種和樂融融的氣氛全變了。

首先是聲音消失了。

剛才還確實存在的愉快說話聲，以及用餐時那種具有生活感的聲響，全都消失了。接著，現場氣氛變得緊繃到不像是在餐廳。

然後——餐廳裡所有人的視線集中到他們身上。所有人都瞪大雙眼，停住不動。

跑錯棚了。

簡直就像正義值負數的異形類種族誤闖亞爾夫海爾會引來的反應。

「——不用理會我們。大家繼續用餐。」

大餐廳裡隨處可見的幾乎全是一般女僕，她們聽到安茲這麼說，都開始繼續用餐。只是感覺沒有任何人要開始聊天。所有人都是安靜用餐。

安茲完全無意打擾大家用餐，心裡感到有點寂寞。不過，好吧——只要稍微想想，他也不是不能理解她們的心情。

至今從未造訪餐廳的社長如果突然現身，當然會變成這種氣氛了。換成是鈴木悟應該也會做出同樣的舉動吧。假如換成更小的公司，社長與部下的距離更親近的話，或許就不會發生這種狀況了？

（我看不可能吧……）

備受尊崇、眾人俯首稱臣的絕對統治者安茲大人，要讓評價急遽變成受到大家喜愛的安茲先生恐怕難如登天。當安茲真面目曝光，被大家知道他其實根本庸碌無能的時候說不定會變成那樣，但要是掉到被嘲笑——雖然他覺得應該不至於——的立場就慘不忍睹了。

「好，我們進去吧。」

安茲轉頭看向一行人，出聲呼喚的同時，以不至於引人起疑的程度觀察森林精靈們的反應。

不，用不著特地觀察。一眼就能看出她們很明顯地變得畏縮不前。無可厚非。她們應該也看到了安茲現身之前的餐廳氣氛有多平靜。結果忽然就演起了異形類種族在亞爾夫海爾（那種場面）。

他完全想不到能怎麼挽救。

因此，安茲樂觀地認定她們再過一會兒就會習慣，在餐廳裡往前走。

他隨便找個位子——因為不想讓女僕們變得更緊張，於是來到稍微遠離她們的一張桌子，指指自己對面的座位。

「好了，妳們在那邊坐下吧。」

森林精靈們困惑地面面相覷。看起來也有點像是在互相推託，不想去踩地雷坐到安茲的正對面。事實大概就是如此。

「……我懂了。森林精靈與我們之間在禮儀規範上可能有所差異。那麼，這頓飯就先拋開身分吧。這次就算對方的餐桌禮儀跟自己知道的完全不同，也先別放在心上。」

他用「我是以善意解釋妳們的反應」當藉口給對方一個台階下。客氣過度也不是件好事，況且他也有點擔心亞烏菈與馬雷看到森林精靈們態度不乾不脆會做出什麼反應。

「來，到我面前坐下吧。」

安茲指指最後面的那個森林精靈。現在回想起來，她從來沒站過中間的位置。既然這樣，現在就該讓她來踩這個地雷才叫公平。

坦白講，承認自己是地雷感覺很那個，但安茲十分能夠體會她們的心情，因此盡可能公事公辦地這樣去想。

再來就快了。

被他指著的森林精靈左右兩邊要坐誰已經決定好了。亞烏菈與馬雷坐安茲的左右兩邊。

露米埃站在安茲背後。對此他有一堆意見，但還是先吞下去吧。

「那麼——不好意思，其實我也是第一次使用這間餐廳。因此，請妳稍微介紹一下餐廳在這個時段的功能。」之所以向露米埃提問，是因為既然她的同事會在這裡用餐，她當然也來這裡吃過飯才對。「首先——這樣吧。我想點飲料，這裡有菜單或什麼的嗎？」

「這個時段採用的是飲料無限暢飲與自助式。在那邊有飲料以及簡單的熟食，大家要吃多少就拿多少。」

往露米埃指出的方向一看，那裡擺放著好幾個像是裝有飲料的水壺。旁邊放有幾個隔水加熱保溫的大鍋。

「然後，可以從這裡的午餐菜單中選一樣主食。」

「原來如此……」

「另外廚房裡還有料理長在，只要安茲大人吩咐一聲，我想任何料理當然都能為大人準備。」

「是嗎？不過，這就不用了。既然已經有午餐菜單了，就從裡面做選擇吧。」

安茲從露米埃手中接過菜單。

單子上用日文寫著餐點名稱。這樣森林精靈應該看不懂吧。再說——

「……妳們知道什麼是豬排丼嗎？」

森林精靈們搖搖頭。

「……亞烏菈、馬雷。這些森林精靈平常都吃些什麼？」

「都吃很正常的餐點啊。」

「是、是的。大、大多時候，那個，呃，都是跟我們，吃一樣的東西。」

那是否表示亞烏菈與馬雷也沒吃過豬排丼什麼的？不對，他們應該有在叫外送，而且自己也會做飯。

「她們沒吃過豬排丼嗎？」

「不，她們有吃過。我想她們只是不知道名稱。」

「噢，原來是這樣……」

菜單沒特別附上全像攝影照片，因此沒有圖片可供參考。

「推薦的餐點是……」安茲說到一半，擔心會聽到全部都推薦之類的答案，把後半句吞了回去。「這次就……這樣吧。妳們能吃肉類料理嗎？」

確定看到森林精靈們都點點頭，安茲從菜單上選了一道料理。

「那就給每個人都來一份漢堡排定食。」

「醬汁有多蜜醬、和風與奶油芥末可供選擇，還可選擇搭配米飯或麵包，大人您覺得呢？」

「……麵包配多蜜醬如何？」

和風與多蜜醬很容易想像，但奶油芥末不知道是什麼味道。真怨恨這個身體不能試吃。

「我沒問題！」

「啊，是。那個，我也沒問題。」

亞烏菈他們朝氣十足地回答後，森林精靈們也不住點頭。看來沒人反對。

「那就這樣吧。」

安茲呼地嘆一口氣。然而露米埃似乎還沒有要去廚房點餐。不曉得是怎麼了？也許是這裡的服務人員會來幫忙點餐？

「安茲大人，您想要什麼樣的飲料？」

「——噢，差點忘了。各自去拿自己喜歡的飲料即可。這樣就行了嗎？」

「是。那麼安茲大人的飲料由我去為您端來。您要來點什麼？」

「隨便——啊，不，來杯熱咖啡好了。」

「遵命。」

一行人由亞烏菈帶頭，走向擺放飲料的桌子。

至於露米埃則是到廚房那邊不知道說了些什麼，廚房裡忽然吵嚷起來。

一看，有個人從廚房側門走了出來。

那人腰上掛著巨大切肉刀，揹著巨大的中華炒鍋，堆滿贅肉的上半身打赤膊。而且身上用刺青寫著「新鮮的肉！」幾個大字。脖子上掛著黃金鏈條。

相貌五官像是半獸人，其實是更有野獸感的近親種族歐克獸人。

頭上戴著純白的廚師帽，腰上穿著純白的圍裙。

這個男人就是這間餐廳的領域守護者兼料理長。

名為四方津・時津。

四方津・時津身手靈敏地跑到安茲跟前，單膝跪地。安茲見狀，心想：不會把料理服弄髒嗎？

「安茲大人！歡迎大人大駕光臨本餐廳！」

「好久不見了，四方津・時津。你看起來都沒變，我很高興。」

「謝大人！」

安茲嘴上說都沒變，其實自從傳送到這世界跟幾乎全體NPC進行會面那次之後，就沒見過他了。那已經是太久以前的事了，就算有什麼改變，安茲也沒自信看得出來。

「不，也許瘦了一點？」

「只要安茲大人這麼覺得就一定是這樣沒錯！」

我不是這個意思。安茲硬是把這份心情壓下去。

「然後是這樣的，剛才她跟我點餐，但似乎沒有安茲大人的份……屬下明白！」

四方津・時津翹起嘴角，露出充滿男人味——其實安茲不太會看半獸人族群的表情，但應該是吧——的笑臉。看到他的這種表情，安茲心想「絕對是搞錯了」。每次遇到這種情況，有哪一次對方是真的懂他的意思？令人傷心的是恐怕一次也沒有。

「屬下我將會為安茲大人——我們納薩力克的絕對統治者、無上至尊準備配得上您的料理！」

安茲正在暗自心想「看吧」的時候，四方津・時津霍地站了起來。然後對著廚房大聲吆喝：

「接下來我們將置生死於度外！準備配得上安茲大人的料理！開始籌辦足足吃上一星期都吃不完的美食饗宴！」

「哦哦！」偷偷觀察安茲等人的女僕們都發出讚嘆的聲音。

「喂，等等。」

「是！」

四方津・時津再次轉身面對安茲，單膝跪地。

看他這樣「拚啦！拚啦！」的氣魄強烈到都快化作烈焰幻影顯現於眼前了，要講這種話實在很過意不去。安茲向來都有意願陪伴NPC做他們想做的事，唯獨這件事即使是安茲也無法苟同。

「……你或許有點誤會我的意思，為了保險起見我還是說清楚好了；我是不死者所以不能進食，知道嗎？」

「是！大人這話的意思，就是要著重於色、香方面的料理對吧！屬下這就去籌備！」
看到四方津・時津準備站起來，安茲說：
「喂，等等。」
「是！」
「別急。我說我不能進食，意思是要你避免浪費食材。」
「安茲大人，您怎麼這麼說呢！為了安茲大人使用任何食材都不能叫做浪費！你們說對吧！」
四方津・時津站起來轉身，大聲說到讓餐廳裡的所有人聽見。隨後就是一陣掌聲。不只是餐廳裡的女僕，連亞烏菈與馬雷都在拍手。森林精靈們也急忙跟進。
配合度不用這麼高沒關係啦，安茲在心中吐槽。
「那麼，屬下立刻去辦！」
「喂，等等。」
「是！」
面對又一次單膝跪地的四方津・時津，安茲告訴他：
「我就明說了。我來到這裡並非是為了用餐。來這裡是為了──對，是來輕鬆聊天的。我已經深深體會到你對我的熱情歡迎，但並不希望你做到那種地步。我的意思是……我想靜下心來跟他們講講話，這樣你懂嗎？」

安茲覺得四方津．時津會幹勁爆發到這麼異常的地步也是情有可原。以為永遠不會出現的統治者忽然到訪，當然會想盡己所能盛情招待了。只是，安茲來此不是為了這件事。

「是！那麼屬下立刻提供包場服務！」

「喂，等等。」

「是！」

「不用弄得那麼鋪張。我再重複一遍，我只是來輕鬆聊個天的。你沒有任何必要做到那種地步，知道嗎？」

安茲偷看一眼其他人——特別是森林精靈——的反應，發現所有人都嚴肅地注視著他們。

女僕們維持半起身的狀態準備隨時離場，亞烏菈與馬雷一臉平靜，森林精靈們就像是發現事情變得很不得了，看起來很害怕。可是安茲選擇這個地點，就是為了不讓森林精靈們產生這種反應——

「——我不是在跟你客氣，是真的抱著這種想法來到你這裡。你們只要讓我看到你們平常的樣子就行了，不用忖度我的心思。」

「是！可是！屬下怎能將無上至尊安茲大人與其他人一視同仁！」

這樣說多少有點卑鄙，但事出無奈。安茲乾咳一聲清清嗓子，讓語氣變得沉重。

「——四方津・時津。」

「是！」

「我說了我想看看這裡平時的狀況。如果你向來都忠於職守的話，就沒有必要做出什麼特別的應對，不是嗎？還是說你想對我有所隱瞞，才會試著讓我看到不同於平時的你——以及這個場所？」

四方津・時津稍許倒抽一口氣，露出下定決心的神情——大概吧。

「恕屬下直言，安茲大人！從以前到現在，屬下從來沒有做過愧對將這個場所交付於我四方津・時津的無上至尊——天目一箇大人的行為！」

「我想也是。」

聽到安茲即刻如此回答，四方津・時津露出不解的神情。

「在這短短的時間內，我已經徹底了解到你盡忠職守，並且對你們稱為至尊的存在竭誠盡忠。方才我講話冒犯到你了，我收回剛才說過的每一句話，向你謝罪。」

安茲低頭致歉。

「喔喔！安茲大人！請您萬萬別這麼做！身為無上至尊的您怎麼能向我低頭致歉！請快快抬起您尊貴的容顏！」

安茲慢慢抬起頭來，直視著四方津．時津。

「——四方津．時津，感謝你接受我的謝罪。但是，我希望你知道，也希望你明白。我想一邊看著你們以及這個場所平常的模樣，一邊放鬆享受聊天的樂趣。請你把我當成一個普通客人，正常地招呼我即可。」

「唔嗯嗯……」四方津．時津內心糾葛了一下，最後似乎在自己心裡找到了妥協點，大動作點頭說：

「遵命。」

「是嗎？那真是太好了。總有一天，我們納薩力克會需要招待眾多賓客——一些地位崇高的人物。屆時再請你展現你的全副本領。都靠你了。」

「是！——可、可是，大人實在不用向小人這樣低頭賠不是……」

「最主要是為了嘲弄你的事向你謝罪，但你也可以認為我同時是在向信任你、把你配置在此的天目桑致歉。」

四方津．時津略顯為難地苦笑了。那表情就像是「你都這樣說了，我還能說什麼呢」，但只維持了一瞬間，隨即恢復成專業廚師的神情——這是安茲的推測。

「——那麼安茲大人，屬下這就去著手準備客人點的餐點。」

安茲一面目送四方津．時津轉身背對自己離開，一面稍微放開嗓門，講得讓餐廳裡的所有人都聽得見：

「各位，抱歉煩擾到你們了。好了，別再放在心上，繼續用餐吧。」

四方津．時津離開後，換成亞烏菈等人回來座位上。每張桌子的女僕們也都開始繼續用餐，不過感覺不再像剛才那麼緊張兮兮的了。四方津．時津的登場似乎在緩和氣氛上發揮了正面作用。

回到座位上的亞烏菈等人各自拿著不同飲料，露米埃將咖啡放在安茲的面前。

咖啡的馥郁芳香，在安茲的面前飄散。其中還以一種難以言喻的神奇方式混合了莓果般的果香。

ＹＧＧＤＲＡＳＩＬ並沒有跟哪個特定店家辦過聯名活動，但這款遊戲有著數量異常的龐大資料。食材也是其中之一。一般遊戲可能只會簡單寫著「咖啡豆」就結束了，ＹＧＧＤＲＡＳＩＬ當中卻有好幾種的咖啡豆。而且豆子還有分等級，用的豆子等級越高，料理效果就越好。

因此，納薩力克內儲藏的咖啡豆都是高級豆子，這杯咖啡也一定很好喝。

（價格高檔的咖啡聞起來大概都這麼香吧。不曉得喝起來是不是也有莓果味？）

安茲一如往常地怨恨自己的身體不能喝飲料，同時等所有人都就座了才對他們說道：

「好了，我們邊喝邊聊吧。」

森林精靈們兩個喝哈密瓜蘇打，一個喝加冰塊的綠茶。她們聽從安茲的指示，喝了一口飲料後，哈密瓜蘇打組連眨好幾下眼睛，摀住了嘴巴。那種阻止一些東西或話語從嘴裡冒出來的動作，絕不會是負面反應。

「氣泡，好喝。」

「好甜。」

兩人喃喃自語，玻璃杯很快就空了。安茲抓準她們喝完的時機，溫柔地說：

「——妳們就再去倒一杯吧。」

「啊，是。那就謝謝大人的好意。」

兩名森林精靈立刻點頭，站起來去拿飲料了。兩人的腳步都很輕盈。

「——很高興妳們似乎都喜歡。」

「啊，是。」

安茲對留在座位上的那一名森林精靈說道。她似乎也很想試試兩人喝過的飲料，迅速把茶灌完後起身離席。順便一提，亞烏菈與馬雷都喝可樂，可能是都喝習慣了，沒做出什麼特別的反應。

儘管發生了許多出乎預料的狀況，但森林精靈們似乎已經不再那麼緊張，不會因為安茲是不死者就不由分說地懷疑他的一切言行。

（看來甜食攻勢是真的有效。沒有一個女人討厭甜食，更沒有一個女人能忍耐不吃甜食……原來麻糬桑說的是真的。本來還以為她那樣講只是在給自己的暴飲暴食找理由……）

當時安茲．烏爾．恭的其餘兩名女性陣容都顯得偏頭不解——雖然黏體沒有頭——但並沒有否定她的意見。再看到森林精靈們卸下心防的模樣，將這兩項事實放在一起思考，就覺得她那番話也不見得都是胡扯。雖然安茲到現在還是半信半疑就是。

（好，差不多該開始了。事前是模擬過幾種狀況，不知道能不能巧妙地把話題拉到森林精靈國上……）

他想起初次見到她們時聽到的情報。

森林精靈國據說位於南方的大森林之中，沒有國名。據雅兒貝德的推測，可能是因為他們沒有必要與外國建立邦交，鄰近地區也沒有其他國家的關係。由於沒有必要區分自己與他人，因此只稱為國家也沒有任何不便之處。

該國長年由君王統治，因此基本上可以歸類為王國，又聽說這個國王實力十分強大。至於是怎麼個強大法，又屬於什麼職業就不得而知了。只是她們講到這裡時看了一下亞烏菈與馬雷，應該是不懂他們倆怎麼都不知道吧。

這個森林精靈國目前與教國處於敵對關係，她們說自己就是被教國抓走賣掉的。至於兩國是出於何種原因而進入戰爭狀態，又是從何時開始的，這類情報她們是一問三不知。

這應該是因為森林精靈國沒有一套完善的教育制度。她們本身似乎也並不想去了解那些問題。不過就安茲聽起來，森林精靈在生活當中會傳授更重要的技術與知識——主要都與魔物相關，所以不去了解的主要原因應該是不認為有必要傳承或學習這些歷史。

當安茲問她們可曾在森林精靈國看到過黑暗精靈，答覆是沒看過但是確實存在。她們實際上第一次親眼見到的黑暗精靈就是亞烏菈與馬雷。可能是黑暗精靈在森林精靈國屬於少數民族吧。只是，她們說從來沒聽過黑暗精靈遭到欺凌的狀況。話雖如此，從她們的知識量來想的話也很有可能只是不知情。

然後——就這樣了。

這些就是安茲獲得的少許知識。

當時為了不引起疑心，安茲除了滿足於這麼點知識別無他法。但是他現在可以用正當理由武裝自己更進一步追問下去。時機已經成熟了。

（好，是時候該做決定了。是要站在國家的立場，以建立邦交的方針向她們問話？還是——或許可以跟她們說我想讓亞烏菈與馬雷交些朋友，所以想去黑暗精靈的村莊？）

如果跟她們說是出自國家立場，對方自然會因為茲事體大而產生戒心。與其這樣，一般世人都能理解的理由是否更能讓她們鬆口？況且安茲的目的其實也是後者，不用撒謊心情上也比較輕鬆。安茲雖然屬於撒謊不臉紅的人種，但並不喜歡撒謊。只不過是為求利益不惜明欺暗騙罷了。

況且考慮到可能發生某些狀況導致她們得知真相，不撒謊的好處比較大。

（那樣是比較簡單……可是當著亞烏菈與馬雷的面說那種話，我實在想像不到會有什麼後果。）

可能導致這兩人產生非交到朋友不可的強烈使命感。坦白講，朋友應該是在共享興趣等領域的過程中自然認識的對象，他不想把強制結交的對象稱之為朋友。

安茲想起在ＹＧＧＤＲＡＳＩＬ的朋友——過去的公會成員。想起那些在偶然相識與機緣巧合之下產生緊密聯繫的好夥伴。

只是，他不知道小孩子是不是一定需要朋友。安茲——鈴木悟小時候沒有朋友，他不覺得有因此發生過什麼問題。

既然安茲自己是這樣，怎麼會想到要讓他們交朋友？這是因為夜舞子說過類似的話。但同時他也想起烏爾貝特聽了那些話，語帶嘲諷地笑著說過：「只有活在不同世界的人才會去作這種白日夢。」

安茲不知道誰說的才是對的。不過交些朋友總沒有壞處吧。

（既然如此，那我就不要說成交朋友，而是說想讓這兩個孩子結識一些黑暗精靈如何？能不能交到朋友，就看這兩個孩子自己的造化。當然，如果能夠交到的話就再好不過了。）

只是實力太強，立場又不同的話，可能會在建立友誼時形成障礙。

在YGGDRASIL，大家都是平等的存在。

——無意間，幾個朋友的事情浮現腦海，安茲的臉色微微一沉。不過，他隨即輕輕搖頭，擺脫閃過腦海的記憶與感情。

如果在關係並不平等的現實世界中相遇，他們一定當不了朋友。想到這點，第一步還是應該盡量與居住在森林精靈國的黑暗精靈維持平等的立場接近他們。絕不能夠是魔導國的黑暗精靈幹部，與在森林精靈國屬於少數民族的黑暗精靈。

（首先要盡可能隱藏身分……嗯——世上的父親都會想這麼多嗎？塔其．米桑不知道是怎麼做的？早知道就該多請教一點了？）

安茲正在費神思考如何開啟話題時，森林精靈們拿著同樣的飲料回來了。

所有人都拿可樂。

（糟糕，都還沒把想法整理好……我就知道見招拆招不可行。但是，這下也沒辦法了。既然兩人都在場，就試著從我單純感興趣，想跟她們的國家建交開始講起好了。如果沒能巧妙誘導談話方向的話，就用「是這樣的……」的方式提起那方面的事情。不，或許也可以說

「從微觀角度來看，我想先跟黑暗精靈交好」之類的。）

森林精靈就座後，安茲假裝若無其事地對她們說：

「那麼──差不多該讓我談正事了。」

森林精靈們稱得上是一心一意努力喝飲料的動作──其實就是吞嚥──停了下來。

「我們現在，正在建立一個叫做魔導國的國家。我有意在這個國家當中跟各種種族共同生活。現在已經有人類、矮人(Dwarf)、半獸人(Orc)以及蜥蜴人等種族贊同我的理念，成為了我國國民。先不論森林精靈是否也同意，我想先跟森林精靈國建立外交關係，或是進行通商。因此我想前往妳們的國度，妳們願意提供幫助嗎？」

這些不完全是藉口，如果真的與森林精靈國建立邦交或是進行通商也不是件壞事。但是這裡有個致命性的問題。

讓安茲擔任使節絕對會把事情搞砸。

什麼跟外國外交部長會談或是簽訂外交協議，憑安茲的能力根本辦不到。雖然矮人那次進行得很順利，但他實在不覺得下次還能成功。甚至大有可能以恰恰相反的結果告終。

因此，假設真的要建立邦交，最好能派出堪當此任的智者。雅兒貝德會是適任人選，但她似乎正為了王國的占領統治忙不過來，安茲短期間內不想再多塞其他工作給她。

只要向雅兒貝德下令，她一定會說「我可以」，大概也真的辦得到。只是，不能保證她沒有在硬撐。所以安茲才會有必要清楚掌握部下的身體或精神狀況，以免他們把太多工作往身上攬。

因此，安茲希望別把這件事搞得太大，如果能夠只跟黑暗精靈們建立起個人關係就再好不過了。

「咦，請、請問安茲．烏爾．恭大人，您說的提、提供幫助，是要我們怎麼做呢？」

聽到這個流露出戒心的疑問，安茲輕輕聳了聳肩。

「首先——我想問妳們一些問題。還有，叫我安茲就行了。」

「只要是我們知道的事情——」森林精靈像是下定了決心般說道。「——我們都願意告訴大人。不、不過，關於稱呼方式，那、那個，還望大人原諒我們不敢從命……」

亞烏菈與馬雷，還有好像在四周——雖然有點距離——偷聽的女僕們都一臉複雜的表情。

因為他們很清楚，假如森林精靈們真的直呼安茲的名諱，他們一定會心想「不懂分寸」「也不想想自己是什麼身分」，但不這麼叫又會覺得「竟然敢拒絕安茲大人的命令」，所以就被夾在中間，不知道該對森林精靈們擺出哪一種態度。

安茲無意斥責偷聽的女僕們。因為他感覺得出來，那些女僕並不是出於惡意或愛聽八卦才會偷聽。從她們身上可以感覺到發生狀況隨時準備出力的「我來」、「我來」、「我來」

的謎樣氣魄。

「……是嗎？那真是遺憾。言歸正傳，我想問妳們，森林精靈國是個什麼樣的國度？既然位於森林裡，你們都如何保護自己免受魔物等等的傷害？」

森林精靈們露出一種「怎麼會問這種問題」的表情。

「我們是在森林裡度日沒錯，不過生活起居都是在樹上。因為地上太危險了。」

「我們會請森林祭司施法，把一些樹木變成住家。」

「適用於這種魔法的樹木，也是用魔法種出來的。我們都把那種樹叫做森林精靈樹。」

從她們異口同聲的解釋聽起來，森林精靈似乎能夠使用森林祭司的魔法讓樹木改變形態。例如在樹木內部做出空洞，或是在樹木之間的空中架起簡單的吊橋。他們就用這種方式，在森林裡建造出幾十棵森林精靈樹的集合體。

這就是森林精靈村了。

這種讓森林精靈樹產生變化的生產方式，就是森林精靈的文化核心，據說不光只是住家或家具，連武器或防具都能做。像是打獵所需的箭與彈丸等等，也都可以把它變得堅如鐵器。

就安茲所知，這是ＹＧＧＤＲＡＳＩＬ所沒有的魔法，因此安茲請她們示範一下，結果把她們嚇了一跳。她們的意思是「亞烏菈與馬雷居住的那棵樹不就是了嗎」。她們似乎把那當成了森林精靈樹的變種——因為外觀全然不同——以為是只有他們倆才能改變形態的特別品種。

另外據她們的說法，森林精靈的那種魔法只能用在森林精靈樹上，用在其他樹木上完全無效。

由於森林精靈居住在這樣的環境下，蛇或蜘蛛等攀登能力極其優越的魔物就成了他們的天敵。她們說雖然會採取衛兵值夜等措施，但那類生物總是兼具高度的隱密能力，有時也會造成人員傷亡。至於不太擅長攀爬的魔物等等則可以用**倒勾**有效應付，所以不常受到牠們襲擊。

唯獨森林精靈的王都——森林精靈人口似乎不是很多，規模大到能稱為首都的都市只有一座——似乎建造於森林裡的一塊平地，位於形如蛾眉月的一座湖泊水畔。之所以每件事都說似乎，是因為她們居住在遠離王都的村莊，這些事情都只是耳聞得知。

至於為什麼只有王都位於平地上，一個主要原因似乎是湖裡有著巨大水棲魔物，大型魔物都害怕遭到捕食而不敢靠近。

原來如此，安茲心想。

森林祭司的魔法應該也能夠造水等等，感覺樹上似乎是相當不錯的生活環境。森林精靈樹的茂密枝椏想必可以發揮阻擋飛行魔物的護盾之效，也可以隱藏他們的蹤跡。

在這樣的環境下生活，許多森林精靈會鍛鍊出游擊兵(Ranger)或森林祭司的實力也很合理。反而可以說沒有那種實力就別想求生。

（這個世界的技術學習——獲得職業的方式還有很多未解之謎，不過森林精靈當中農民等人口較少，戰鬥人員的比例應該比人類高吧。）

接著，安茲又針對壽命以及人口等方面做了提問。

森林精靈似乎不太注重壽命問題，她們說大家都對自己能活多久不感興趣。但她們說，她們那座村莊裡最年長的森林精靈，推算起來應該超過三百歲了。順便一提，她們好像連自己的年齡都搞不太清楚。似乎也沒有生日的概念。

只是，可能因為人人都很長壽的關係，人口似乎不算太多，不會像人類那樣孩子一個接一個地生。但是聽過她們的說法，安茲猜測他們應該生下了滿多的孩子。

（根據YGGDRASIL的森林精靈設定，記得壽命是一千年……前十年的成長速度比較快，然後最後十年也老得很快？我記不得了，但好像就是那種感覺？還是我記錯了？然後她們說每十年差不多就會生一個，所以……姑且預設兩百歲左右為成年……假設大約到四百歲都還能生孩子……就是二十人？希望將來可以找個對這方面比較清楚的人問問看。）

「那麼──如果我要把妳們送回老家的村莊，地方在哪裡？」
森林精靈們面面相覷。
（也是，不可能連這個都告訴我吧。這可是重要情報。）
片刻之後，其中一名森林精靈怯怯地提問了：
「請、請問……我們會被送回老家嗎？」
「……嗯？」安茲覺得這個說法怪怪的，然後發現自己犯了錯。「……我忘了。妳們說過村莊被教國人襲擊了。」
她們說過她們不是士兵，只是在村莊裡生活卻忽然遭到教國人來襲，把她們抓走。這樣的話就算放回村莊也只會讓她們觸景傷情，更沒有任何安全保障。
「好，那就不回出身的村莊，送妳們去其他安全的地方吧。妳們有地方可以投靠嗎？例如說有親戚居住的村莊，沒有的話送妳們去王都如何？」
「王都嗎……」
「對不起，我們除了村莊附近之外都不熟悉……」
「不曉得哪裡才是安全的地方……」
她們對村莊以外的事情知道得很少。不過不只是她們如此，王國或帝國也是這樣。
這個世界的人大抵來說都會在自己出生的故鄉終老一生。特別是沒受過教育的人，如果是附近的都市可能還知道一點，距離遠一點的話就算是同一個國家的都市也跟外國相差無幾。

「唔嗯。」安茲正在沉思時，森林精靈們說：

「請問大人……我們是不是就快被送走了？」

「我正在考慮這麼做。如果要跟森林精靈國建立邦交，把妳們留下來難保不會惹惱對方政府。這妳們懂吧？至今我留妳們下來只是一種緊急措施，今後很難再繼續這麼做了。但我也不會無情到二話不說，就把妳們扔在教國的統治地區。所以我才會問妳們哪裡比較安全……」

安茲並不打算由自己主導建交過程，但如果把這三人平安送返國內，對將來也許有幫助。

感覺到森林精靈們似乎有話要說，安茲向她們問道：

「——怎麼了？」

「能否斗膽請大人讓我們繼續留在這裡？」

「……唔……」

安茲的眼睛落在她們面前的飲料上。難道是這個讓她們——不，不至於吧。

「……為什麼？……不想說的話沒關係，但如果方便，請把理由告訴我。」

「是這樣的——」

一名作為代表的森林精靈頻頻偷瞧亞烏菈與馬雷。

「……亞烏菈、馬雷。飲料似乎快喝完了，你們再去拿一點怎麼樣？」

「咦？」

「好的！我們明白了，安茲大人——走了，馬雷。」

真了不起。

安茲對亞烏菈的反應之快心生敬意。

要是立場顛倒過來，安茲可能沒辦法在這麼短的一瞬間內，聽懂對方的意思是要他離席。還是說他也能夠活用社會人士的經驗即刻聽懂？

搞不好亞烏菈比雅兒貝德或迪米烏哥斯更懂得察言觀色也未可知。迪米烏哥斯說「您是這個意思啊，安茲大人」的淺笑表情浮現腦海。

（那兩個人總是徹底猜錯我心裡的想法……誇張到我都懷疑是不是故意的了。還是說真的是故意的？）

「咦，咦？」

亞烏菈站起來，用力一拉好像沒跟上狀況的馬雷的手臂把他帶走。等兩人走得夠遠了，安茲問道：

「這樣可以開口了嗎？」

「可、可以。」

森林精靈頻頻以視線確定兩人離得夠遠了，才悄聲說道。身為黑暗精靈的兩人聽覺比人類更敏銳，像亞烏菈那樣從事游擊兵職業的人聽覺更是優異。眼前這些森林精靈應該也是明白這點才會壓低音量，但還是很有可能被亞烏菈聽見。

「一旦習慣了這裡的生活，就沒辦法再去過那種日子了……這裡……亞烏菈大人與馬雷大人的家住起來太舒服了。」

「咦？」

安茲原本也跟森林精靈一樣壓低音量，卻因為太過驚訝而不小心發出了正常的聲音。

一時之間，安茲以為她在開玩笑，但看到另外兩名森林精靈也重重地點頭表示同意，才知道她們說的應該是真心話。

她們說，首先飲食的水準就不一樣。森林精靈們都是把水果、肉類與蔬菜等等火烤或是水煮來吃。說是雙方投注在料理上的熱情大相逕庭。

如今她們吃慣了納薩力克的飲食，語氣堅決地說她們沒自信能回去過那種日子。順便一提，她們似乎特別愛吃披薩。

（原來如此……食物外交倒是個不錯的手段。能夠吃到這樣的美食，是個可以大大宣傳的重點……跟矮人沒兩樣！）

除此之外，她們還講到了其他部分。

說是安全性也不同。她們雖然在提升了安全性的地點——用魔法建造的村莊——生活，但每年還是不免有人死於魔物等威脅。相較之下，納薩力克連晚上睡覺都可以不用派人守夜。

安茲有很多話想說，不過她們所講的這些事情，就算亞烏菈與馬雷在場聽到似乎也不會怎樣。就在安茲心想「她們應該還有其他事情想說」時……

「而且能夠服侍那兩位大人是很幸福的事。」

「——噢。」

安茲恍然大悟，深深點了點頭。

那兩人是森林精靈的近親種族，而且是可愛的小朋友。服侍小孩也許會讓人有點困惑，但亞烏菈與馬雷的品德似乎勝過了這點。

安茲也是，假如問他在樓層守護者當中最想服侍誰，他會選亞烏菈與馬雷。不，當然如果真的被問到，他一定會客套地說「所有人都是出色的守護者，我選不來」。可是，心裡想的卻是那兩人。其次大概是科塞特斯吧。其他人他都不是很樂意。

但是，他不覺得這些話必須躲著那兩人才能講。本來以為還有其他問題，但森林精靈們想說的似乎就這些了。

（老實講，我不太能理解。他們倆在場又會怎樣？剛才講的那些內容，有哪個部分會讓他們挨兩人的罵嗎？……算了，管他的。）

「可以。那麼我希望妳們繼續在納薩力克效力。」

沒有必要拒絕她們的請求。

聽安茲這麼說，森林精靈們露出開心的表情。怎麼看都不像是在演戲陪笑臉。「既然要正式僱用妳們，我們得仔細談談薪資的支付與待遇等等。晚點我會派人跟妳們談。」

三名森林精靈似乎沒聽懂安茲說的話，但這件事非常重要。

一旦跟森林精靈國的黑暗精靈們加深友好關係之後，這三名森林精靈的待遇就變得很重要。找藉口說自己解救她們脫離奴隸身分，並讓她們提供勞力作為照顧她們的代價也不是不行。但是，任何事情都有個限度。目前納薩力克連薪水都沒付，是黑色企業中的黑色企業。他不希望今後可能來到國內的黑暗精靈用那種眼光看他們。

這麼一來，最好的方法還是利用這三人，先做出納薩力克是白色企業，對員工照顧有加的實際例子。

安茲偷看一眼周圍的女僕們。

可能是安茲他們壓低音量害她們聽不見了，女僕們一面擺出托著臉頰的姿勢，一面把手放在耳朵後面，努力偷聽他們說話。

簡直是不顧一切了。

想到這是出於一份忠誠心，安茲實在無心斥責她們。但真希望她們能再掩飾得巧妙點。

（有必要及早跟這些森林精靈簽訂契約。還有，不知道預定提供給森林精靈們的白色企業待遇能不能適用於一般女僕？）

感覺似乎可以，但是實際推行後，滿腦子只想工作的女僕們，會不會把怨恨轉移到造成假日增加的森林精靈身上？他是覺得森林精靈們不至於因此遭到制裁，但如果真的打算讓女僕們適用這套制度，或許先有所防範會比較好。

「……那麼這事先擱一邊，我希望妳們能協助我前往森林精靈國。如果可以——想請妳們帶路什麼的。當然，亞烏菈與馬雷也預定一同前往。只是，我們並不瞭解森林精靈們的禮儀規範，因此我也希望能夠請妳們做一下中間人。」

森林精靈們面面相覷，搖了搖頭。

「非常抱歉，我們還是沒有自信能為大人帶路。中間人也是……附近村莊的話是有去過，但禮儀規範之類的就……」

「是嗎……」

「非常抱歉！」

「噢，妳們不用低頭賠罪。」

在沒人帶路的狀況下前往未知之地會很麻煩，但她們也不見得真的能派上用場。如果漫無計畫無可避免，或許不用勉強她們同行也沒差。硬是帶去反而可能礙手礙腳。

安茲回過頭，對站在背後的露米埃招招手。安茲對著她湊過來的臉，只在耳邊簡短說了句「再來一點」舉起杯子。當然，杯中飲料一點也沒減少。為了表示得更清楚點，安茲只用視線看了看亞烏菈他們那邊。

本來還擔心可能有點難懂，但她似乎一聽就懂了，只說：「容我暫時離席。」就離開了。

「那麼——妳們森林精靈對黑暗精靈有何觀感？」

「都是了不起的大人物。」

聽到森林精靈回得這麼快，甚至有點搶著答話，安茲皺起不存在的眉毛。

他很高興聽到黑暗精靈這麼受歡迎，但感覺她們的回答具有另一層意義。

安茲立刻想到了原因。

是亞烏菈與馬雷。

「——不，不對。我想問的是黑暗精靈這種種族，跟妳們森林精靈族之間的關係。」

「都是了不起的大人物。」

「不是……」
這種忖度服從可能是無法解決了。她們作為亞烏菈與馬雷的隨從獲得了各種優待，當然不可能說什麼「黑暗精靈就是下等種族」之類的話。應該說她們如果這樣講就太可怕了。
「如同我方才告訴過妳們的，我想和森林精靈國建立邦交，也想把此事交給那兩個孩子處理。為此，我需要知道森林精靈族對黑暗精靈的普遍觀點。假如森林精靈的社會對黑暗精靈不抱太大好感，讓那兩個孩子當代表就不太可行。妳們說呢？我想聽的是真話。」
三人面面相覷。
「不敢隱瞞大人，我們的村莊沒有黑暗精靈，我們也是來到這裡之後才初次見到他們。因此，我們對黑暗精靈沒有什麼成見。頂多只有聽說過黑暗精靈是我們的近親種族，在很久以前從北方來到附近。」
「之前只是聽人家說過，實際上見到，才知道他們的皮膚真的是黑的。」
「我也沒有聽村人說過黑暗精靈的壞話。不過還是希望大人記得，這純粹是我們那個村莊的狀況。」
這些聽起來已經不像是忖度服從，或是說謊了。這樣聽起來，年輕的——他不知道這樣形容對不對——森林精靈對黑暗精靈可能都沒有什麼成見。
這樣的話，黑暗精靈雖是少數民族，但或許並沒有遭到欺凌。是因為森林精靈國有著一大外患——也就是教國，沒有多餘心力起內鬨？還是說因為住在森林這種難以求生的環境？

「……順便問一下，那不死者呢？」

「是汙染森林的敵人。」

「是令人作嘔的存在。」

「不過他們很少出現就是了。」

「啊，是。」

回得真快。

這些傢伙為什麼對於我這個亞烏菈與馬雷的主人就不來忖度那一套？安茲這麼想，但實在不好意思說出口。剛才是他自己說「我想聽的是真話」。但是她們未免也太直話直說了。一定是那種輕信社長的「今天喝酒不講禮數」然後被調去做閒職的類型。

不過，這下就確定安茲不能擔任外交大使了。不，說不定這樣反而更好。可以拿來當成藉口，說無法建立邦交實在是因為狀況不允許。所以絕對不是由於安茲的能力不夠才建立不了邦交。

還是說想前往森林精靈國的計畫，應該按部就班——先派遣外交官，建立了邦交後再慢慢起步？

（但我就是缺這個外交官啊……沒有一個可以信賴的人類內政官真是一大弱點……不過

也有可能只是我不知道。這樣的話，不知道能不能向雅兒貝德提議派冒險者過去？不……讓冒險者擔任國家代表目前還是不太放心……不過這只是我的推測，也許是錯的……）

假如這樣告訴雅兒貝德，她也許會說：「冒險者也可以。」只是——

（——最根本的問題是，有那個時間慢慢來嗎？）

森林精靈國目前與教國為敵，似乎遭到該國侵擾不斷。這種狀況早在她們被擄走之前就開始了，搞不好整個國家現在已經面臨分崩離析的局面。

森林精靈國的淪陷，對安茲來說不是件壞事。因為這樣伸出援手時，效果會更好。那麼是否該等它失陷了再行動？非也。

安茲沒時間慢慢看情況了。因為亞烏菈與馬雷的候補朋友們說不定會在戰爭中喪命。特別是黑暗精靈屬於少數民族，性命格外寶貴。

（還是說先把他們倆送去——不，這個不可行。只派他們倆前往未知的環境，我實在不放心。雖然我知道那兩個孩子是百級NPC，不是普通小孩……別考慮邦交的事了，專心交朋友就好。還有，我看我還是跟去比較好。）

目前安茲不打算介入森林精靈國與教國的戰爭，援救森林精靈國。因為安茲目前想先避免在自己的一念之間導致教國與魔導國徹底進入敵對關係。

安茲很想知道雅兒貝德或迪米烏哥斯的看法，可是去探問這方面的事，又怕兩人會發現安茲的腦袋其實空空如也。更可怕的是如果不巧妙地轉變話題的方向，安茲這個笨蛋的意見會被優先採用，將來說不定會對納薩力克造成損害。

（也許可以去森林精靈國，只警告黑暗精靈趕緊疏散避難？這樣的話……就不用帶那兩人以外的人去了？）

就算要帶，比起率軍前往，半藏之類長於潛伏能力的護衛會是更好的選擇。

就跟前往矮人國的時候一樣。

「原來如此……」

安茲看著三名森林精靈。這三人就等於是那個蜥蜴人。

「怎、怎麼了嗎？」

「不，沒什麼。自言自語罷了。」

例如從這三人當中選出一人帶去。當然，其餘二人留在這裡。這麼一來既然有同伴成為人質，她應該會避免做出危害安茲利益的行為。

還不賴。

就算她們發現自己成了人質，只要堅稱我方沒那個意思就好。

安茲看看亞烏菈他們。大概是看出安茲的意思是可以回來了，亞烏菈、馬雷與露米埃他們都回到餐桌旁。

「對了，你們森林精靈喜歡收到什麼樣的伴手禮？金銀珠寶之類的嗎？」

「村莊裡不會用到金屬貨幣，收到金銀財寶可能也不會高興……」

「如果是我們的村莊，收到糧食會最高興。再來應該就是很難採到的藥草吧。雖然一點小傷可以用魔法輕鬆治好，但如果是中毒或生病就只有本領較好的森林祭司才治得了。因此，能夠隨身攜帶的藥草會很有用。」

「畢竟衣服之類的用森林精靈樹就能做出來了。」

「不只住宅、箭矢與彈丸……連衣服都能做嗎……精靈族的森林祭司使用的魔法真是無所不能。馬雷的魔法就沒那麼神通廣大了吧？」

「咦？啊，是、是的。我不會用那種魔法。」

這種奇特的森林祭司魔法想必就是精靈族的進化形態了。安茲希望有機會能獲得這項技術，但納薩力克的人恐怕用不來。想到這點，就覺得將這世界的人民納入統治，建立出全世界都臣服於納薩力克的體制，在對抗其他公會時必定能夠成為決定勝負的一個關鍵。

不——

（應該假設已經有那種公會——早在過去就傳送到這世界來了。我得將這項情報告訴雅兒貝德，並斟酌是否該重新擬定國家戰略才行。）

最好認為安茲能想到的事情其他玩家也早就察覺到了。只有蠢蛋才會以為自己最特別。

為了以友善手段讓精靈族知道魔導國的好，等到了森林精靈的村莊，視情況而定用「傳送門」把料理往返運送進村莊或許也不錯。他記得這招在矮人那時候就很管用。

只要回想起當時的經驗作為參考，說不定會一切順利。

（那時候我也是巴不得能丟下一切逃走呢……）

「……最好的方法應該是先找到那個蛾眉月湖，在位於湖邊的森林精靈王都收集情報後再前往黑暗精靈村吧。」

「您要去黑暗精靈的村莊嗎？」

亞烏菈顯得像是有話想說。可能是當著三名森林精靈的面，不便問得更清楚吧。

安茲也不能直說去黑暗精靈村是為了讓他們倆認識朋友。因為他不想把交朋友變成一項命令。

「對，我有此打算。屆時你們倆也必須幫助我。」

安茲故意裝作沒注意到亞烏菈的反應，不過兩人立刻答應，回答得都很有朝氣。

（下一步該怎麼走……勸說嗎……大概不會像矮人的時候那麼順利吧……）

安茲沒自信能夠突破下一個難關。但也只能設法突破了。一方面也是為了以此作為布局，讓納薩力克引進有薪假制度。

剛好就在這時——雖然也有可能是看準了談話告一段落的時機——餐點上桌了。

「好了，你們吃吧。」
安茲宣布開動後，森林精靈們兩眼發亮地開始享用餐點。

3

一個人在挑戰難關時，會怎麼做？
也許有幾種──所謂可以用來克服難關的適當方法，這次安茲從中選擇了人數優勢與地利之便。
他讓亞烏菈與馬雷站在自己的左右，在守護者們準備的謁見廳裡的王座坐下。一手握著許久沒用上的安茲．烏爾．恭之杖的真品。
換個說法，就是化身為納薩力克的絕對統治者兼公會長安茲．烏爾．恭。
然而即使做了這麼多準備，仍然不見得能贏過即將到來的對象。對方正是所謂的最終頭目，而且是區區九曜世界吞食魔根本沒得比的最終頭目。
安茲吞吞不會分泌的口水。
腦中已經模擬過多次了。他設想過對方的各種反應，摸索自己該交出的完美答案。但是

——安茲終究是個凡人。對方的思考能力恐怕令自己望塵莫及。

總歸一句話——

（只能——靠運氣了！）

就期待自己的即興表演能力吧。未來的安茲一定會設法解決的。

在門前待命的露米埃告訴安茲對方已經到來。

「——好，准她進來。」

「遵命，安茲大人。」

對方是誰不言自明。

正是樓層守護者總管（最終頭目）雅兒貝德。

她眼睛一看到安茲的瞬間，立刻收起平素的微笑，神色變得肅穆。

「非常抱歉讓大人久等。」

面對在門口深深低頭致歉的雅兒貝德，安茲命令她：「把頭抬起來。」

「不用介意，雅兒貝德。妳已經向我報告過會晚到，所以這樣算是準時到達。」

安茲剛才用「訊息」聯絡雅兒貝德時，她說她在冰結牢獄處理一些事情，目前的裝扮不適合面見安茲，希望能給她時間整理儀容。

安茲完全沒有理由拒絕，於是比雅兒貝德請求的時間又多給了大約半小時，指示她到這裡來見自己。而雅兒貝德又比指定時間提早了足足十分鐘到來，不知是出於她的個性，或是身為社會人士的鐵則。

雅兒貝德抬起頭來，走到王座前面單膝跪下。

安茲開門見山地說：

「雅兒貝德，我接下來幾天要放有薪假。」

要找一堆藉口當然也行。但是至今安茲每次亂找藉口，總是會讓事情往奇怪的方向發展。既然如此，這種時候還是誠實說出真正的目的比較好。況且這次迪米烏哥斯不在場，應該不會發生天馬行空跳脫邏輯的狀況。

仰望安茲的雅兒貝德眉毛微微一挑，視線也往左邊、右邊移動。想必是在確認亞烏菈與馬雷的反應。

安茲暗自觀察雅兒貝德會做出何種反應，就看到雅兒貝德不苟言笑地說了：

「包括這納薩力克在內，魔導國的一切全都屬於安茲大人。」

（——嗯？）

不懂她在說什麼。

完全聽不懂。

怎麼會變成是這種反應？

究竟是穿越了什麼時空，歷經了何種思維，才會讓這種結論化為言語脫口而出？

安茲到底該對這句話做出何種反應？

立刻浮現腦海的回答有二。

一個是：「妳在講啥咪？」另一個是：「妳說得對。」當然，他會把話包裝得更有統治者的風範再講。

安茲費神思考到想像中的大腦都快燒掉了。但是沒時間了。雅兒貝德已經把球丟給了他，他必須盡快再把球丟回去。

「……雅兒貝德，妳似乎有所誤解。我想說的不是這個意思。」

安茲實話實說。從以前到現在，每次不懂裝懂有得到過任何好結果嗎？

——好吧，其實有。

總之，納薩力克絕對統治者，安茲．烏爾．恭至今都成功守住了受人尊敬的地位。以鈴木悟的內心為犧牲。

雅兒貝德露出了像是有所覺察的表情。

「屬、屬下該死，安茲大人。」

然後急忙低頭致歉。

「無妨，我沒有在生氣。對，妳不需要低頭賠罪。」

要是有人喜歡讓沒做錯任何事的人低頭賠罪，那一定是人渣。

「不，可能要怪我說什麼有薪假，才會害妳誤會。」

納薩力克沒有像樣的薪水與休假制度，是黑色企業中的黑色企業。所以聽到安茲說有薪假，是很有可能把它錯當成某種隱喻。這要怪安茲至今沒有建立起一套注重員工權益的體系。當然，安茲也很想辯解那是因為NPC他們自己不肯配合，強烈希望能夠不斷工作，才會一直維持現狀。

順便一提，根據鈴木悟自己的經驗，無論公司待遇爛到哪種地步，只要人際關係和諧就還能撐得下去。相反地即使待遇超好，如果人際關係壞到極點的話，很快就會精神崩潰。

從這個層面而論，納薩力克或許就是因為人際關係棒到不行才能順利運作。

「——是我的錯。請妳原諒。」

安茲也低頭道歉。

「安、安茲大人！請快抬起頭來！」

聽到雅兒貝德急忙這麼說，安茲抬起了頭來。

「……總之就當作我們互相道歉了，妳願意原諒我了嗎？」

「何來什麼原諒不——」

「——我如果變得不會跟你們道歉就完了。那不是我該有的樣子。」

雅兒貝德倒抽一口氣睜大雙眼，然後誠敬地低頭。

立於左右的兩人動了一下，想必是對雅兒貝德突來的反應感到驚訝吧。

安茲還來不及說「怎麼了！」問個清楚，雅兒貝德先抬起了頭來。

「那麼大人您說要放有薪假，請問大人預定帶著這兩人前往何處呢？」

不愧是雅兒貝德。

聽到有薪假立刻就想到安茲是要外出，實在可怕。換成安茲是雅兒貝德現在的立場，一定會問：「看他們倆在這裡，妳是不是想在地下六層放鬆一下？」

「我有意帶著這兩人前往據說位於南方的森林精靈國。」

「森林精靈國……」雅兒貝德想了片刻，然後開口說了：「原來如此。」

什麼原來如此啊。

難不成她以為安茲要去跟森林精靈國建立外交關係？這得問清楚才行。

「……別急著下結論，我不是要去進行外交協商。只是想去看看情形。」

「屬下明白了。」

這麼聽話？還以為她會再說些什麼——

這樣反而讓人害怕。安茲有種預感，好像兩人之間已經發生了致命性的誤會。

「……事情就是這樣，我要放有薪假，帶著這兩人去森林精靈國旅行。因此，有任何急事就用『訊息』等方式聯絡我。我很快就回來了……我沒有要做其他事情了，沒有這個打算，知道嗎？真的。我是說真的，懂嗎？」

「屬下明白了。那麼大人是否打算立刻動身？」

「呃，對，就是這樣。」安茲沒想到那麼多，但是考慮到教國等等的問題，立刻動身或許比較好。「我是這麼打算，但得等亞烏菈與馬雷準備好才行。」

「我想兩人不會有異議的。只要安茲大人希望即刻動身，他們當然也該即刻做好準備。」

安茲心想「不要這樣說啦」，但兩人都同意雅兒貝德的發言。

「唔嗯——」

既然兩人都說沒問題，安茲或許也不用多說什麼。但是，還有一件事。

「——我是想做個確認。不僅僅是雅兒貝德，亞烏菈與馬雷，我也要問你們。納薩力克地下大墳墓建立了魔導國，將帝國納為屬國，令荒野的亞人類種族成為臣民，不久之前又毀滅了王國。統治地區不斷擴張，可以說這個組織正在日漸壯大。話說回來——我心裡稍有不安。組織是壯大了沒錯，但我擔心沒有培育出能力符合組織要求的人才。」

會不會因為一、兩個人休假，就導致組織運作停擺？

的確，亞烏菈與馬雷是組織的幹部。以公司來說就是高管。基層員工或許要多少有多少，但高管就不是誰都能替補了。話雖如此，如果組織只因為兩人休假就停止運作，那可是很嚴重的問題。

假如有那種狀況，便必須中止或是變更計畫。

「——我對此憂心忡忡。如果會有這樣的狀況，那就得採取一些治本的措施才行。」

「屬下認為沒有問題。況且若是有個萬一，還有屬下或迪米烏哥斯在。或者也可以請潘朵拉·亞克特提供協助，就萬無一失了。」

「原來如此，不愧是雅兒貝德。我這點微不足道的憂慮妳都已經解決了啊。身為這納薩力克的最高智者——之一兼守護者總管，妳不辱其名的貢獻，實在是做得漂亮，令我欽佩。」

安茲盡全力稱讚雅兒貝德。

不像安茲，雅兒貝德有在好好管理組織。不好好讚美一番怎麼行呢？

「——感謝大人厚愛。」

雅兒貝德深深一鞠躬後恢復原本的姿勢。只是，她的表情有些僵硬。

這時安茲又想到一個問題，再次問道：

「這次是亞烏菈與馬雷……那麼如果讓雅兒貝德與迪米烏哥斯放假，組織還是能夠運作如常吧？」

雅兒貝德一時語塞，但旋即回答：

「就算我們不在，我相信其他人定能達到安茲大人要求的水準，彌補我們的空缺為大人效力。」

「嗯……雅兒貝德……不是妳相不相信的問題。我要知道的是，到底能不能夠正常運作……站在妳的立場，質疑各樓層守護者——同伴們的能力確實是件難事，心裡也不好過。但是，能不能請妳用公正的判斷，正確地回答我，實際上究竟辦不辦得到？假如辦不到的話，我認為應該在閒暇時間進行訓練，著手改善組織制度。不過嘛……好吧，我這點智慧能想到的小事，雅兒貝德的話應該早就想到了吧。」

「那、那個，安茲大人……在談話過程中……那、那個，抱歉打擾您。」

「怎麼了，馬雷？」

「啊，呃，是這樣的，真、真的很對不起。我、我沒自信能夠做得像雅兒貝德一樣厲害……」

經過一段靜默的時間，雅兒貝德用帶刺的語氣說了：

「——你想說的就這些？」

怎麼回事？

安茲不覺得馬雷說的這些話，有哪裡會激起雅兒貝德的怒氣。安茲聽了甚至還心想「就是啊」，覺得完全能夠理解。

「咦，啊，啊，是……」

「馬雷！」

雅兒貝德的怒吼聲，讓馬雷的肩膀劇烈抖動了一下。雅兒貝德的臉色十分可怕，令人感覺到她是真的動怒了。

安茲還來不及阻止，雅兒貝德便語氣強硬地說：

「你身為光榮至極的樓層守護者，竟敢說無上至尊指派的任務你做不來！」

「雅兒貝德！——不要這麼大聲。做不到的事情就說做不到有什麼不對？做不到卻說做得到才是大錯特錯。」

「——恕屬下斗膽直言！」

安茲都已經出言制止了，雅兒貝德的嗓門卻比平時還大。不過不同於剛才，這次的對象不是馬雷，於是安茲默許她繼續說下去。

「問題不在於做不到就說做不到！做不到卻不提出如何才能做到的建議案，這才叫大有問題！無上至尊指派的任務做不來竟然就這樣算了，身為樓層守護者絕對說什麼都不該有這種態度！」

安茲一時詞窮，在心中發出呻吟。

不能說雅兒貝德的這番話是錯的。的確從這種觀點來看的話，馬雷的發言是不可取。

「……安茲大人，我覺得雅兒貝德說得對。馬雷應該收回自己的發言。」

亞烏菈冰冷地說。連親姊姊都來責怪自己，馬雷發出軟弱的「啊嗚，啊嗚」的呻吟。

「身為樓層守護者該有的——」

「夠了！」

聽到雅兒貝德還要繼續追究，安茲大聲斥責打斷了她。當然，他只是在演戲，不是真的動怒。情感沒有受到抑制就是最好的證據。

安茲在出聲斥責的同時散發了靈氣。目的是藉由視覺效果強行奪回主導權，絕不是為了造成減益效果。不如說他很清楚不只是雅兒貝德、亞烏菈與馬雷，就連露米埃也隨身攜帶精神作用無效的道具，知道他們不受影響才會這麼做。

他猜不到雅兒貝德本來接著打算說什麼。說不定雅兒貝德原本打算溫和地開導馬雷。但是只要兩人的關係有變得無法挽回的可能性，安茲就非得插嘴不可。

「……馬雷，雅兒貝德的說法確實可以接受。如果覺得做不到，你是應該提出替代方案。」

「非、非常抱歉……」

「……話雖如此，雅兒貝德。部下認為自己辦不到卻強迫他去做，這樣的上司是不是也有點問題？」

「……不能說完全沒有。」

「關於這次的事，我認為雙方都有缺失。雅兒貝德，妳的忠誠心令我感激。但是，誰都有可能犯錯。為了避免同樣的錯誤再度發生，也為了避免當事人掩蓋過錯，第一次出錯時應當好言相勸。」

事實上，雅兒貝德因為忠誠心與能力太強，動輒提議對各方面採用嚴厲的應對方式。不過安茲大多時候都會駁回，目前應該還沒演變成太大的問題。假如把全權交給雅兒貝德，國內恐怕會吹起一陣整肅風暴。

（不……應該沒那麼誇張，是我杞人憂天了……吧……）

「是，屬下似乎是有點太激動了。馬雷，別跟我生氣喔。」

「咦，咦，啊，沒有，不是的。雅兒貝德剛才說得很對……是我想錯了，非常抱歉。」

兩人低頭致歉——馬雷九十度彎腰鞠躬——事情姑且算是告一段落了。

「……那麼剛才講到哪裡？噢，對了，我們說到我要放有薪假帶你們倆去森林精靈國，並且要你們倆妥善處理這幾天的職務代理。總之……我要你們在大約三天內找好代班。可以的話……不要交給樓層守護者等人，試著讓你們的部下做做看。如果行不通的話——」

安茲心想才剛攻陷王國，雅兒貝德或許忙不過來。

「——就找潘朵拉・亞克特商量。兩人都明白了嗎？」

兩人朝氣十足地回答「是」。

「那麼安茲大人的隨從人員呢？是否要挑選幾名半藏？」

那樣也不錯。應該說半藏們好用得令人驚訝。講句真心話，如果有多餘金錢以及資料的話真想再多叫幾名。

半藏的資料已經沒有了，不過圖書館還有其他忍者系魔物的資料，只要拿那些來用就行了。然而——

（——我不太想動用寶物殿裡的財產，可能得忍到我自己存夠錢了。不，還是說應該以納薩力克的強化為優先？前往森林精靈國的路上可以稍微想想。唉，好想要錢啊……真希望有一筆錢能讓我自由運用……要是哪裡有個傢伙積聚了一堆財寶就好了，必須是那種被我洗劫也不會有人來抱怨的對象……）

「……安茲大人？」

「嗯？……噢，抱歉。似乎想事情想到有點忘我了。這個嘛——」

安茲本來想說「就用半藏們」，但又閉口不語。都說優秀的社會人士必須具備察言觀色的能力。而身為一般社會人士的安茲似乎也只有這一刻忽然吉星高照，第六感告訴他先不要急著同意。

只因他從雅兒貝德的語氣當中，聽出了一絲異於平常的情感。

「——不，我並沒有打算帶半藏同行，妳有什麼事想讓半藏們處理嗎？」

「啊，沒有，既然大人表示這次無意讓他們跟隨……屬下也並非對安茲大人的判斷有意見，只是……」雅兒貝德顯得有點難以啟齒，窺探著安茲的臉色說了：「有些意見表示大人相當重用半藏們……有很多人希望能為安茲大人效勞，還望大人也給予那些人盡忠的機會。」

見安茲陷入沉思，雅兒貝德慌張失措地說：

「大人只要願意把這事放在心上，知道有些人希望能有機會為大人所用就好！」

「唔嗯。」安茲回答的同時，心中大呼不妙。

安茲——鈴木悟終究是個凡人，所以想都沒想過會發生這種問題。

他的確很器重半藏的能力。但是現在如果有很多人都這樣認為，這絕不是一種好現象。

公司的組織架構當中永遠少不了偏心行為。就算能力多少差一點，被老闆喜歡的員工當然比較容易升官。只是，這樣無可避免地會造成公司內部的人際關係惡化。

那樣就糟了。剛才安茲不是才想到黑色企業納薩力克是因為人際關係良好才能勉強維持下去嗎？

在這種狀況下，他絕不可能說什麼「還是帶半藏去好了」之類的話。

「好吧，隨行人選我日後再——不，立刻就聯絡眾人吧。妳不覺得猜猜誰會被選上，讓每個人都做好被選上的準備也挺有意思的嗎？」

安茲咧嘴一笑。心裡卻是截然不同的態度。

雅兒貝德露出「原來如此，不愧是安茲大人」的表情低頭領命。

「屬下明白了。屬下立刻去聯絡隸屬於納薩力克地下大墳墓的所有人員一聲。」

「唔嗯，有勞了。」

安茲站起來，只帶著露米埃一個人走出房間。然後就像完成一件案子的上班族常有的動作，「呼……」嘆了一大口氣。

●

聽到門扉關上的聲響，雅兒貝德抬起深深低垂的頭。結果和想必也在同樣時間點抬起頭來的兩人對上了目光。

「欸，雅兒貝德。我有點問題想問妳。」

「什麼問題？」

她邊站起來邊回問亞烏菈。

「安茲大人表示要放有薪假前往森林精靈國……妳覺得大人的目的是什麼？總不可能真的就只是去享受閒暇時光吧？」

「——我想也是。」

「咦？是、是這樣喔？」

納薩力克的最高統治者安茲・烏爾・恭是每一步棋都帶有多重用意的智謀之主。最少也該認為有三個目的。

真要說起來，君王可不是個小頭銜。不可能像一件大衣那樣，隨著心情穿穿脫脫。縱然本人說只是放假——而且也把這個意思傳達給外國——對別國來說他還是地位崇高的魔導國君王。他的每個舉動背後都有著魔導國的意志。再笨的人都明白這個道理。

因此，主人說要休假前往森林精靈國，這話當中必定有著另一層意味與意圖。

「那妳認為安茲大人真正的目的是什麼？」

「如同大人所說，一方面是作為建立組織的一個階段，但更重要的應該是收集情報吧。」雅兒貝德邊想邊說。「這方面比起我，迪米烏哥斯應該能回答得更正確……不過可以猜到的是，教國必定正在對森林精靈國發動大規模攻勢。」

「妳、妳說教國嗎？」

納薩力克內部已經分享了教國某種程度的相關知識。因此，最基本的說明可以省去無妨。

「是啊。一旦得知假想敵國魔導國已經跟王國開戰，他們當然也會急於解決森林精靈與他們之間糾紛不斷的問題嘍。」

「記得好像是因為兩面作戰不是很好？」

「妳說得對。目前教國還沒有跟魔導國進入戰爭狀態，但考慮到將來情勢，他們不會想把部隊分成南北兩路的。這麼一來，為了解決與森林精靈國之間的問題，他們極有可能已經發動大規模攻勢了。我是覺得事態演變成這樣不太可能談和，但也不能完全確定。」

雅兒貝德個人覺得，就算森林精靈國被教國所滅也沒有問題。讓他們把森林精靈變成奴隸，反而能讓己方獲得解放森林精靈這個正當理由，將來正好多了一個能夠對教國採用的手段。然而主人的想法似乎有點不同。還是說他就是要查清楚這方面的情勢，才會去收集情報？

如果是迪米烏哥斯，也許能夠十分有自信地做出結論。

雅兒貝德在內政方面勝過迪米烏哥斯，但在軍事關係上就得讓他三分。因此，她一方面對於自己沒能看出應該看出的部分而感到羞恥，卻也對於迪米烏哥斯的靜觀態度感到不解。

（迪米烏哥斯是否瞞著我們在做某些動作？明明在祕密收集森林精靈國的情報，卻不把情報交出來，難道是有什麼企圖？我是覺得不可能……）

迪米烏哥斯由於必須離開納薩力克處理各種事務，握有的自由裁量權比其他守護者都要大。或者應該說其他守護者都不太行使這份權力比較正確。話雖如此，他所獲得的情報或是採取的行動，日後為了上報主人，會寫成書面報告——大多數時候都寫得鉅細靡遺，變成閱讀起來相當辛苦的一大疊文書——雅兒貝德也會透過這份報告得知消息。因此，她不認為迪米烏哥斯有什麼行動不在她的掌握內，報告中卻從未提及森林精靈國的消息。

但是，從迪米烏哥斯的為人來想，不太可能知情不報。最大的可能性還是他剛好沒處理到那一塊。

只是反觀自己的所作所為，她也實在無法斷定「絕對不可能」。

等離開這裡之後，自己最好立刻去見迪米烏哥斯。不——應該叫他過來。這種話不該在對方的地盤說。但如果讓自己的部下隨侍左右進行對話，又有可能讓迪米烏哥斯揣測她的用意。

（可是，假如迪米烏哥斯帶著惡魔們過來……不，他會做出那麼武斷的行動嗎？他是否在懷疑我？反正他還沒有採取行動，應該不成問題——）

「我、我們會跟教國開戰嗎？」

「——咦？呃，嗯，這個嘛，我也不知道會不會走到那一步。說不定就連安茲大人也無法斷定，才會把這次出行說成休假。」

馬雷的詢問讓雅兒貝德回過神來，急忙回答。她不小心想得太專心了，但兩人的眼中都沒有詫異之色。她決定暫時把迪米烏哥斯的事情從腦中消除。

主人或許是打算這次不作為納薩力克的統治者，而是以一名正在放假的不死者的身分展開行動。這樣萬一發生最糟的情況時，可以讓納薩力克不受危害？

「……也許是只有這次就連安茲大人也有些地方不能確定，才會決定獨立於納薩力克之外採取行動吧。」

「不會吧！」

「咦咦？妳、妳說安茲大人嗎！」

兩人大聲驚叫，用懷疑的眼光望著雅兒貝德。

吾主智謀從以前到現在料事如神，事情發展盡在他的掌握中。他們不只一次目睹看似平凡無奇的一步，日後竟變成決定性的一擊。還聽說主人所走的每一步，都是放眼約莫千年之後的局勢。

聽到這樣的主人有可能錯判局勢，他們當然會覺得錯的是雅兒貝德了。

「……果然就連雅兒貝德也沒辦法看穿安茲大人的想法啊──」

看到亞烏菈在後腦杓交疊雙手，雅兒貝德對她苦笑著說：

「就算是我也絕對不可能完全看穿安茲大人的深謀遠慮。至今所發生的每一件事已經讓我徹底明白這點了……坦白講，我不知道安茲大人是出於何種判斷才會使用有薪假這個說法。只是既然要去森林精靈國，我們跟教國開打的可能性就很高，這點你們可以先知道一下。」

兩名守護者神色嚴肅地點頭。

「請、請問一下，帶自己的部下一起去是不是不太好……？」

「你是說安茲大人挑選的部下以外的人，對吧……」

雅兒貝德考慮了一下馬雷的提案。帶上主人挑選的部下以外的人同行可以說是大不敬，但也有可能因為主動做準備而討到主人的歡心。

「假如安茲大人希望的是少數精銳的話……不，等我一下喔。」雅兒貝德更進一步思考。「你還是先預設少數與多數兩種情況，分別選出不同的警護兵好了……我這邊也會跟迪米烏哥斯討論過安茲大人的目的，然後再聯絡你們。」

（安茲大人非常擔心納薩力克內部的組織能力下降。這會不會也跟這次的理由有所關聯？）

雅兒貝德請主人放心時，主人回給了她一番語帶諷刺的讚美。意思大概是雅兒貝德沒能正確看穿主人的不安，未能完美回應主人的信賴吧。

（這點似乎讓大人備感憂心……）

主人已經將一名足可與雅兒貝德或迪米烏哥斯匹敵的智者納入旗下了，這樣還覺得不夠嗎？還是說——

聽到兩人的回應，雅兒貝德最後說：

「亞烏菈、馬雷。等看到安茲大人挑出的人選，或許可以再體察一點大人的心意……但我想這次將會是高難度的任務。你們必須留心注意每一件事，不可以大意，每次行動時都要動腦思考。」

兩名守護者對雅兒貝德回答得充滿幹勁。

從兩人的戰鬥能力來想，她不認為他們會保護不了主人，但還是不能有所懈怠。她必須去跟迪米烏哥斯討論一番，視情況而定，或許還得考慮到納薩力克全體出動的可能性以做好準備。

（就算多少推遲王國餘孽的撲滅工作，也得做好準備以防萬一。）

雅兒貝德在腦中思考今後的工作順序，跟兩人一起離開了房間。

第二章 納薩力克式旅行情景

Chapter 2 | The Travelling Scenery in Nazarick

1

森林精靈國的所在地點伊萬夏大森林沒有稱得上險地的地形。儘管多數危險魔物出沒的場所、亞人類等族群組成的小規模國家，或是讓人無法分辨東南西北的地形或許都能稱為險地，但是沒有堪稱要塞的建築物或是人類無法走完的險峻地形。然而的確有一個地點稱得上難以突破。

一個由個人形成的地點。

火滅聖典的副領隊舒恩，躲在森林裡的稀疏樹木後方，視線往前望去。

一個外表看起來頂多八歲的森林精靈女孩獨自待在那裡。由於森林精靈的個頭比人類矮，使她看起來更幼小。

小女孩在隆起的土堆上放了一把小椅子，坐在那裡。手拿與矮小身材不搭調的一把大弓，放在椅子旁邊的箭筒裡有幾枝箭露出頭來。

箭筒不是很大，露出的箭用兩隻手就能數完。然而他已經接到報告，指出箭筒裡的箭不管怎麼射都不見減少。可以確定是魔法道具。

周圍沒有小女孩以外的人影。

就她一個人。

一個小孩。

——就是這樣才可怕。

英雄能夠憑著一己之力顛覆戰局，可與一萬將兵相比。事實上這個小女孩，已經奪去了教國將近千名士兵的性命。

結果導致面對這個端坐在小椅子上的女孩，教國侵攻軍四萬人馬無法動彈。

作為戰術常道，無法突破的敵軍戰力應該迂迴繞過。他們並不是非得通過這裡不可，況且大森林雖然本身就是一座自然要害，但幾乎沒有哪個地方不能繞過。

然而對手不是軍隊，是單騎。敵人如果人數龐大，要察覺其動向不難。但是這個小女孩非但戰鬥能力可怕，其機動力更是無人能比，一旦追丟，想再次捕捉到其蹤跡談何容易。足以與一支軍隊匹敵且難以捕捉的敵方戰力在大森林裡銷聲匿跡——代表長期游擊戰就此開始，無庸置疑地會重挫前線士兵的士氣。

也有一種方法是撥出兵力與小女孩對峙，趁著進行遲滯作戰的同時讓本陣前進。這不算是下策。問題是必須忽視在敵區分散戰力的致命性風險。

既然如此，對手不躲不藏地在此布陣——如果只是坐在椅子上能稱為布陣的話——的這一刻可以說正是良機。高層的判斷是應該趁著掌握對手所在位置時，不惜對自軍造成犧牲也要排除對手。

英雄剋英雄。派再多小兵小將過來，也無法解決這個難題。

這次的教國侵攻軍，沒有堪稱英雄的人物從軍。所以才會輪到火滅聖典登場。

話雖如此，火滅聖典當中也沒有英雄。過去曾經有人登記在冊，但他已經轉調到漆黑聖典了。應該說教國內所有踏入英雄境界的人，幾乎都會被漆黑聖典挖角。

很遺憾地，舒恩也沒達到英雄的境界。

但高層認為火滅聖典團結起來連英雄都能屠戮，才會將他們派至這個戰場。

事實也是如此。

舒恩等火滅聖典成員有辦法殺死英雄。

然而剛踏進英雄境界之人與直逼偏常者之人，兩者之間可說天差地別。他們對上前者還有勝算，後者就沒了。正因為如此，舒恩才會如此專注地觀察小女孩。

無名小卒、強兵、精兵、英雄，然後是偏常者……閱人無數的舒恩有著知識與經驗。他必須盡量精確地估計那個森林精靈女孩的能力，保護部隊周全。縱然沒有漆黑聖典那麼神通廣大，火滅聖典的成員也確實是千挑萬選的精銳——儘管隸屬於六色聖典的所有人都是如此

——絕不可以白白喪失。

因此視分析結果而定，也有可能判斷必須投入死兵拖住對手，並趁機從本國把漆黑聖典叫來。

舒恩慢慢地，呼出一小口長長的氣。

已經躲在樹後，使用了「隱形（Invisibility）」與「寂靜（Silence）」——一般來說，魔力系魔法並不包含「寂靜」，這是經過開發讓魔力系魔法吟唱者也能使用的物品——這兩種魔法，卻還是連呼一口氣都如此耗費精神。

他很想擦掉額頭滲出的汗，然而所有一切動作都伴隨著死亡風險，他不能輕舉妄動。舒恩以魔力系魔法吟唱者來說法力高強，但不經由魔法幫助的潛伏能力只比平常人略強一點，所以才需要努力。

森林精靈女孩修得的職業很可能是弓兵系或游擊兵系。後者的話屬於感官敏銳化的職業，縱然舒恩受到兩道魔法的防護也還是有可能被看穿。當然，她或許無法掌握正確位置，但說不定會用範圍攻擊——已經證實她擁有那種招式——把他們逼出來。

就算萬一目標真的是英雄，也應該不至於一擊就讓舒恩受到致命傷。但是，他沒有自信能在負傷狀態下設法逃走。

舒恩真正怕的不是死亡，而是無法把現有的情報帶回去——白白送命。

（——不過話說回來，真是個令人不舒服的小鬼。）

目標的表情從開始觀察到現在一次也沒變過。表情陰沉，活像個人偶。

不過，舒恩知道那不是人偶，是個有血有肉的人。

不知道觀察到現在過了幾分鐘？

目標動了。

舒恩的心臟重重跳動了一下。他怕目標盯上的獵物是自己。

目標的視線並未對著舒恩。話雖如此，還是不能放心。因為對於真正的武藝高手來說，使用視線做出假動作只是雕蟲小技。事實上就舒恩所知，的確是有這樣的一種武技。

這時經由第二位階魔法「象耳」（Elephant Ear）強化過的聽力，捕捉到不只一人從後方接近的腳步聲。目標感知到的必定就是它了。

肯定是同胞——教國的士兵們。

罪惡感閃過舒恩的內心。他很清楚士兵們被派來的理由。

舒恩不會對士兵們發出警告。那不是他現在該做的事。

睜大眼睛看清楚。這是他唯一需要做的。

唯有親眼看見目標的戰鬥能力，才能完全摸清她的能耐——實力的高低。為了這個目的，高層按照約定派所需的犧牲品過來了。

這可是以同胞的寶貴性命作為代價。他一面注意不讓自己的氣息移動，一面回頭。以第二位階「鷹眼(Hawkeye)」強化過的視力捕捉到箭的動作。

他看到射出的一枝箭彎彎曲曲地穿行於樹木之間。然後在空中擴散，變成了多達幾十枝的箭雨。

接著箭雨灑落大地。

那不會是百步穿楊的一箭。就算她能聽聲音正確察知目標的所在位置，他們人在森林裡，在樹木阻擋下不可能進行精確的狙擊。但如果換成「火球(Fire Ball)」之類的魔法，火勢想必可以一路延燒到遮蔽物的後方。而她就是結合了讓箭穿梭於樹林中的能力以及讓箭擴散的技術，達到了類似的效果。

舒恩經過強化的聽覺接收到士兵們的慘叫。聽起來沒有人全身而退。

（——慘叫？有人還活著？）

士兵們遭受到來自視野外的攻擊，反應都是混亂與恐懼。他們當中似乎沒人能正確判斷箭射來的方向，所有人開始往不同方向各自逃命。部隊已經不剩半點戰意。

這樣做並沒有錯。不，甚至可以說是最佳選擇。只要所有人都往不同的方向逃跑，自然會有人逃到殺傷範圍外。

小女孩再次放箭。

發動了避樹飛翔能力的箭移動到正確位置，再次變成放射狀的箭雨。

大雨傾盆般的聲響，蓋過了士兵們的慘叫，踩踏草地的跫音也中途消失。

士兵們的捐軀，讓他得到了一項重要情報。

那種攻擊沒能一擊殺死一般士兵。的確，在發動攻擊擴散能力——例如武技——的時候，一般來說造成的損傷與命中精度都會下降。但如果是英雄的話，區區士兵應該能夠一箭射死。既然如此，答案就只有一個。

（——她不是英雄。那個小鬼還沒達到英雄的境界。）

舒恩如此判斷。

他作為漆黑聖典第三席次「四大元素」的競爭對手持續鍛鍊自我，所以很明白。

目標的實力在舒恩以下。但這並不表示他可以從容不迫，或是就此放心。

弓兵與魔法吟唱者各有其戰鬥方式。就算整體實力高於對方，視狀況而定多得是顛覆戰況的機會。況且對方也說不定早就察覺到有人監視，故意控制射箭的威力。

只是，舒恩持續監視到現在，可以很有自信地斷言：

他還沒被發現。

既然如此，該做的事情就只有一件。把妨礙教國前進的石子拿掉就對了。

他發動「魔法無吟唱化（Silent Magic）・擋箭之牆（Wall of Protection from Arrows）」。

不能說準備得很萬全。但是在這個距離內發動更多魔法一定會讓對方感覺到異狀，說不定會選擇逃跑。

他只能堅定決心。

「——魔法無吟唱最強化（Silent Maximize Magic）・魔法箭（Magic Arrow）。」

舒恩從樹木後方一翻身，同時使用能力。他發動隸屬於火滅聖典的魔法吟唱者們的必修職業——奧術崇拜者一天只能使用一次的殺手鐗，藉此施展未曾習得的魔法強化能力。選擇的當然是魔法三重化（Triplet Magic）。

總計十二枝魔法箭一齊飛去。

無人能夠閃躲這種必中之箭。只是很遺憾地，實際上能造成的傷害量不大。即使用上了魔法最強化（Maximize Magic），在敵我戰鬥能力相差無幾的情況下還是不夠用來結束對手的性命。

只是——前提是只有一人的話。

所有部下都用「識破隱形（See Invisibility）」看著舒恩的一舉一動。

目標的表情完全失去了冷靜。

不知是不是舒恩的攻擊傷害讓她痛得受不了？抑或是——因為她親眼看見總計一百枝以上的魔法箭從舒恩後方往她飛去？

由於火滅聖典負責的是暗殺或反恐等要求臨機應變能力的任務，他們都是以修得各種職業的最少四個人組成隊伍。這跟王國或帝國等地稱之為冒險者的集團有其相似之處。應該說冒險者工會原本就是教國潛入各國建立的組織，因此雙方可以說是兄弟關係。而在這種前提下，這次挑選的作戰人員都是同一業種，而且是其中能夠使用特定魔法的人員。

也就是能夠使用「隱形」的魔力系魔法吟唱者。

命中——

命中——

命中——

命中——

簡直就像光之羽翼凌空飛翔。

趴倒在地的目標動也不動。即使如此，還是只有舒恩一個人靠近過去。

他不認為身為弓兵的目標用得來，但畢竟有些幻術或招式可以裝死，還不能大意。

舒恩把腳卡進對方的身體底下，把她翻過來。

遭到遍撒全身的魔法箭一陣痛打，稚嫩的身體沒有一處完好。舒恩湊過去看她的臉。腫脹的眼皮使得眼睛半張，瞳孔裡毫無光彩。

死透了。

「哼——受到報應了吧，死小鬼。」

舒恩選用「魔法箭」並不是為了報復。使用範圍魔法時，對手如果是身手矯健的游擊兵等職業，有時候會無法造成確實的傷害。對精神作用造成影響的魔法等等有時可以達到一擊必殺之效，但也有遭遇抵抗而失去效用之虞。因此既然有同袍在，他選用了能夠確實造成傷害的魔法。

不過現在想想，沒有什麼魔法比這更適合用來替被箭射死的教國同袍們報仇了。

年幼森林精靈的死相讓舒恩皺起眉頭。

感覺她的表情似乎浮現出安心之色。

是舒恩看錯了嗎？這無從判斷起。但如果是這樣，那就太氣人了。這個森林精靈一個人就殺害了為教國效力的近千名同袍。舒恩巴不得她能痛得死去活來，後悔自己的所作所為之後再死。

舒恩想對小女孩的屍體吐口水，但又打消了這個念頭。得奪走目標持有的裝備品才行。周圍沒有敵人的蹤影，他打算現在就把屍體身上的財物洗劫一空，如果手沾到自己的口水也許會不太舒服。先把財物都剝光再說。

首先是弓。

這把武器讓她一個人就困住了教國大軍。水準必定不會太差。

「真受不了。」

聽見一名男子語氣輕鬆的聲音，舒恩維持著伸手拿弓的姿勢僵在當場。在這種狀況下明明應該迅速作出反應，他卻因為狀況來得猝不及防而無法動彈。舒恩的視線迅速掃去，看到那裡有一名森林精靈。

那裡原本應該沒有任何人在，這點千真萬確。現場除了目標以外，原本並沒有其他森林精靈的蹤跡。他在接近目標時還使用了「識破隱形」。

「人類，你知道嗎？想讓自己變強，最快的手段就是在命懸一線的狀況下與強者交手。本來以為她是成功的例子，才會這麼快就把她帶離母體派過來……」森林精靈的聲調降低了一階，用輕蔑的眼神看著小女孩的屍體。「沒用的東西。浪費了我這麼多時間與勞力，比其他的失敗作還不如。看來沒有出現君王面相的人終究就是垃圾。」

森林精靈的真面目已經揭曉了。

那雙左右異色的眼睛正是鐵證。

教國的最終目標。

受人唾棄的大犯罪者。

森林精靈王。

換言之——就是豈止舒恩，連英雄都無法與之抗衡，甚至超越偏常者的存在。

毫無勝算。

「魔法無吟唱化．隱形」。

舒恩急忙發動魔法，移動些許位置。

但是森林精靈王的視線跟著動了，視線對著舒恩。儘管只有些許，舒恩都已經離開發動隱形的位置了，森林精靈王的視線卻直直地捕捉到他。

舒恩一察覺到這點的同時，轉身背對森林精靈王拔腿就跑。即使施加了「隱形」與「寂靜」還是無法隱藏腳下踩斷的野草。但他仍然一個勁地逃跑。

森林精靈王的視線多少還是有點搖擺。他並不是使用了「識破隱形」等魔法精確捕捉到舒恩的位置。但是他那怪物級的知覺能力揪出了受到「隱形」與「寂靜」保護的舒恩。所以舒恩才要拉開距離。只要不是用看破系能力識破行蹤，距離就能幫助舒恩，讓對手更難探知他的位置。

早知道就先使用「飛行(Fly)」了，後悔的念頭閃過腦海。但是，那是辦不到的。

這就要講到舒恩習得的職業了。

斯爾夏那導師有一項特殊能力，雖然一天的使用次數有限，但可以藉由持續消耗魔力的方式維持一些魔法受到時間限制的效果。舒恩已經用這種能力維持了其他魔法效果，魔力正在不斷減少，無法另外撥出魔力使用「飛行」。

況且要站在森林精靈王的有效攻擊距離內不動，在毫無防備的狀態下發動「飛行」，需要近乎瘋狂的決心。就算是舒恩也實在沒那膽量。拉開距離躲到樹木等物體後方再使用還比較實際。

「——哈！」

背後傳來森林精靈王的譏笑聲。

「雖說殺不殺你們根本沒差——但來都來了嘛。空手回去也挺沒意思的。」

舒恩身為魔力系魔法吟唱者，身體活動絕不在他的擅長領域內。但是離英雄境界只有一步之遙的舒恩只要發揮腳力，稍微衝刺幾秒就能拉開相當遠的距離。轉眼間就確保了夠遠距離的舒恩，耳朵在「象耳」的輔助下清晰地聽見了森林精靈王的聲音：

「好了——殺光他們，貝西摩斯。」

大地一陣震盪。不用回頭也知道有某種龐然大物出現了。

「散開！」

舒恩解除「寂靜」，放聲大喊，讓部下們都聽見命令。

他這輩子從沒叫得這麼大聲過。只要能讓森林精靈王稍微擺點臭臉就已經很不錯了。

他必須要求部下死命逃生。就算要犧牲別人，或是對別人見死不救也無所謂。因為只有把獲得的情報盡量帶回國內，才是報答寶貴的人命犧牲的唯一方法。

離森林精靈王最近的舒恩逃不掉，注定一死。正因為如此——舒恩轉過身來。如果能死得比部下早，那也不算是件壞事。

舒恩有看過土元素精靈。它們的體型比人類還小，手臂不知道為什麼特別粗，當時他還覺得這種圓滾滾的外形挺稀奇古怪的。然而此時站在自己背後的東西，可不是那種可愛的小傢伙。

彷彿以岩石或礦石堆疊而成的歪扭巨軀龐大到不輸給周遭的樹林，那副威容正可說是土元素之王。

它有著又粗又長的手臂，與又粗又短的雙腿。如果規模再小一點的話或許挺有喜感的雙手雙腳，漲滿從其他任何魔物身上都從未感覺過的，與自己天差地遠的強大力量。在它的後方，森林精靈王臉上掛著邪惡嘲笑，雙臂抱胸，欣賞舒恩的臨死掙扎。

那副德性讓人看了就噁心。

那種自己不賭命，卻想奪人性命的傲慢態度。

然而土元素精靈——貝西摩斯毫不理會舒恩的這種憤怒，用一種簡直像在冰上滑行的、不用動腳的動作瞬間縮短雙方距離，高高舉起異樣粗壯的雙臂。

「——放馬過來！該死的東西！『石壁（Wall of Stone）』。」

配合魔法的吟唱，舒恩與森林精靈王之間立起一堵石牆。

下個瞬間，石壁一擊就被輕易打壞。碎裂的石牆在半空中消融於無形。

牆壁系魔法——雖然也要看種類——會隨著魔法吟唱者的法力改變其強度或耐久性。但仍然如此脆弱——不，只能說森林精靈王役使的元素精靈太強了吧。

貝西摩斯即刻把左手拳頭高舉過頭。

舒恩在視野角落看見森林精靈王得意的嗤笑，看透了他的思維。舒恩很清楚，一定是認定下一記攻擊就能殺掉舒恩吧。

這個想像並沒有錯。

舒恩還來不及發動下一招魔法，貝西摩斯的攻擊就會打中舒恩，然後舒恩會死。

即使如此——

（——爭取到一點時間了。）

就只是讓對手多費了幾秒的工夫罷了。但是，這樣也就夠了。

沒錯。

太足夠了。

這下就絕對不會發生沒有任何一人回到國內的狀況。那麼這次就只是舒恩的敗北，而不是教國的敗北。

「哈哈！」

然後貝西摩斯的左拳揮來，舒恩帶著笑容被打成肉餅，與地面合而為一。

●

森林精靈王——迪肯．霍根走進城門，怏怏不樂地呼出一口氣。

讓他不高興的是，竟然花了這麼多時間才回到城裡。

的確，他是騎乘不會疲勞的貝西摩斯回來，所以已經比任何移動手段都要更快回到城堡了。但是浪費這些時間仍然對他造成精神上的痛苦，令他厭煩透頂。

撿回借給失敗作使用的武具，這件事本身絕不是在浪費時間，反而是一種榮譽。出借的武具是迪肯的血親留給他的遺物，沒有人做得出來。絕不能夠交給那些不識貨的人類。

但是一個很大的問題是——這件事只能由迪肯自己去做。

這個問題起因自不只限於撿回武具，任何事情他都沒有一個值得信賴的下屬可以託付。要怪只能怪國內盡是些弱者。

每個傢伙都是些沒用的廢物。

森林精靈是很了不起的種族，迪肯的父親已經證明了這一點，讓大家知道他們是能夠變得比任何生物都要強悍的種族。假如迪肯是特別的森林精靈——暫時稱之為高等森林精靈或是森林精靈統治者——的話，頂多也就是瞧不起其他劣等森林精靈而已。但是並非如此。迪肯與他的父親都只是普通森林精靈。既然如此，任何森林精靈都應該有辦法變成令人敬佩的強者。這明明是事實，但為何其他人都這麼弱小？

要如何才能證明森林精靈是最強大的種族？

只要做出有目共睹的成果即可。

把世界納入森林精靈的——自己這個尊貴血統傳人的手裡即可。

為此，說到底還是需要優秀的——強悍的母體。

但是難就難在哪個母體比較優秀，必須等到出生的孩子長大之後才能判斷。因此，他把每個小孩都送上戰場，卻幾乎沒有一個回來。

都花了這麼多時間，竟然到現在都沒做出成果，現況令他越來越頭痛。

正當迪肯想到這些問題，臉色開始變得難看時，有個女的湊了過來。

「——吾王。」

「怎樣？」

迪肯把怒氣轉向女人，然後驚訝地稍稍睜圓了眼睛。

蘊藏強者（迪肯）的強烈情緒——特別是殺氣等敵意——的視線足以對弱者的身心造成負擔。沒錯，他對女人表現出的不是殺意而是憤怒。但這仍然會對弱者造成巨大影響。然而女人儘管臉色發青，卻撐住了。

而且是極其弱小的——一個不合格的母體。

既然如此，她是如何撐過自己的怒斥的？會不會是因為自己累了？

其實也可以不理她，但既然她撐了過來就應該給點獎賞。

於是迪肯停下腳步。他可是仁德之君。

「請問那孩子怎麼樣了？」

什麼那孩子？真要說的話，看到君王出外處理公務回城也不會慰勞兩句，劈頭就問這種莫名其妙的問題是什麼意思？迪肯的內心急速萎靡。

「小女子是說露琪。」

露琪？

聽到名字還是想不起來是誰。

的確，迪肯從來不去記別人的名字。因為幾乎沒幾個人配得上讓他記住。

就迪肯的觀點，記住對自己來說沒有價值的——那些沒有用處的名字，是在浪費記憶力。他不會說記憶力是有限的，但沒必要把記憶力分配給不重要的事物。他反而無法理解怎麼有那麼多人喜歡記住一些沒意義的人事物。

女人的視線移向迪肯手上的弓。

「她死了，對吧。」

這時迪肯才終於把事情聯想在一起。說的應該是那個失敗作吧。那個枉費他特地出借這把尊貴的武具，卻丟掉性命的蠢貨。想到那種貨色竟然繼承了自己的一半血統就覺得可恥。不——大概就是因為只繼承了一半血統，才會死在區區人類的手裡吧。

「對，死了。」

「這……樣啊。」

聲音在顫抖。

想必是這女的也覺得跟那失敗作有血緣關係很可恥吧。話雖如此，那個失敗作比這女的強悍卻也是事實。她的確應該要感到更加羞愧。

不過給下人一個機會，也是君王應盡的義務。

迪肯覺得很感動，自己竟然心地善良到還會對這種無能之輩大發慈悲。

「等一下到我的房間來。我給妳一個機會。」

不等女人回答，迪肯逕自邁開腳步。總之先把這件武具收回寶物殿最要緊。

迪肯從寶物殿回來後洗去戰場上的髒汙，在自己房間的床上躺下。

等了一會兒後，卻是一個男的說：「失禮了。」進到房間裡來。迪肯往他背後看去，並沒有那個女人的蹤影。

「……怎樣？」

「向吾王稟報。陛下召幸的夢琪自盡了。」

「自盡？」

「是。她從這座城堡跳樓自盡了。」

「什麼？從這點程度的高度跳下去就會死……不，我忘了，你們的確就只有這點力量。」

迪肯稍微想了想。他想不到那女的為何要尋死。首先，他才剛召幸那女的，她應該會喜出望外地過來才對。會不會其實不是自殺，而是被某人出於嫉妒所殺？

「……真的是自殺嗎？」

「是，應該不會錯。有人看到她跳樓。」

迪肯心想搞不好那傢伙就是凶手，但又想到如果真是自殺，會是為了什麼原因？經過短暫思考，他終於想到了唯一的可能性。

「原來如此……是這麼回事啊。我懂了，她是因為生下不成器的女兒，為了向我謝罪才會選擇自盡，一定是這樣吧？」
「……回吾王的話，她的心情只有她才能理解，不過也是不無可能。」
男人面無表情地回答。
「……如果是這樣的話，就好好安葬她的屍體吧。她已經用自己的性命向我請罪了，身為君王自然有義務饒恕她。」
「感謝吾王寬宏大量的一片心意。」
男人深深一鞠躬。迪肯高傲地點頭回應他真摯的態度。君王的仁慈就是要像這樣恩賜給一些毫無價值的人才對。
迪肯變得心中充滿慈愛，決定先給眼前這個忠臣——儘管還是不知道叫什麼名字——施點恩情。
「你有女兒嗎？」
「…………回吾王……有。」
「那算你幸運。如果成年了就把她叫過來，還沒成年的話你的妻子也行。」
男人看起來像是感動到渾身發抖。他全身上下劇烈抖動了一陣後，從喉嚨深處擠出聲音說了：
「遵命，吾王……」

男人離開房間後，迪肯已經把那尋死女人的事給忘了。一個沒用的東西是死是活，對迪肯來說都沒差。

2

在魔導國以南——教國的西南方——一片廣闊大森林的上方高空。

任由呼嘯的狂風吹在身上，安茲眺望著地表。

「還大森林呢。這應該稱之為樹海……對，應該叫大樹海。」

也因為眼下是半夜的關係，遼闊無邊的鮮綠地毯，現在變得一片漆黑。每當風吹過樹林頂端，整座森林如波浪起伏的模樣恰似汪洋大海，讓人覺得此地稱為大樹海當之無愧。事實上，此地比都武大森林加上安傑利西亞山脈都還要廣闊得多了。搞不好比王國全境還要更廣大。

（在魔導國，就把這裡叫做大樹海吧。）

這座廣袤無垠的大樹海放眼望去全是樹木，幾乎無法找到任何可以作為標記的物體。在這森林當中應該有各種種族建立獨特的文明，擴展出合於種族規模的生活圈。然而從上空卻沒能發現任何聚落，就表示——

（——應該是用森林隱藏了蹤跡吧。畢竟有些魔物會在天上飛，一定是發展出了從天上看不見的居住文明。）

不過在這森林當中，還是成功發現了兩個場所。

其一是據說森林精靈王都所座落的蛾眉月湖。那是個很大的湖，從上空一看就看到了。

另一個是——從教國延伸至此的土黃色道路。

其真面目是教國特地砍伐進軍路線上的樹木，開拓出的侵攻路。

由於森林太過巨大，那條路看起來細如絲線，但實際上總寬度應該超過一百公尺，否則不可能在這種超高度位置還看得見。這種做法似乎太過拐彎抹角，然而想在這大樹海裡確保某種程度以上的安全，可能非得這麼做不可。同時，一想到其中耗費的時間與勞力等等，就能強烈感受到教國說什麼都要消滅森林精靈國的執著心。

（可是我不懂，為什麼就只有這點顯眼的場所？難道教國暫停攻打森林精靈國了？）

想輕鬆攻破森林精靈村的話，把周圍樹木砍倒然後放火應該是最簡單的方法。森林氣候不算乾燥，但也不到極度潮溼的程度。只要多加留心周圍環境然後放把火，區區村莊轉眼間就打下來了。

（是因為想把森林精靈變作奴隸，所以盡量不用火攻嗎？那樣就表示教國相當從容不迫……或者是兩國之間的戰力就是相差得這麼懸殊？）

從上空看起來，沒能找到樹林遭受過大火焚燒的痕跡。不過，這裡離森林距離相當遠，著實無法斷言絕對沒有。假如亞烏菈人在這裡的話，也許會提出略有不同的意見。

（然後是教國的前哨基地，會不會是那塊有燈光的地方……？）

人類的肉眼無法看透黑夜。因此野營地規模一大，就會點燃遠遠都能看見的明亮燈火。事實上，安茲就是藉由這種方式發現了疑似教國前哨基地的地點。但是，出於各種重要原因——特別是從上空這種位置——很難估計該地點到森林精靈王都的正確距離，如果教國維持現狀一邊砍伐森林一邊進軍的話，完全無法推測他們還要多久才會抵達王都。

話雖如此，安茲認為該看的東西都看了，於是發動「高階傳送（Greater Teleportation）」。

在天空這種毫無遮蔽物的地方，很容易被人從下方發現。雖說是夜間，但有很多人擁有卓越的視力。在這種環境絕對大意不得。

當然，如果對方特地從地上往上飛個幾千公尺來追他，他多得是時間可以逃走。但安茲不認為讓對方得知他的到來會帶來任何好處。因此安茲絕不會解除「完全不可知化（Perfect Unknowable）」的效果。

就從獲得的情報來分析，這世界大多數的生物都很弱小。

但是在這種缺乏情報的地點，無法斷言絕對沒有能與安茲匹敵的強者。他應當預設「說不定有」，一舉一動都不能讓對方得到己方的情報。因為每被對方看透一張己方的底牌，對方就會摸索應對手段，讓安茲等人往敗北更靠近一步。

（……好，再來是森林精靈的王都。）

——深夜。

森林裡連零零落落的月光都少之又少，是個黑暗世界。話雖如此，安茲絲毫不受影響。安茲使用「飛行」從天空降落，就這樣維持著不會踩到草地的些微高度，慢慢往目的地移動。

他已經知道教國軍隊目前推進到哪裡了。再來該到森林精靈王都收集情報了。

不久，前方的視野漸漸變得開闊。

森林精靈的家都是以極端粗肥的樹木——俗稱森林精靈樹——打造而成，王都有著許多這樣的住宅，看起來有點像一座巨大森林。從構造本身來說每個村莊都一樣，但人口較少的森林精靈村與人口較多的森林精靈王都一眼就能看出兩者差異。王都可能因為住宅密集的關係，整體甚至伴隨著壓迫感。這讓安茲想起原本那個灰色的世界，不禁心生排斥感。

在這樣的森林精靈王都周圍，除了森林精靈樹之外幾乎沒有其他樹木，只有矮草叢生的草原。

這不是自然現象，是森林精靈基於防衛角度所作的人為措施。想必是為了利於看見外人靠近，或者是避免敵人匿蹤接近吧。

（但另一方面，這說不定也是森林精靈樹的生存策略吧。）

起初安茲聽到森林精靈說他們用魔法變出森林精靈樹時並不覺得有哪裡奇怪，但現在想想，說不定是森林精靈樹為了利於物種繁榮而利用了森林精靈。

而且說不定森林精靈樹其實是一種魔物，或許應該檢驗一下它是否屬於具有精神意志的生物。

話雖如此，該怎麼檢驗才好呢？是否只要交給馬雷處理就好？安茲一邊想著這些事，一邊瞪著前方。

為了戒備無處可供潛伏的廣闊草原，王都一定有派士兵站崗守衛。不用魔法將會難以突破。

只是，如果身懷亞烏菈那種水準的高階游擊兵技術就有可能。高階的游擊兵即使沒有地方藏身也有辦法潛伏，如果彼此等級有著壓倒性差距，甚至有可能就算目光對上也不被發現。亞烏菈曾經跟他說過，修練出高度游擊兵技術的人進行潛伏，等於是讓對方把自己當成小石頭。

只是，實際上是真是假，安茲還是有點存疑。主要是由於在這次旅途當中安茲要亞烏菈潛伏前進，但安茲總能勉強找到維持平常狀態——未曾使用魔法道具或特殊能力提升技術——的亞烏菈。這是因為亞烏菈同時提升了游擊兵與馴獸師的等級，處於單就游擊兵的技術來說略微遜色的狀態，而且安茲本身等級也高，基礎能力值相當高強。因此很遺憾地，他不太能夠實際體會亞烏菈那番話的意思。

先不論這方面的問題，憑安茲的能力無法悄悄接近森林精靈的王都。因此他使用了「完全不可知化」，又使用幻術喬裝成森林精靈。

之所以連幻術都用上，就跟空中飛行的時候一樣，是因為即使他明白「完全不可知化」對於這世界的一般水準來說很難看穿，還是覺得應該倍加小心。他從來不認為自己已完全弄懂了這世界的所有技術或特殊能力。畢竟安茲所知道的終究只是ＹＧＧＤＲＡＳＩＬ時代的知識，就連那些恐怕也不是無所不知。

如同安茲隨時發動能夠看穿隱形狀態的能力，最好認為對方也有這樣的人物。

把魔法道具吉利吉利披風穿在身上也是防護手段之一，就像這樣降低自己被發現的機率，同時準備好穿幫時的欺瞞手段，小心再小心。

（好，走吧。）

安茲靠近到草原與森林樹木生長的交界處邊緣——再走下去就沒有樹木可以藏身了——偷窺王都那邊的情形。

在構成王都的樹林外圍部分，可以看到森林精靈在那上面的吊橋巡邏放哨。

那個部分就相當於所謂的城牆，吊橋就是走道。

不確定是他們沒有技術能夠發現用「完全不可知化」匿蹤的安茲，抑或是原本就沒提高警覺到那種地步，士兵看起來並沒有注意到他。不過都做了這麼多防備措施，要是立刻被發現就太難看了。

安茲躲到樹木後面遮擋森林精靈巡邏兵的視線，拿出卷軸。

然後發動魔法——猶豫了一下。

再次發——又猶豫了。

在來到這裡之前他早已決定要用了。可是，捨不得用的心情就是不肯消失。他忍不住去想是不是還有其他的方法，這個念頭一直在妨礙他用卷軸發動魔法。

如果是在戰鬥等關乎性命的狀況下他一定不會猶豫，但是這種並不危險的狀況——就某種意味來說，行有餘力反而造成了迷惘。

過了老半天安茲才終於成功放空腦袋，消耗卷軸發動魔法。就是一直想東想西才會猶豫不決。

發動的魔法是「神眼（God's Eye）」。

這是屬於第九位階的魔法，可以拋出不具實體的隱形魔法眼睛。自從蜥蜴人那件事之後，好像就沒用過這種魔法了。

與「遠端透視(Remote Viewing)」的不同之處，在於它可以飛得更遠，而且一般牆壁的話可以直接穿透。

這種魔法以潛入偵察的手段來說相當優秀，但絕不能說是最棒的方法。這是因為它終究只是隱形，用第二位階的小小看穿魔法就能輕鬆識破。還有一個缺點就是雖然不具實體，但受到傷害被擊毀時會讓使用者受到反饋傷害。除此之外由於它屬於情報系魔法，碰上會使用反情報系魔法的對手可能會暴露出己方的位置，還有可能中了攻性防壁而引來一陣攻擊魔法。而且這個感覺器官本身不具有ＨＰ，更要命的是等級以及防禦都不是套用安茲的能力值。

即使如此，至少比本人親自出馬來得安全多了，因此在某些狀況下還是非常有用。

安茲維持著一定的速度——對他來說慢到令人心急——飛了半天才抵達城牆。

森林精靈巡邏兵以三人為一組，所有人都持有弓箭，但並未發現大搖大擺地靠近的「神眼」。

（這些傢伙似乎沒有辦法看穿隱形……但不能斷定森林精靈當中沒有人從事那類特殊職業。）

他們沒有理由忽視入侵，所以這樣想應該沒錯。但安茲還是不會大意。因為這是他初次來到這個一無所知的陌生場所收集情報。

安茲做出的「神眼」鑽過橋下空間潛入王都。進去之後，安茲旋即拉回「神眼」，立刻讓它回到王都外面。然後在剛才那三名巡邏兵面前動了動它。

那些人在講一些事情，似乎沒有注意到它。

（呼，還好……）

安茲放心地嘆一口氣。

就像納薩力克地下大墳墓那樣，設置於公會總部的陷阱有些能夠在外敵入侵時抑止或妨礙部分魔法效果。例如破解「隱形」，或是降低神聖屬性的魔法效果等等。他這麼做就是在確認森林精靈王都是否也有那類效果。

王都的重要設施還得另外進行確認，不過如果只是潛入一般設施的話似乎沒有問題。安茲目前是維持著「完全不可知化」狀態，因此不想花太多時間。再說考慮到之後的魔力消耗量，也可以說沒那個餘裕。

安茲讓「神眼」在王都內長驅直入。說是這樣說，目標其實是住在擺滿商品、像是店鋪的樹木裡的森林精靈。

以一般城鎮來想像的話，那種店鋪應該會集中在一個區域，而且是在王都當中交通方便的位置。如果再考慮到倉儲需求，即使是比一般樹木更大的樹也不奇怪。

然後找了一段時間，安茲在心中大吼：

（——找不到！）

以數千棵樹木構成的城鎮，從人類的價值觀來看就只是一座森林。可能因為是深夜時段的關係所以沒發現招牌什麼的，樹上也不會掛著什麼門牌。就只是沒有做任何記號的樹木綿延不絕地並立。也不能斷定眼前的樹木不是剛才看過的那棵。

如果是人類城鎮的話會有大街或主街等區域，街道左右兩邊會排列著店家。或者是店家集中林立於廣場周圍。但是，那些常識在這森林精靈王都全都不適用。

首先這裡——至少乍看之下——沒有大街或廣場等區域。因此安茲不能依靠至今培養的經驗，只能憑直覺搜尋。

真是一座完全不體貼旅人的城鎮。要在這個城裡找到想找的店家難如登天——乾脆說絕對不可能吧。

只是，也沒必要急著在今天之內解決所有問題。不要急於行事，花時間慢慢進行比較安全。

即使如此，安茲後來還是再找了一段時間。既然「神眼」都用下去了，他想盡量用到時間結束，物盡其用。

但是找了一段時間後，安茲嘆了一口氣。

（——這下看來，在居民熟睡的時段找再多次都沒用了。）

像隻無頭蒼蠅般亂飛絕對沒用。理應做好承擔風險的準備，找個白天時段來進行調查，這樣一來應該就能從人潮進出等情況抓出位置。否則的話他無法想像還要花上多少時間。

安茲讓「神眼」隨便潛入一間房屋。森林精靈們由於在樹上架橋生活的關係，基本上森林精靈樹的出入口——以人類住家來說——都位於二樓或三樓部分。因此潛入房屋時要從一樓開始，就跟小偷翻箱倒櫃的時候一樣，從二樓開始會妨礙動線。

安茲——「神眼」穿透牆壁溜進房屋，直接往上飛，在三樓發現了幾名森林精靈。

看來這間房屋裡住著一家人，父親、母親與兩個男孩子睡在一塊。

（雖然之前就聽說過了……但我現在是來到蠻族的家了嗎……）

這裡看起來像是臥室，但就只是四個人舒舒服服地睡在一大堆樹葉裡。好吧，想到人類村莊什麼的也會拿乾草代替床墊，或許樹葉也差不多吧。

根據納薩力克那幾個森林精靈的說法，這就是一般森林精靈的臥室。要收集到這麼多樹葉可能滿費力的，不過她們說收集一次就能用很久所以不成問題。安茲問過會不會長蟲，她們說會施加魔法所以不用擔心。

小孩——兩個男生發出細小的鼾聲，睡得香甜。

（睡覺啊……都快忘記是什麼感覺了。）

自從變成這個身體已經過了很長的一段時間。這個幾乎沒有三大欲望也感覺不到強烈痛楚的身體幫助他走到現在，但有時他也會惋惜這些失去的部分。看到別人這種安詳的睡臉，會讓他感到既懷念又羨慕。不過這種心情最強烈的時刻，還是要屬看到令人垂涎三尺的料理的時候。

安茲看著這幸福的一家人，解除「神眼」。

（真傷腦筋……）

安茲動動肩膀後發動「高階傳送」，視野瞬即切換，眼前出現一片藤蔓交纏形成的巨大綠幕。

這片巧妙融入周圍風景的綠紗，的確即使出現在森林裡也不奇怪，但是仔細看看就會發現裡面包藏著一間鄉村小屋。

這正是使用魔法道具——綠祕密住宅做出的，安茲等人這幾天來的據點。

坐在綠祕密住宅旁的芬里爾慢慢站起來，一面哼哼抽動鼻子一面發出細微低吼，注視著——不，是瞪著安茲的所在方向。

只是，視線沒有完全對準安茲。

跟那時候的亞烏菈一樣，即使是芬里爾也無法完全感覺出受到「完全不可知化」保護的存在。不，應該說都已經發動了「完全不可知化」，牠居然還能察知安茲的到來，或許已經該大加讚賞一番了。

安茲解除「完全不可知化」。

看到安茲出現在眼前，芬里爾急忙歉疚地低頭。

雖然不會說話，但芬里爾比普通動物要聰明得多了。牠不是隨意做出低頭動作，而是確實帶有對安茲的謝罪意味。不過，安茲不覺得芬里爾有做錯什麼。

站在芬里爾的角度想，眼前突然出現一個不明人物，作為主人的護衛當然該提高戒心。不如說沒有做出剛才那種反應才有問題。

這次安茲帶來代替半藏的護衛，就只有這隻芬里爾。安茲以前自己說過外出時要讓多名高等級僕役隨行，但出於一些原因，這次自己破了這個禁令。這是因為幫兩人交朋友的計畫目前還不知道會如何進行，他不想走漏太多風聲。

另外還有一個原因。

自從夏提雅被洗腦的那次之後，他便不再把守護者單獨送出去了。

但是，結果又是如何？任憑他多方引誘，敵人就是不現身。只有安茲——其實是潘朵拉・亞克特——獨自行動時釣到了一個名叫利克・亞迦內亞，身穿白金全身鎧（Full Plate Mail）的男人，至於其他人——對夏提雅進行洗腦的人物則是徹底匿影藏形。

所以，他才會這麼做。

既然當時在周圍沒有配置半藏的狀態下釣到了利克，敵人說不定是使用了某種方法察知到周圍躲藏著半藏等等。

說不定是藉由世界級道具的力量。

說不定是藉由這個世界特有的，人稱天生異能（Talent）的力量。

因此雖然有其風險在，安茲仍然沒帶半藏同行，藉此做個實驗。

安茲姑且把後者這個理由告訴了雅兒貝德，但他自己也知道有一堆地方可以吐槽。她只是面露平素的微笑接受安茲的說法，但是不是真心接受就不知道了。搞不好等安茲回去之後，她會略有微詞也說不定。

「——辛苦了。」

安茲心情變得略微沉重，只說了這句話後就伸出手，輕輕推了推綠祕密住宅——迷彩效果好到要事前知道才看得出來——的門。

門打不開。

很遺憾地，這個魔法道具沒有鑰匙——儘管可以用七門粉碎者（Epigonoi）等特殊魔法道具強制開啟——因此一旦上鎖，就只能請屋裡的人幫忙開門。

安茲叩了叩門環。綠祕密住宅可以從室內讓房門變成半透明看見屋外情形。沒等多久，就聽見門鎖開啟的聲音。

然後房門打開了。

「歡迎大人回來！」

「唔啊……大……人，回……來了……」

亞烏菈朝氣十足地說道。慢了一點馬雷才出聲，完全是一副兩眼無神的模樣。

兩人都換上了睡衣，馬雷更是連睡帽都戴了起來。不，這個時間穿成這樣其實很正常。

「抱歉讓你們倆等到這麼晚。」

安茲一邊走進去一邊說。

室內亮著溫暖的燈光，寬敞程度與外觀給人的印象完全不同。

首先一進去就是起居室。從這裡可以看到廚房等設備，還有四扇通往單人房的門。

「不會，大人已經說過會晚歸了，本來還以為您會更晚才回來呢。」

「我本來也是這麼以為的……站著不方便說話，到那邊去講吧。」

安茲想過是不是該叫亞烏菈也去睡覺，但即使幾乎等於一無所獲，再少的情報還是應該跟他們分享，而且要盡快。因為安茲對自己的記憶力沒多大自信。

安茲一面對於單方面要求兩人配合覺得有點內疚，一面把兩人請到起居室聽他說說剛才的發現。

兩人坐到起居室的椅子上，但只有亞烏菈準備好聽安茲說話，馬雷則是把頭靠在椅背上半張著嘴，一副隨時會睡著的模樣。剛才那兩個呼呼大睡的小孩重回腦海，讓安茲變得更是內疚。

（我會不會是因為自己不能睡覺，就變得對需要睡眠的人缺乏關懷了？這下可糟了……）

「還是讓馬雷先去睡吧？明天亞烏菈妳再告訴他也行。」

「真是……」亞烏菈輕拍了一下他的頭。「快起來。在安茲大人面前這樣很失禮耶。」

「呼啊，哇，歡、歡迎大人回來。」

馬雷很快地點頭行禮。安茲不會吐他槽說「這你剛才說過了」。

看到他這樣，亞烏菈低聲說：「這孩子真是的。」看起來相當生氣。

「硬撐著不睡覺沒有好處。要盡量避免對明天造成影響——」

無意間，安茲想起自己玩YGGDRASIL的那段歲月，話到嘴邊又說不出口了。

當然，他自認為從未對公司的工作造成影響。但真是如此嗎？再說為了自己的樂趣硬撐，跟配合別人的需求恐怕是兩回事吧。

安茲——鈴木悟在配合上司要求晚下班的時候也有過怨言。

更何況，把小孩跟大人相提並論是不對的。雖然說把身為百級ＮＰＣ、以卓越體能為傲的小孩（馬雷），跟純粹只是凡人的大人（鈴木悟）拿來用同一個標準比較，或許也沒正確到哪去。

兩人看著因為想睡覺而半睜著眼，簡直像在瞪人的馬雷。

馬雷的腦袋搖晃著點了個頭，然後急忙睜開眼睛，把腦袋放回原本的位置。

看他這樣是撐不住了。

「——好，就這樣，就這麼辦。為了避免對明天造成影響，讓馬雷去睡覺吧。硬撐只會讓頭腦運轉變慢，沒有半點好處。就像我剛才說的，能不能現在先由亞烏菈聽我說，明天妳再講給他聽？」

亞烏菈露出了各種表情，大概是覺得安茲的命令應該聽從，可是馬雷這樣丟人現眼身為守護者又顯得太鬆懈，兩種想法在心中打架吧。不過這種猶疑只維持了一瞬間。她似乎很快就在自己心中作出了結論，向安茲深深一鞠躬。

「……遵命，我立刻就把馬雷帶去臥室……站得起來嗎？」

「嗚，嗚唔？」

連亞烏菈問話都回得不清不楚。看來是不行了。

「——唔嗯。那就我來抱他吧。」

亞烏菈好像要說什麼，但安茲站起來當作沒看到，抱起馬雷。

可能因為已經換上睡衣，只裝備了最基本武裝的關係，發出鼻音呻吟的馬雷抱起來非常地輕。不，一般的小孩子大概都只有這點重量吧。

（如果沒有解除武裝的話抱起來說不定會有點吃力。雖然應該不至於抱不動……但那個是真的很重……搞不好在所有守護者的武器當中就那個最重？）

由於兩手——儘管只要有意的話單手也拿得動——空不出來，安茲讓亞烏菈走在前面幫忙開門。然後輕手輕腳地把馬雷放在單人房裡的床上。

可能是抱過來的途中就睡著了，馬雷已經閉起眼睛，發出細微呼聲。

安茲靜靜地——注意不要弄出聲響，走出房間。亞烏菈不愧是游擊兵，發出的聲響比安茲還要小。

兩人回到起居室，坐到椅子上。接著亞烏菈立刻低頭致歉，然後開口說道：

「抱歉都讓安茲大人一個人費心，我們卻是這副德性。我代替馬雷向您謝罪。大人生氣是應該的，可能也對我們身為守護者的盡職與否心有不安，但我們在夜裡工作時都會裝備不需睡眠的道具，絕不會暴露出像今天這樣的醜態。那麼說到今天為什麼會這樣，是因為裝備不需睡眠的道具就得卸除戰鬥用的道具，多少會影響到戰鬥能力。因此考慮到這次的任務是護衛安茲大人，我判斷不要穿戴不需睡眠的道具會比較恰當……」

亞烏菈連珠炮般地說道。看亞烏菈的語氣與態度都變得一反常態，可見心裡一定是真的十分焦急。

「不不不，不用放在心上。就像之前說過的，我是來這裡度假的。你們就算先睡也沒有哪裡不對。先別說這個了，亞烏菈妳怎麼這麼清醒？妳不睏嗎？」

「啊，不會，我絕對不會在安茲大人面前那麼丟人現眼——」

「——這樣說就太拘束了，我並沒有在生氣。看到馬雷不同於平常的另一面，我反而還有點高興呢。因為你們在我面前，態度不免總是比較拘謹。我一直很好奇你們——還有其他人也是，平常都是用什麼樣的態度跟大家相處——比方說科塞特斯好了，他怎麼樣？」

「……科塞特斯基本上好像都差不多喔。」

亞烏菈恢復到平時的表情了。

「是嗎？既然這樣，下次要不要偷偷使用『完全不可知化』看看他平時——自己獨處的時候是什麼樣子？」

安茲咧嘴對亞烏菈笑笑之後——儘管表情不會改變，但大概是從語氣聽出來了吧——亞烏菈對他露出了淘氣小孩般的笑容。

「話說回來，亞烏菈妳是真的不睏嗎？」

「我平常有時候也會熬夜到這個時間，所以不會很想睡覺。」

聽亞烏菈說她有時候會陪夜行性的魔獸們玩耍，所以常常會熬夜。這個「玩耍」對馴獸師來說很重要，不陪魔獸玩會讓牠們累積壓力，變得無法發揮十全力量。不過，她不會為此減少睡眠時間，熬夜的時候好像會睡到中午。簡言之就跟值夜班差不多。

順便一提，雙胞胎當中如果有哪一個離開納薩力克，就會使用剛才說過的道具，不睡覺等待聯絡。

（嗯——這樣好嗎？負責人守住崗位是應該的，可是需要睡眠的種族或許還是該要有正常睡眠？特別是睡眠對孩子的成長來說應該是不可或缺的。跟雅兒貝德商量看看好了……回到正題！）

安茲停頓了一個呼吸的時間後，首先把在大樹海看到的教國軍隊位置告訴她。只是，那個地點離森林精靈王都有多遠，以及教國動員了多少兵力則完全無法估計。不過這次的目的並非跟教國開打，所以目前只要知道他們正在展開侵略行動就夠了。

然後他講起最重要的——剛才在森林精靈王都偵察得知的情報。

安茲毫無隱瞞，全都說出來。這種事隱瞞也沒用，而且也沒必要撐面子。沒成功的事情直說沒成功就是了。況且亞烏菈不像那兩人，她會直率地接收聽到的資訊，說不定還會給出更好的點子。

「是這樣啊……」聽完整件事情後，亞烏菈誠敬地點頭。「這樣的話可能就像安茲大人說的那樣，白天再去調查會更好。」

「嗯。我是有此意，不過這段期間，亞烏菈你們有何打算？」

「這個嘛……我……是不是別跟著溜進去比較好？」

「我也這麼認為。我是覺得憑妳的實力不太可能被發現，但目前還有很多事情沒弄清楚。以現階段來說有可能暴露真面目的行動還是避免吧。」

「那麼，馬雷那邊我明天再問他要做什麼，但我個人打算幫安茲大人的忙。由我來調查那座都市的周邊環境，並搜尋森林精靈們的足跡如何？」

安茲點點頭，覺得很有道理。

如果王都會運進一些物品的話，再怎麼說也會留下一點運送痕跡。痕跡留下得夠多，就會形成人們口中的道路。

只要能夠找到它——就能夠推測道路的另一端必定有個需要頻繁前往的地點，例如村莊之類的其他聚落。

儘管前提是森林精靈們沒有使用類似森林行者效果的某種道具，但亞烏菈的提議可以說相當值得採用。安茲毫無理由拒絕。

「妳的提議很有價值。這周邊的環境……亞烏菈的話不用一天就看完了吧。那就請妳跟馬雷互相幫助，調查看看有沒有任何足跡。有勞妳了。」

「是！遵命！」

「那麼我明天——以時刻來說算是今天，中午就再去試著收集情報看看。」

「這樣的話，我白天行動可能會太顯眼，希望可以入夜之後再動身。」

「唔嗯，麻煩妳了。好，那麼我們也準備就寢吧……晚安，亞烏菈。」

「是，安茲大人晚安。」

安茲站起來之後，亞烏菈也跟著起身。

然後安茲在分配到的房間門口跟亞烏菈道別，走進房間，躺到床上。話雖如此，身為不死者的安茲並不需要睡眠。因此，他從道具箱裡拿出一本書。

這是一本他經常閱讀的商管書。書名寫著《如何成為頂尖領導者》。坦白講，他實在不覺得看這種書有給過他什麼幫助，但有看總比沒看好。

安茲開始翻頁。

●

第一天的深夜潛入，加上第二天的白天潛入，足足浪費掉兩份寶貴卷軸讓安茲大受打擊，但到了第三天白天，他幸運地獲得了重要情報。說歸說，其實也就是成功發現了幾棵疑似店家的樹木，以及對城鎮路線有了個初步了解而已。

看在他人眼裡或許只是小小的一步，對安茲來說卻是一大步。歡天喜地到精神都受到鎮靜化了。所以，為了不要浪費這些情報，他花費了很多時間仔細記住通往店家的路線。

做到這裡，安茲決定暫時撤退。魔法的有效時間是還沒到沒錯，他出於一份強烈的好奇心，也想讓「神眼」進入異常粗壯高大的王城樹木內部一探究竟，但還是自我克制了。

人類社會的君王不一定得是強者，原因有二。其一是比起強者，他們必須跟隨能夠做出正確判斷的領袖才能存活。這可能是只能充當其他種族的食物，脆弱但數量眾多的種族特有的生存策略。另一點則是因為居住地區很安全。聖王國與王國、帝國的差別就在這裡。

對於生活環境必須與其他種族相爭的種族來說，強者為王是理所當然。

依此類推，森林精靈王必定也是強者。那麼既然都走到這一步了，不必要的風險就應該避免。

安茲至今已經在這世界上收集了許多情報，但從未發現除了魔物以外能與自己匹敵的強者。因此，若不是已經見過那個名叫利克的神祕戰士，他也許會輕敵地認為森林精靈王也不會有多大本事。但如今安茲已經見識過利克的本領，警覺心反而變得比之前更高。

安茲解除魔法，發動了「高階傳送」。

回到據點後，安茲與早一步回來的兩人——今天的馬雷很清醒——交換情報。

從談話中知道的是，兩人也成功找出了幾條路——森林精靈似乎時常在樹木上移動，他們第二天也是徒勞無功。至於調查每條路通往什麼樣的地方需要多少時間，他們說要取決於移動距離等條件。

這時安茲提出了一個疑慮，就是如果在白天行動，可能會被走那條路的森林精靈發現。

對於這個疑問，亞烏菈很有自信地回答，他們可以騎著芬里爾與那條路並行前進，這樣在森林裡的話就不容易被發現。她的態度堅定到讓安茲可以確信自己的擔憂只是杞人憂天。即使如此，安茲一時還是沒有給出許可。更正確來說是要她再等一等。因為今天說不定可以獲得相當有用的情報。

然後到了第三天深夜。

使用了「完全不可知化」的安茲又一次接近森林精靈王都。不用說也知道，他到目前為止每次都是潛伏於不同地點使用魔法。因為無法斷言沒有哪個森林精靈的優秀游擊兵早已發現了安茲留下的痕跡。

安茲自認為已經使用「飛行」不在地面留下痕跡，但那純粹只是隱密或探索方面的大外行安茲的觀點。他沒那麼大的自信，可以保證自己在空中移動時沒有折斷樹枝，或是讓樹葉以不自然的方式散落，留下諸如此類的任何一絲痕跡。

（坦白講，我也很懷疑自己幹嘛這樣小心再小心……但要是讓附近村莊發現有神祕存在出現而提高戒心就麻煩了。特別是森林精靈變成教國的俘虜時，消息走漏給教國會更棘手。）

他是覺得把神祕存在與魔導國聯想在一起的可能性很低，但是現在讓教國得知附近有第三勢力的存在會很不妙。一想到發生那種狀況時教國會採取何種行動就讓他害怕。被對方做出超乎預料的行動會害得很多計畫功虧一簣。

（……先回去一趟跟雅兒貝德或是迪米烏哥斯商量看看也不錯，可是那樣搞不好會把亞烏菈與馬雷的交朋友計畫弄得很複雜。）

因此，安茲唯一能做的，就是行事盡可能小心謹慎。

安茲拿出卷軸，這次想都沒想就發動效果。這次已經知道一定會收到成效，所以不用猶豫。

安茲讓「神眼」潛入他挑中的森林精靈樹，「很好！」喃喃自語了一聲。

被他盯上的森林精靈窩在樹葉堆裡睡覺。是個男性精靈。

森林精靈族基本上身材都很瘦，個頭比人類矮。身高大概比人類少掉一、兩成吧。而且體毛稀薄，不長鬍鬚什麼的。再加上青年期很長，年齡非常難以判斷，大多數的人看起來都很年輕。

所以安茲不能確定這個森林精靈擁有他想知道的情報。但他挑中這個精靈有著一個重大理由。

那就是在這屋子裡，只有這麼一個男性精靈在睡覺。

擄走一家人事後處理很麻煩，但一個人就簡單了。

除此之外他還有一個目的，但那個就只能之後再確認了。

已經把這個地點記在腦子裡的安茲發動「高階傳送」，一口氣入侵他盯上的住家。

即使安茲已經入侵屋內，森林精靈仍然沒有要醒來的樣子。不過要發現沒發出任何聲響甚至是氣息的安茲，就算等級再高也有難度，精靈的這種反應很正常。

接著安茲發動第四位階的「迷惑全種族（Charm Species）」。

不但等級有差又處於睡眠狀態，魔法毫無困難地發揮效果。

「起來。」

安茲出聲叫他。

「完全不可知化」在安茲對他人施展具有惡意的魔法——換成更正確而且合乎遊戲術語的說法，就是會發生抵抗判定的魔法——時就會遭到解除，因此安茲一邊出聲呼喚，一邊用不會弄痛森林精靈的力道輕輕抓住他的肩膀搖了搖。安茲不想在敵區浪費時間。

「——嗯啊？」

男子蠢笨地叫了一聲，但畢竟原本睡得好好的，怪不得他。

「不要反抗，知道嗎？」

安茲只說了這句話就抓住男子的手，發動了「高階傳送」。

這種魔法可以帶著別人一起傳送，但只限同意的對象，無法帶著心裡想抵抗的人一起傳送。不過如果處於迷惑狀態的話會被視為同意，就可以一起傳送了。記得支配狀態應該也適用，但安茲之所以沒有使用更高階的——更不容易受到抵抗的那招，是因為對一件事有所戒備。

簡直是完美的綁架過程。堪稱一流的犯罪專家。

（很好，都照計畫走！）

事情發展得這麼順心，會覺得開心是當然的。就在安茲的骷髏臉浮現出滿面笑容時——

「——哇！這、這是怎麼回事？這、這是在搞什麼！」

森林精靈驚愕地發現地面躺起來的感覺與視野等等忽然變了個樣，整個人跳了起來。看來是完全清醒了，好像絲毫沒在懷疑自己是否還在作夢。還是說森林精靈的文化沒有那種思維？

安茲往旁瞥了一眼，昨天跟前天還在那裡的芬里爾不見蹤影。大概是躲在森林精靈視線不及的地方吧。

「不要這樣大聲嚷嚷。」

「不、不是，叫我不要大聲嚷嚷，可是……」
「是我使用了傳送魔法。請你安靜，沒有人會傷害你。」
「——傳、傳送魔法？」
森林精靈驚訝得連連眨眼，不再吵鬧。是因為迷惑生效才會是這種態度。
「好了，跟我來。」
安茲推開半掩的門，把森林精靈帶到綠祕密住宅裡。
亞烏菈與馬雷應該正在從自己房間的細小門縫偷看他們。
雖然讓他們兩個黑暗精靈露面促使對方鬆口也是個辦法，但是讓男子與兩人見面也有可能為日後帶來一些不便之處，安茲決定還是避免。
再說，他救下的那三個森林精靈女孩對黑暗精靈沒有敵意，但現在也許情況有變，況且也有可能王都對黑暗精靈是有敵意的。
不過就算是那樣，想當然耳只要安茲一句話「他們倆不是敵人」，問題就解決了。
「這裡是什麼地方……難道是神樹的世界嗎……」
安茲不知道什麼是神樹的世界，也許源自於他們的神話或傳說吧。不，還是說——
（會不會是YGGDRASIL玩家的相關情報？這得問個清楚……但現在不想花太多時間，改天再說吧。）

安茲讓男子坐在起居室的沙發上，同時拿出了便條紙。紙上整理了幾個要問男子的問題。安茲不能浪費時間，如果失敗了還得殺掉這名男子滅口。可是那樣一來就會造成森林精靈王都忽然有人失蹤，儘管機率微乎其微，依舊有可能惹來麻煩。

「那麼我這個做朋友的有幾個問題想請教你。請你盡量簡潔回答。」安茲不等男子回話就繼續說：「如果你因為某些魔法或手段而洩漏情報，你會自動死亡嗎？」

「嗄？那怎麼可能？」

男子一副「你在說什麼啊」的表情，但也有可能只是他不知道而已。

（記得那時候問了三個問題就結束了……）

安茲的便條紙上寫了事前演練到這個階段依序寫下的三個問題，所以他只要依序進行質問就好。

「你知道黑暗精靈的村莊在哪裡嗎？」

「……正確地點不知道，但知道大致上在哪個方向。」

好像是在王都的東南方位置。安茲又問得更詳細一點，但男子只說那裡有著稱為三樹的大樹，對這裡人生地不熟的安茲聽了毫無概念。

因此，這方面就對正在偷聽的亞烏菈寄予期待吧。

「那麼下一個問題——」

之前安茲在整理問題內容時，亞烏菈與馬雷一臉不解地問他為何不問這個問題。仔細想想這點的確很重要，於是安茲提出紙上的第三個問題：

「——把你對教國所知道的事情告訴我。」

「教國……喔，你說那個可恨的人類國家啊！那些傢伙，我們又沒有怎樣，他們就忽然攻打我們耶！」

以「我們都還沒搞清楚狀況，那個陰險惡毒的國家就忽然打過來了，那些傢伙還擄走了好幾百個森林精靈，簡直不是人」作為開場白的對教國的謾罵，一直激動地持續到安茲急忙阻止才停下來。

不過他說自己只是一般民眾，不知道教國目前攻打到了哪個地區。也不確定森林精靈在戰況上是得勝還是失利。只是比起以前，巡邏人員都變得很易怒焦躁，因此一般森林精靈都覺得狀況應該很不樂觀。

這下三個問題就問完了，但男子沒有顯現出什麼異狀。看來那次應該是例外。既然如此，安茲很想繼續多問一些問題，但不能花太多時間。

「黑暗精靈與森林精靈之間的關係如何？有沒有彼此反目？」

「沒有……吧？」安茲還沒問他為什麼要停頓一下才回答，男子已先開口了。「我或是我身邊的一些熟人，都沒有哪個傢伙排斥黑暗精靈，或是對他們有負面觀感。對我們來說，他們就像是很陌生的遠房親戚一樣。不過，這純粹只是我們的看法，他們那邊是怎麼想的就不知道了。大家彼此之間互不來往，所以我完全不知道他們是怎麼看我們的。」

「你對魔導國知道些什麼嗎？」

「什麼東西啊？」

回答得很快。這是預料中的事，安茲並不驚訝。不過，這下就知道兩人的交朋友計畫以目前來說沒有負面因素了。

「我想問的大概就這些了——謝謝你。」

「這有什麼，我們不是朋友嗎？」

男子的回答讓安茲在心裡嘲笑他。自己明明才剛說過一樣的話，這樣想是太任性了，但是從別人口中對自己說出的這個名詞，怎麼聽就是顯得虛情假意。對安茲來說，只有公會成員才是他的朋友。

「就到此為止吧。」安茲打個信號後，男子背後那扇門微微開啟，馬雷從中露出臉來。為了不讓男子察覺，安茲對男子說道：「不過我還有很多想知道的事情，像是森林精靈的文化等等，只可惜沒時間與你多談——」

只見男子的眼睛變得迷糊無神，然後立刻躺到了沙發上。還發出「呼～呼～」的細微鼾聲。

這種急速的入睡是馬雷吟唱的「沙人之沙」所導致的。
見亞烏菈跟馬雷一起走出來，安茲向她做確認：
「……亞烏菈。妳能根據這個男子的說明，找到黑暗精靈的村莊嗎？」
「我想應該可以。不過到了附近之後可能會需要仔細搜尋一下。」
聽到這個答覆就夠了。安茲啟動「竄改記憶」。
這正是他擄走──挑中──獨居男性的最大理由。
森林精靈很難分辨老少，即使擄走看似成人的精靈，也不見得是知識豐富的成年精靈。也有可能是從未離開過王都、年紀極輕的精靈。
那麼如果擄走家裡有小孩的森林精靈，雖然可以保證有一定年齡，但之後的處理問題會隨著家裡人數增加。
假如直接滅口了事，導致全家人失蹤──而且是毫無反抗痕跡的異常失蹤，想必會引起相當麻煩的騷動。別人不可能自動當成他們趁夜潛逃。
要跟這名男子一樣施加「竄改記憶」，魔力又實在不夠用。
基於這些理由，安茲才會挑中這個獨居男子。
安茲一口氣消除掉男子的記憶。要精細而符合前後事實地修改記憶非常困難，但是一口氣──別想太多，直接消除掉的話不會太難。

再說需要追溯的記憶也不是很多。就是因為這樣，安茲才會說時間有限。如果不考慮到「竄改記憶」湮滅證據的需求，他早就問了更多——想到什麼就問什麼直到迷惑狀態失效，或者是效果結束後再施加一次「迷惑全種族」好問更多問題。

幸好有減少問題數量以節省時間，安茲順利消除掉他直到入睡前一刻的記憶。不，其實有點消除過頭，連上床睡覺那個瞬間的記憶也刪掉了。

這是一口氣刪除所導致的失敗，但如果慢慢消除可能會耗盡安茲的魔力。考慮到目前所剩的魔力或許其實還有餘力，但那是事情結束了才能這樣說。

反正也不能重來了，這個森林精靈或許會心生疑問，但也只能期待他自己找個合理解釋了。

儘管魔力減少了很多，幸好事前有仔細做好準備，到目前都沒犯任何失誤，所以剩下的量還夠應付之後的計畫。

「那麼我去去就回。亞烏菈還有馬雷，你們能夠按照計畫幫我的忙嗎？」

「是！請放心交給我們！」

「啊，好、好的。我會加油。」

由安茲走在前面，亞烏菈與馬雷分別抓住男子的手腳，搖晃著把他搬走。從兩人的臂力來說一個人也搬得動，但是如果撞到哪裡被視為損傷判定，魔法因此解除，男子就會從睡夢中醒過來了。那樣的話又得再用一次「竄改記憶」，安茲的魔力可能會不夠用。

當然——

（——遇到那種情況我也早已想好了別的計畫，不會有問題就是了。）

安茲先獨自走出綠祕密住宅，然後發動「完全不可知化」。接著使用了「傳送門」。

當然，門的另一頭通往森林精靈的臥室。

安茲先獨自走進門內，來到男子的臥室。然後即刻環顧四周，豎起耳朵。

（……呼，總算可以放心了。）

看來沒有人看到「傳送門」出現而提高戒心，或是往外逃走。為了保險起見，安茲繼續側耳細聽，觀察情形。

（……似乎沒有問題。）

如果是像亞烏菈那種優秀的游擊兵的話，也許能屏聲息氣不讓安茲聽見，但即使是亞烏菈也不會在日常生活中那樣行動。除非是發生了某種老天存心作弄人的倒楣事件，否則絕不可能有個老手游擊兵在那麼短的時間內察覺到這名男子家中發生異狀，還判斷會有後續狀況而潛伏於屋內。既然如此，當作事實上沒有這種人應該沒問題。

安茲解除「完全不可知化」。然後再次鑽過「傳送門」，對著只露出頭來等他的兩人打個信號。接著雙胞胎就把男子搖搖晃晃地抬進了門內。

三人一言不發地照計畫行動。

首先由亞烏菈與馬雷把男子小心翼翼地放回樹葉床上。要是在這裡一個不小心造成損傷弄醒男子，那就真的蠢到家了。

「沙人之沙」能夠讓對象陷入比「睡眠（Sleep）」更強效的沉眠。「睡眠」只要用力搖晃就能搖醒對象，「沙人之沙」卻一定要受到損傷才會醒來。

假如就這樣把男子放著不管，沒有人發現並把他打醒，這名男子將會活活餓死。安茲謹慎行動到現在就是不想引起騷動，並不希望發生那種狀況。

讓男子躺到床上後，終於可以準備把這男的打醒了。安茲環顧室內，尋找日前闖進屋內時看中的擺飾。

那是一個看起來既像是啤酒肚鼴鼠也像是青蛙的奇妙——應該是——生物的木雕，安茲在這幾天的森林生活當中並沒有看過這種長相的生物。說不定是出現在森林精靈的神話或傳說中的幻想生物。安茲拿起了這個擺飾。

（果然是木頭做的。只是……沒想到還挺重的。是還不錯……但如果砸出了致命傷……好吧，到時候就看開點好了。）

就算被當成殺人案進行調查，大概也不太可能懷疑到安茲頭上來。

兩人看到安茲拿起那個，就把森林精靈搬到放有擺飾的櫃子下面。

然後安茲對亞烏菈與馬雷點個頭，兩人先鑽進「傳送門」的另一頭。接著安茲也站到「傳送門」的前面。

隨後他把那個怪模怪樣的木像丟向天花板。

這是為了不讓森林精靈離奇死亡，安茲所能採取的最佳手段。

安茲不等擺飾落地，直接跳進「傳送門」。然後即刻消除了「傳送門」。

「好，我去做最後確認。你們倆再等我一下。」

「是！我們會的！再一下下就完成了呢！安茲大人加油！」

「那、那個，呃，我是覺得，安茲大人的話一定沒問題……不、不過魔力應該已經少掉很多了，請大人小心。」

接受兩人的聲援，安茲再次使用「完全不可知化」，然後發動「高階傳送」。就這樣移動到了剛才那名男子的房間。

「混帳！痛死了！怎麼會自己掉下來啊！應該說，我怎麼會睡在這裡啊！是有喝酒嗎……記得沒喝啊……混帳，超痛……」

只見森林精靈瞪大眼睛，在那裡拿擺飾出氣。面對痛到都快掉眼淚的男子，安茲得意地咧嘴微笑。

（好！完美犯罪成功。）

男子的態度看起來不像在演戲，也沒有表現出任何疑心——不，他對於砸到自己的擺飾是大有疑問，但似乎沒想到是有人闖進室內拿擺飾丟他。

「……等等。」

聽到男子狐疑的語氣，正準備發動「高階傳送」的安茲頓時停住動作。

（察覺到什麼了嗎？不知道是我們，但是發現有人入侵？還是因為開店的關係所以加裝了某種監視裝置……魔法道具之類的？但我並沒有感知到什麼……）

「……難道是通哥嘎大人要告訴我什麼事情？」

（通哥嘎大人？ＹＧＧＤＲＡＳＩＬ沒有叫這個名字的魔物……）

「通哥嘎大人，通哥嘎大人。您如果有話要說，請告訴我。」

男子雙膝跪地，低著頭高舉手裡的木像。就是信仰深厚的人敬拜神像的那種姿勢。

（……單純只是土著信仰嗎？還有，這傢伙怎麼這麼愛自言自語？會不會是懷疑有人在所以故意講給我聽的？還是說是獻給什麼通哥嘎神的禱詞？）

剛才還只是被安茲利用的男子彷彿逐漸變成了某種詭異的人物。安茲猶豫了一下是否該把他再抓回去殺掉，但還是算了。因為目前看起來男子可能單純只是個信徒。不過，還是做個提防比較好。如果能留下點什麼東西監視男子最好，但即使是安茲也很難辦到，因為沒有魔法適用於這種狀況。頂多只能不時用魔法監視一下了。

安茲咂了一下舌——儘管他沒有舌頭——然後發動「高階傳送」，回到綠祕密住宅的門口。

解除了「完全不可知化」的安茲只做出翹起大拇指的手勢，在那裡等他的兩人立刻露出了笑容。雖然老實講最後留下了一大值得憂心的問題，但是反正很難設法處理，就別講出來白白讓兩人擔心了。

「好的，那麼，非常感謝大家在各方面的幫助。今天的公司業務到此結束。」聽到安茲裝模作樣的說話方式，兩人一瞬間露出驚訝的表情，但隨即恢復成笑容。「時間已經很晚了，請大家早睡早起，不要把疲勞留到早上。」

「好的！」兩人朝氣十足地回答。

「那麼雖然已經是今天了，現在來決定早上的起床時間。好的——大家可以睡到飽再起床，但是不可以睡到中午。這樣好了，只要你們可以在九點之前起床，我會回納薩力克帶早餐過來。」

兩人再次大聲說：「好的！」亞烏菈用手肘輕輕頂了一下馬雷的側腹。

其實安茲並沒有要酸他們的意思。

「好的，那麼——大家辛苦了！」

接在安茲的致詞後面，兩人也出聲說：「辛苦了！」

「那就各自解散！」

3

一行人出發前往黑暗精靈的村莊。

他們循著森林精靈給予的線索，騎乘芬里爾在地上奔馳。如果能從空中發現地標的話就能直奔該處了，只可惜就連亞烏菈都沒能找到。

在森林中奔馳，一股濃郁的——宛如綠意滲入心脾的空氣直撲安茲的臉孔。森林特有的，而且是非常濃烈的芬芳刺激著鼻腔。或許是安茲多心了，但總覺得這裡的空氣與都武大森林並不一樣。如果不是安茲自己想太多的話，就表示世界各地看起來大同小異，實際上卻天差地別，充滿了各色各樣的變化。

安茲漫不經心地想著這些事情，一種想環遊世界增廣見聞的欲望微微挑動了內心。

一般人若是走進大樹海稱不上道路的野徑，必然會受到垂掛的藤蔓或雜亂生長的樹木等等阻礙，絕不可能一直線地前進，不知不覺就會被誤導到完全錯誤的方向。

根據男子所說，大概走一星期的路程就會抵達黑暗精靈村莊了。

即使是適應森林環境的森林精靈，在這樹海中一天能前進十五公里就算不錯了。這樣計算起來，兩地之間大約相距一百公里。而安茲等人一個多小時就走完了這段距離。若不是需要確認周遭環境的話會更快到達。

這件事足可證明芬里爾有多優秀。特別是芬里爾的森林行者能力派上了用場。樹木或茂密樹叢都像是自動避開芬里爾一樣移動，讓他們幾乎能夠一直線前進。就算厲害如芬里爾，要是沒有森林行者這項能力的話恐怕也無法這麼快就走完全程。

只是——

「應該就在這附近才對啊——」

騎在安茲前面位置的亞烏菈偏著頭。

精靈村莊都是以樹木構成，要在森林當中找到它絕非易事。當然也正是因為如此，使用樹木建造村莊的文明才會如此發達。砍伐周圍樹木建造的森林精靈王都反而是例外。

話雖如此，再怎麼說應該也不能巧妙隱藏到連游擊兵本領頗為高超的亞烏菈都無法發現。路上沒看到錯過的可能性很低，所以應該是還沒抵達目的地的村莊。

「只要通往目的地的路徑沒錯就沒問題。更何況如果太靠近那裡也很麻煩。」安茲伸手摸了摸戴起的面具。「我們得在被村民發現之前先發現村莊，最好還能潛伏於附近不會被黑暗精靈發現的地點，獲得對方的情報。」

最可怕的是完全跑錯地方。不過，這點他也不怎麼擔心。

的確，如果叫安茲在這種樹海當中沒個路標的地方毫不迷惘地前進，他絕對辦不到。森林精靈告訴他的路線，就是大約走個兩千五百步之後會看到一塊大石頭，從那裡往有三棵樹並立的方向走個三千步就到了。安茲聽到的時候還心想：這樣講誰聽得懂啊？

然而，亞烏菈就不同了。

的確亞烏菈有時也會被弄迷糊，在四周到處找路，但一路上幾乎都是很有自信地帶領安茲前行。

（原來游擊兵這麼厲害啊。還是說是亞烏菈厲害……？）

前往矮人國的時候還沒這麼強烈的感受，但走這段路已經讓安茲心中有了結論：少了游擊兵，這趟旅程根本無法成立。

YGGDRASIL也有這樣的密林，但現在安茲會覺得，原來那個都還算客氣了。沒想到真正的叢林竟然會是這麼可怕的地方。

只是另一方面，心情也的確滿雀躍的。

（在這種遠離都市之地……我可以體會那些人想發掘祕密、追求未知的心情……記得好像叫做世界探索者……）

所謂的探險家追求的大概就是那種興奮吧。那正是安茲所追求的，冒險者該有的姿態。

（……丟下一切，在這世界上探索遊歷……是嗎？）

安茲再次漫不經心地思考此事，然後搖了搖頭。他不可能那樣做。納薩力克地下大墳墓的絕對統治者，安茲・烏爾・恭絕不被允許做出那種行為。

但是——如果只是短期間的話或許不會怎樣。沒有要丟下納薩力克，只是像這次這樣放個有薪假罷了。

（但話又說回來，我老是在想同一件事耶。坦白講，不能否定也許我是想拋開沉重負擔選擇逃避才會有這種念頭……結果到頭來，我可能根本沒有長進，只是在原地繞圈罷了。也許因為是不死者所以無法成長？還是說是我個人沒有進步空間？一想到這種問題就讓我想嘆氣……唉，想這些傷心事也沒用。總之……這次是跟亞烏菈還有馬雷，如果還有下次的話或許可以帶科塞特斯跟迪米烏哥斯一起出來？……自從那次之後就沒有過了。）

安茲想起在卡茲平原獲得陸行船時的事情。

（好！悲觀的念頭就先丟一邊，想得樂觀一點吧。假如又要像這次這樣出來旅行的話，沒有游擊兵跟著可能會很辛苦，但是靠智慧與機智努力度過難關說不定會很好玩。）

這次是因為有亞烏菈在，一路上才會這麼順利。只是安茲也因為這樣而沒事好做，就這點來說有點無趣。

當然，安茲也可以硬要插手，那樣的話亞烏菈想必會體貼地禮讓。安茲弄錯的時候她一定也會避免語帶嘲諷，說不定還會教他幾招。但是——

（——我死都不會那樣做。光是現在，我都在擔心自己有沒有妨礙到魔導國的運作了！）

因此，他還是想等到亞烏菈不在時再跟大家一起鬧哄哄地玩腦力激盪進行冒險。之所以能這樣想，一定是因為安茲對自己身為冒險者的實力有自信。

例如在未知之地迷失了方向，也可以用傳送回到任何地方。

例如有未知魔獸從隨便一個草叢現身來襲，他也一定有辦法解決，就算情況再糟也可以逃回納薩力克。

（把冒險者送進未知的世界，這個作法本身並沒有錯。就連艾恩扎克也同意我的想法。但是以我作為考量的標準實在不是很好。真的，現在在這種地方親眼目睹亞烏菈大展身手，就讓我覺得實在有必要認真鍛鍊那些冒險者。）

安茲並不想讓冒險者去送死。

（雖然有在都武大森林進行訓練什麼的……）

完全納入納薩力克版圖的都武大森林與這裡，危險度自然是天差地別。在都武大森林累積經驗，然後在這裡接受最終考驗或許也不賴。只是，這方面就得跟馬雷討論看看了。

「請、請問一下，安茲大人？」

「嗯？啊，抱歉，亞烏菈，我好像想事情想得太專心了。怎麼了嗎？」

「啊，沒有，只是想問大人接下來有何打算？」

安茲仰望天空。綠葉繁生的枝椏擋住了視野，看不見天空。但是可以清楚地看見，色彩逐漸轉紅的太陽正把它的強光灑落在地上。

「唔嗯。就像上次一樣，找個遠離黑暗精靈等智慧生物的行動區域——不容易被他們發現的地點，在那裡暫時歇腳吧。」

「遵命！那麼可以請大人給我一點時間嗎？」

安茲回答「當然」之後，亞烏菈就輕盈地從芬里爾背上跳下。但是當亞烏菈正要跑走時，安茲急忙叫住了她：

「且慢，亞烏菈。妳帶芬里爾一起去。我們就在這裡等妳，妳不用擔心。我們會召喚魔物出來代替芬里爾的。是吧，馬雷？」

「是、是的，安茲大人。」

馬雷急忙從安茲的背後——也就是從芬里爾的頭部這邊，排列順序是亞烏菈、安茲、馬雷——出聲回答。

芬里爾的知覺能力一有人靠近就能立刻察知，對於缺乏那類能力的安茲與馬雷來說是非常寶貴的存在。但是這樣的話，亞烏菈就會變成單獨行動了。

如果她像安茲一樣擁有魔物召喚術的話還另當別論，但亞烏菈沒有那種能力。在這種未知的土地，安茲不放心讓她不帶肉盾獨自行動。雖然拿魔法道具代用也是個方法，但召喚時會多一個準備動作，再考慮到時間限制等問題，他不覺得這是個很好的選擇。

（我是覺得我太愛擔心了，但是帶著芬里爾過去，亞烏菈做起事來應該也比較快吧。）

亞烏菈像是有話想說，但最後還是回答：「我明白了。」於是安茲與馬雷下來之後，她就直接騎上芬里爾往前跑走。一人一狼的身影很快就消失在森林的樹木後方。

「那麼馬雷，我們就靜悄悄地、盡可能不被人發現地躲在這附近吧。萬一我們被別人發現，亞烏菈的努力就白費了。」

「好、好的。呃，那、那麼，要使用綠祕密住宅嗎？」

「那樣也行，但在那之前得先做好一件事才行。」

假如只有安茲一個人的話，「完全不可知化」會是最有效的手段，但那種魔法無法施加在他人身上。而馬雷不會使用那種魔法，所以必須採用別種方法。也就是安茲剛才說過的魔物召喚。

安茲從道具箱裡拿出一小尊雕像——魔法道具。

魔獸雕像（Statue of Magical Beast）・地獄三頭犬（Kerberos）。

這跟過去使用過的動物雕像（Statue of Animal）・戰馬（War Horse）是出於同一位製作者之手的魔法道具。連肌肉的隆起都雕刻得精細無遺，充滿栩栩如生的躍動感，宛如一件藝術品。

安茲使用這件道具，雕像一口氣膨脹變大，一隻魔獸出現在眼前。

現身的不用說，當然是地獄三頭犬。

既像狗又像獅子的三顆頭能夠咬碎敵人，尖銳爪子撕抓皮肉，尾部毒蛇也能緊咬對手，而且所有攻擊都能追加火焰損傷，還對火焰與中毒具有完全抗性，是戰鬥能力相當高強的大型高階魔獸。

只要說是能夠以「召喚第十位階魔物（Summon Monsters 10th）」召喚的魔物，應該就能理解牠有多大力量了。

話雖如此，這種魔物對安茲級的玩家來說並不算什麼威脅。但是這點無可奈何。

召喚魔物的用途頂多就是攻擊敵人弱點、讓敵人落入陷阱、增加攻擊次數，或者是充當肉盾，而非單獨打倒其他玩家。

的確，如果用特殊技能對地獄三頭犬進行大量強化的話，或許能打得更精采。例如安茲召喚的不死者多少都有提升能力值，但戰鬥力還是不比同等級區段的戰鬥職業玩家，除非適性實在太差或是技能配置太不合理，否則在單挑時絕對不會是玩家這方落敗。

安茲之所以選擇地獄三頭犬而不是眼球屍（Eyeball Corpse）等魔物，首先第一個理由是他估計野獸系魔物應該具有較高的察知能力。

然後另一個理由是他認為比起視覺，嗅覺或聽覺等方面更優秀的魔物，在樹海當中也許堪為更出色的哨探。

地獄三頭犬雖然論等級不及芬里爾，但怎麼說好歹也有三顆頭。嗅覺一定也靈敏三倍——大概吧。

「哇啊。」

可能由於第一次看到這隻魔獸，馬雷驚叫出聲。但想必不是因為覺得牠看起來很厲害。要是實際上馬雷與地獄三頭犬打起來，地獄三頭犬毫無勝算。大概光靠臂力就能把牠擊潰了。

「好，地獄三頭犬，你如果聞到不在場的第三者接近的味道就告訴我們，知道嗎？」

地獄三頭犬的三顆頭各自發出咕嚕嚕的吼聲，是聽得出幹勁與自信的那種低吼方式。安茲感覺得到牠想說的是「包在小的身上」，心裡一高興，就對馬雷露出得意的神情——不過馬雷大概看不出來吧。

「那麼，你能用嗅覺分辨出大約幾百公尺外的味道？」

地獄三頭犬們——以頭部數量而論或許該這麼說——當場僵住了。

「怎麼了？」

感覺得出來牠們想說的是「糗了。」「咦？」「太扯。」然後傳來一種「您說幾百公尺嗎？」的不安氣息。

說是傳來這種感覺，也有可能只是安茲的感受問題，實際上說不定是完全不同的意思。

「——對。你們有足足三顆頭，應該比芬里爾更行吧？」

地獄三頭犬發出「嗚～」的賣萌嗚叫，翻身一躺露出肚子。

換成一隻小狗這樣做的話安茲或許會覺得很可愛，已經伸手摸摸牠那毫無防備的肚子了。但牠是地獄三頭犬，老實講一點都不可愛。不只是身軀太過龐大，最大的問題是長相太凶惡。

安茲盯著地獄三頭犬看，馬雷可能是個性比較貼心，摸了摸地獄三頭犬的肚子。

「……嗯？你這是在做什麼？」

對於安茲的質問，地獄三頭犬一邊小心不要撞到體貼地摸牠肚子的馬雷，一邊慢慢起身，用堅定決心的表情低吼了。彷彿可以感受到牠們的「小的會加油」、「小的拚了」、「太難了啦」這三種反應。

引起安茲注意的是否定反應占了三分之一。

「……不行就說不行沒關係，強人所難結果把事情搞砸反而更糟糕……你們至少可以用嗅覺分辨附近的味道，判斷有沒有陌生人靠近吧？」

雖然是安茲自己說出口的，但他其實也覺得幾百公尺可能太誇張了。

感覺到「嘿嘿……這點小事的話沒問題」、「辦得到」、「做得來」的反應，安茲點點頭。

「那你們就開始吧。」

地獄三頭犬發出了低吼聲，開始抽動鼻子聞味道。

順便一提，安茲其實不用開口也能下達這些命令。就算遭人使用「寂靜」等魔法，仍然可以對召喚魔物做出指示。想設法妨礙召喚者與被召喚者的聯繫，必須要有反召喚士特化這種極小眾的職業組成。之所以開口直接下令，是因為他覺得只是跟地獄三頭犬互相凝視的話，馬雷會不知道他們在做什麼。

「那麼接著就如同剛才馬雷你跟我說過的，還是來做一個綠祕密住宅，躲在裡面好了。最重要的是我們不能被發現。」

「是！」

聽到自己的提議被採用，馬雷顯得很開心。

事實上，馬雷的提議並沒有搞錯重點。

安茲與馬雷都不具有消除自己行蹤的隱蔽技術。因此他們如果粗心大意地到處亂晃，說不定會留下野外活動專家一看就能抓出所在位置的記號。

所以，聰明的作法就是待在這裡不動。最好的方法應該是使用「迷彩(Camouflage)」等森林祭司或游擊兵會用的魔法安靜待著，遺憾的是在場沒有人會使用那種魔法。馬雷是森林祭司沒錯，但實際上是技能配置相當極端的特化型森林祭司。他的魔法只適合用來大量屠殺，其他一般森林祭司的魔法如果不依靠道具的話，除了幾種強化系之外應該都沒學會。

這樣一來還是變出綠祕密住宅，作為匿伏於內隱藏蹤跡——避免移動以防留下足跡等等的潛伏場所才是正解。

只是，有一個問題。

就是坦白講，安茲總覺得這樣很不體面。

亞烏菈正在努力工作，自己卻閒閒沒事做，這樣真的好嗎？

好吧，安茲當然也知道有句話叫做適材適用。這是以前有人把麻煩的工作塞給他的時候使用的說詞，安茲還去查過是什麼意思。而他也記得布妞萌說過，無能的拚命三郎才是最會找麻煩的人。

所以安茲這樣做應該是對的。

只是，前提是他是以魔導王的身分把工作交給底下的樓層守護者，這樣的話就沒有問題。但是——安茲是為了什麼目的才踏上這段旅程？

是為了放有薪假。

而且起頭的大人遊手好閒，卻讓帶出來的小孩去做事，罪惡感不是普通地強烈。

安茲拚命動腦思考，但他沒辦法幫亞烏菈做事，也想不到能在這裡做什麼。頂多只能找藉口說他在陪馬雷玩。

（拿照顧小孩替自己找藉口……算是一種逃避嗎？可是，除了這點小事……我想不到還有什麼方法可以幫亞烏菈的忙……那麼我該做什麼，才能說我也有做我該做的事，成為受人尊敬的……不，是盡到了最基本義務的大人？）

安茲是否該讓自己接受，他現在的任務就是不要被發現？

不管怎麼想都想不出完美的答案。

心情沮喪的安茲對馬雷說：

「……那麼我們就到綠祕密住宅裡等亞烏菈回來吧。」

「是！」

聽到馬雷開朗的回應，安茲心情才稍微寬慰了一點。

●

有一種魔獸稱為連甲熊（Ankyloursus）。

遠遠看去有點像熊，但如果不能盡早發現兩者的差異，將會導致無可挽回的後果。

體長約在兩公尺到三公尺。擁有兩對總計四隻前腳，以及一對後腳。四隻前腳中的兩隻為戰鬥專用，長出了超過六十公分的尖銳爪子，硬度遠在鋼鐵之上。腰際長出又粗又長的尾巴，前端部分鼓脹得有如鐵鎚。

而身體的大部分都受到質地堅硬的——從鱗片演變而來的——裝甲所保護。支撐其龐然巨軀的力氣十分驚人，藉由堅硬鋒利的爪子與卓越肌力揮出的一擊，輕易就能把人類連同鎧甲砍成兩段。

只不過——需要戒備的就這些了。

牠既沒有可怕的特殊能力，也不會使用強大的魔法。連甲熊就只會使用「芳香(Fragrance)」這一種魔法，而且在戰鬥中沒有用處。因此牠在樹海當中儘管屬於頂級掠食者，卻絕非最強種族。

但是，這裡有了一個特例。

這個個體的體長超過四公尺，光是憑藉其身體能力，就能宰殺身懷可怕特殊能力或是會用強大魔法的魔物。

看在不知情的人眼裡，就算把牠錯當成其他種族也不奇怪——就是這麼一頭配得上王種(Lord)之名的連甲熊。

牠從正在啃食的生物腹部抬起臉來，小聲地發出能讓聽者心中充滿恐懼的重低音吼叫。長條內臟從牠的嘴角掉了下來。

牠短促地吐出幾口帶著血水的氣息，嗅聞空氣中的味道。儘管滿臉鮮血，牠仍然察知到有兩個從未嗅過的味道出現。兩種味道互相融合，也許是配偶。

肚子已經填飽了。

不予理會也沒關係。

但是——牠怫然不悅地慢慢邁開腳步。

這附近是牠的地盤。絕不允許有任何生物闖進來，大搖大擺地到處亂晃。

牠用粗壯的後腳站起來，先伸出爪子抓傷樹木再用自己的身體去磨蹭。牠明確地證明這裡是自己的地盤，往氣味的來源走去。

路上牠使用了「芳香」，藉此掩蓋自己的體味以及附著於身上的血腥味。體型龐大的連甲熊都是用這種方式接近獵物。否則在這座森林當中，要抓到獵物還真不是件簡單的事。

氣味越來越濃了。

對方似乎沒有察覺到牠的存在。如果有察覺到的話應該會改變動作才對。例如停下腳步細聽聲音，或者是一直線地從牠附近逃開。然而，對方並沒有做出這兩種動作。還是說——牠們以為自己有兩隻就能贏得了？

牠盡可能靜悄悄地逼近氣味來源。目前對方還被樹木擋住，無法以肉眼捕捉。

不過，這樣就夠了。牠每次解決獵物時都是這樣做。自己能夠看見獵物就表示對方也會看到牠。在雙方看見彼此之前絕不心急，謹慎小心地一邊分辨氣味一邊悄悄靠近，然後再一口氣——憑恃著牠的瞬間爆發力拉近距離，就是牠的狩獵方式。

牠來到了附近位置。氣味來源沒有移動。

因此——牠就像平常的狩獵那樣，一口氣衝了出去。即使體型龐大，牠仍像一陣風吹過般疾速衝過樹木之間。

牠並不具有森林行者那種方便的能力，因此在把這附近當成自己的地盤時，早就把妨礙牠通行的樹木全都砍倒了。當然，隨便一棵小樹別想阻擋牠的衝刺，但是如果對方身手夠敏捷的話可能會趁機逃掉。

牠的確是壓倒性的強者，然而並不是每次狩獵都能成功。所以才要做事前準備。

氣味來源就在前方。

一個小小黑黑的，一個大大黑黑的。小的在大的那個上面。

那兩隻不是配偶，應該是不同的生物。

不過，這也沒什麼好奇怪的。也有的生物會像牠們那樣，為的是互相幫助。被掠食者會運用智慧，保護自己免受像牠這樣的掠食者攻擊。例如上面那隻使用特殊能力，下面那隻奔跑逃走等等。

但是對牠來說，兩者都不過是食物罷了。

牠笑了起來。

距離靠得這麼近，牠們是跑不掉了。小隻的看起來沒多少肉，但下面那隻可是個大獵物。牠現在已經吃飽了，可以埋在地底下保存起來。

可是——總覺得不太對勁。

牠都已經發出一連串激烈腳步聲衝過去了。就算是再遲鈍的傢伙也該察覺到，察覺到的話應該會做出某些舉動才對。

既然如此，黑色生物為什麼不害怕？為什麼不逃走？遇見牠的生物大多都會做出這類反應。頂多只有同族例外。

還是說是嚇得不敢動了？

牠邊跑邊稍作思考。

嚇得僵住的獵物的肉吃起來不太好吃。以牠的口味來說，牠最愛吃的是打個半死慢慢斷氣時的——漸漸變軟的肉。被活生生啃食內臟之後，放棄求生的肉才是珍饈佳餚。

「吼啊啊啊啊啊啊！」

牠站起來，在獵物的面前咆哮。

不單純只是威嚇。牠要讓獵物害怕。

——好了，快逃啊，現在逃走搞不好還能活命喔。把你的肉變得更美味吧。

牠在心中如此自言自語。牠在這種距離下絕不會追丟獵物。是因為狩獵已經勝券在握，才能表現得如此從容不迫。

「哇——第一次看到耶。好可愛的熊熊喔。」

小隻的發出了叫聲。

這讓牠想起了一件事。牠最近在樹上也有看過類似這個小隻生物的東西。連甲熊會爬樹，但牠因為身形龐大而不擅長爬樹。所以牠要拿到樹上的食物時都是把樹砍倒，讓獵物掉到地上之後再來捕食。但當時牠肚子很飽，那種生物的位置又很遠，牠懶得動就放過那生物了。

但是，現在這種生物就在地上，可以大快朵頤不用客氣。

下面那隻黑色生物沒有反應，只是看著牠。

牠揮動長出大鉤爪的前腳。

為了不讓牠們逃走，先攻擊下面那隻。

伴隨著「啪滋——」一聲，牠揮動的前腳變得滾燙，然後——變成劇痛。

牠站不住，一屁股往後跌坐在地。

牠急忙看看產生劇痛的前腳。

還在。

沒有不見。可是實在太痛了，動不了。

「咕唔唔嗚嗚……」

一看，上面那隻小隻的，手裡拿著長長一條像蛇一樣蜿蜒蠕動的東西。是被那個攻擊了嗎？說不定有毒。牠小時候被巨大毒蛇咬到時，也是類似這種熱辣的痛楚。

「好啦——不要鬧，不要鬧。」

小隻的一揮手，附近的樹木就發出巨大的「砰」一聲。是從手上伸出的蛇狀物體打中了樹木。抽打的衝擊力造成樹皮爆開，就像是從內側炸裂一樣。

牠也能辦到一樣的事。但不知為何，一種心驚肉顫的感覺竄過牠的全身上下。

這傢伙真的是小生物嗎？

在牠的眼中，那生物看起來，慢慢地變得碩大無朋。

「乖喔——乖喔——不用害怕——你看——一點都不可怕——」

上面那隻小的一邊發出叫聲，一邊從下面那隻大的身上下來。小隻的站到地上，張開兩隻前腳湊近過來。果然小到不行。不知道跟自己有多大差距？

自己是掠食者，對方是被掠食者——應該是這樣才對。既然這樣——這隻生物為什麼敢靠近牠？

簡直好像——對方才是掠食者似的。

牠的視線從靠近的小隻生物移向大隻生物。

大隻生物目不轉睛地盯著牠看。

這同樣讓牠無法理解。從來沒有一種生物在遇見牠時擺出這種態度。

一種無法解釋的恐懼感，讓牠轉身拔腿就跑。

小時候——告別母親離巢獨立時，牠有幾次在遇到不可能對付得了的對手時選擇逃跑。因此，遇到莫名其妙的東西時選擇逃走不需要覺得可恥。

然而，某種東西纏住了牠的後腳——

「嘿咻。」

視野轉了一圈。

一種遭到拉扯的飄浮感急遽來襲，然後牠狠狠撞到了背。

自己怎麼會轉了半圈，摔倒在地？

牠撐起身體，看到長蛇狀的物體纏住了牠被拉扯的後腳，另一端被那隻小生物握在手裡。

儘管牠完全不懂事情怎麼會變成這樣，但也許是那隻小生物把牠絆倒的。那麼小一隻竟然——

「真是，不可以逃走啦。」

小隻的露出牙齒發出低吼。

錯不了，那種叫聲的意思是「我要吃了你」。看來這隻小生物，能夠不用散發出讓人寒毛直豎的恐懼感就襲擊獵物。說不定是屬於埋伏型的掠食者。之前在樹上看到的那傢伙也有這麼強悍嗎？

「嗯——好像還是不行耶——又不能讓安茲大人等太久……與其抓起來，或許還是殺掉作成標本比較好？可是好像有點可惜耶，而且似乎可以用來讓我做實驗。嗯……況且安茲大人也說過，非到不得已才需要殺掉……」

那生物盯著牠看。會不會是動作比較遲鈍？所以才要用手上伸出來的蛇狀物體綁住獵物。

牠想扯掉纏住腳的蛇狀物體。可是，扯不掉。它勒得很緊，死都不肯鬆開。於是牠用上自己引以為傲的爪子。

沒有什麼東西是它割不斷的。

（咕？）

牠覺得很困惑。割不斷。以往什麼東西都能割斷的爪子，竟然割不斷這個。

「好了好了，不要抵抗。」

身體硬生生地滑動了。是那生物把纏住牠的蛇往自己拉去。牠被不斷地拉向那生物，在地面留下拖行的痕跡。
已經不用懷疑了。那隻小生物的力氣大得嚇人。
「沒辦法嘍。我是不太喜歡這樣，但是就試一次……不行的話就殺掉吧。」
蛇狀物體從腳上鬆開了。牠還來不及想到快逃，痛楚先伴隨著「啪滋！」一聲竄過身上。
「咕哦喔喔喔！」
痛楚接連不斷來襲。手臂、腿、臉孔、腹部、尾巴——這裡沒那麼痛——想把身體藏起來就輪到背部挨打。扭動身體，鼻尖就要吃苦頭。
牠忍著痛想逃跑，但一種強大的力量壓住了牠。一看，大的那隻把一隻腳放在牠背上，踩住了牠。力氣大到都快把牠壓到地底下去了。
發生這種事是對的嗎？怎麼可能同時出現兩隻力量遠遠強過自己的生物？
痛楚持續不停。
每次聲音響起，身上就會有某處產生劇痛。而且聲音就像雨聲一樣響個不停。
等到牠已然失去抵抗的力氣時，聲音才終於停止。如今身上已經是無一處不痛。全身都在發燙，甚至讓牠懷疑自己好像整個腫脹了兩、三倍。
「好，總算變乖了呢。」

牠是不是就要被吃掉了？那也只是至今自己所作所為的報應罷了。

「好——乖喔——乖喔——這下知道誰才是老大了吧？那麼，我們走吧。」

不過，那隻小生物雖然露出了牙齒，但有辦法把自己整隻吃掉嗎？還是說牠打算跟下面那隻分享？

如今已經放棄求生的自己，味道一定很好。

●

在綠祕密住宅裡，安茲與馬雷分工合作。

首先把料理端上用魔法做出的黑曜石般桌子上。其實還準備了熱湯，不過裝在保溫容器裡，打算要喝的時候再舀出來。另外也準備了三個放了冰塊的杯子，然後把整瓶果汁放在桌子中央。

綠祕密住宅即使把門關起來也一樣透氣，但有魔法機關讓屋裡的聲音與氣味都不會洩漏到外面。不過開門的時候這道魔法防護會暫時失效，因此即使兩人把自己關在屋裡，亞烏菈回來的時候料理的香味還是會飄出去。

東西散發的氣味其實會飄得很遠。照亞烏菈的謹慎個性，想必不會迷糊到沒確認周邊安全就返回據點，但無法斷定飄到亞烏菈知覺範圍以外的氣味，不會被某個外人聞到。要是在這種森林裡聞到美味料理的香味，任何一個具有智慧與文明的人都會起疑心。

黑暗精靈本身並不具有能與野獸媲美的嗅覺。但在這個世界裡，根據職業組成有可能辦到。就算本身辦不到，能夠役使並與魔獸溝通的話也一樣。

換言之現在的安茲等人，正在忙著做出會讓亞烏菈白忙一場的糊塗事。安茲也很清楚這一點。那麼說到兩人為何要這樣興致勃勃地準備餐點，是因為安茲不管再怎麼轉動空蕩蕩的頭蓋骨，就是想不到其他能逃離罪惡感的好點子。

簡而言之，就是用美味飯菜迎接辛苦工作回來的亞烏菈大作戰。

當然，用這種可能會讓亞烏菈的努力泡湯的行為來慰勞她，可以說是本末倒置。所以，安茲翻轉了思維框架。

沒錯，只要不被別人發現就行了。

問題在於氣味會往四面八方飄散，而且可能因此吸引某些外人。既然如此，只要不讓氣味往廣範圍飄散即可。

最不會出錯的方式是只把盤子拿出來，等亞烏菈進屋後再關起房門盛盤。但是那樣太欠缺震撼性了。

所以，一打開門就要「登登！」看到滿桌的料理才行。

真正的用意就在於這種驚喜感，也要這樣才有意義。

因此，安茲回到納薩力克，請料理長盡可能準備香味較淡的料理。不只如此，馬雷用魔法道具召喚的風元素精靈也把周邊的空氣送往上空。帶著氣味一起往上飄的空氣被送到樹頂才終於開始擴散。雖然氣味分子比空氣重，但在這個世界就不一定了。說不定會永遠掉不下來，就算不會，等到飄到地表時一定也早就淡化很多了。

只是，在製造上升氣流的時候樹葉——儘管只有安茲來看覺得還好的程度——輕微搖晃了一下下，如果有個眼尖的人從上空看見也許會覺得怪怪的。但是日前安茲從超高度位置進行偵察時，在空中看到的都只有普通的飛鳥，所以應該不用擔心。

「那、那個，安茲大人。這個，可以還給您了。」

差不多都準備好了的時候，馬雷把剛才安茲交給他的寶珠(Orb)拿了過來。

這是被玩家命名為轉蛋元素的最高級魔法道具。在清澈透明的玻璃般球體中，有四個光點不停地繞圈轉動。

這個道具每天可以召喚四次元素精靈，役使時間為一小時。

可召喚的元素為火、水、風、土。另外還有火與土的複合元素熔岩、水與風的複合元素風雪、土與水的複合元素溼地、火與水的複合元素熱泉、土與風的複合元素沙塵、火與風的複合元素火風等等。

其中，火、水、風、土的話會召喚出四十級前半的高階元素、二十五級上下的中階元素，或是等級個位數的低階元素。

如果召喚出的是高階元素，數量就是一隻。中階元素的召喚數隨機，一到三隻不等。低階元素的召喚數也是隨機，但最少三隻，最多六隻。

相較之下，複合元素則是出現五十級前半的高階元素、三十級前半的中階元素，或是十級前半的低階元素。只是，複合元素的召喚數統一為一隻。

這樣聽起來似乎滿實用的，但很遺憾地受召喚的元素種類也是隨機決定。更麻煩的是強弱元素相比之下前者比較難出現，高階元素更是困難到得用上流星戒指(Shooting Star)。

不能配合對手的狀態進行召喚，從戰略角度而論會浪費太多動作。要是在飛天的時候好死不死召喚出土元素來，就只能目送它掉到地上了。事實上馬雷也是使用了這個道具三次才召喚出風元素。

「不，不用還給我，這個就送給你吧。就如同你所知道的，這個道具不是那麼好用，只要你不嫌拿著麻煩，我希望你留著。只可惜不能召喚出最高階元素、不淨元素或是神聖元素，否則或許會更有用一點……而且它原本就限制只能讓森林祭司使用。如果馬雷你不肯留著，就只能放在寶物殿當擺飾了。」

像這種道具在等級尚低的時候或許還有用處，但到了安茲或馬雷這種等級，連拿來當肉盾都不夠。因此安茲把它放在道具箱裡，原本就是打算找個等級較低的人送出去。

「真、真的可以嗎？」

「嗯，可以。與其放在寶物殿裡沒人用，不如讓馬雷來使用才能讓它發揮多出一百倍的價值。」

「謝、謝謝大人！請、請問……用這個進行召喚，會被視為使用了那種屬性的魔法嗎？」

「嗯？」

「呃，其實我也有能夠召喚元素的道具，但那個在召喚之前必須先使用對應屬性……副屬性相合的魔法才行。」

換言之馬雷如果要用道具召喚火焰元素，必須先使用具有火焰副屬性的魔法，例如——雖然馬雷不能使用——「火球」等魔法才行。

「我想應該會滿足前提條件，改天有時間的時候你再試試看吧。」

「好、好的！我會的。」

以前，安茲曾經檢查過所有NPC的能力——當時安茲還沒完全信任他們——也在那時候問過裝備品的效果。

他記得馬雷所說的召喚元素道具，能夠召喚出一隻高等級元素精靈，但每二十四小時只能召喚一次，召喚時間也不到十分鐘。坦白講道具本身並沒有多大價值。多得是比這更厲害的道具。

但馬雷並沒有變更裝備品，因為這是泡泡茶壺給他的。

安茲知道這是全NPC共通的想法。

分明有更好的道具，NPC們卻不會變更自己裝備的道具。如果要變更，頂多也只會換穿一開始就獲得的其他裝備。當然，假如像現在這樣收到安茲給的道具，他們會拿來使用，但不會主動要求更換武裝。唯一的例外大概就是雅兒貝德在進行戰鬥訓練時，會來拜託安茲借她各種道具吧。

被束縛了。

儘管措辭非常失禮，這句話閃過了他的腦海。

而他自己也是——

「——請、請問，您怎麼了嗎？」

馬雷關懷的表情，把安茲拉回現實。自己似乎不小心開始思考了一些沒有意義的事。

「嗯？噢，不，沒什麼，對，不是什麼大事。只是不禁在想，如果我是馬雷的話會如何使用這件道具。可能除了預先召喚元素之外也沒其他……」

地獄三頭犬在門外有了動作。

安茲開門後地獄三頭犬發出低吼，把三張臉朝向一個方向。這個意思應該是「有人來了」沒錯。

安茲與馬雷面面相覷。

「我是覺得味道沒有散出去……還是被看穿了嗎？」

「我、我覺得應該……不會……」

地獄三頭犬沒見過亞烏菈或芬里爾。但是牠已經嗅過附著於安茲或馬雷身上的亞烏菈他們的氣味，應該不會做出這種反應。

兩人一起望向地獄三頭犬瞪著的方向。乍看之下並沒有什麼東西躲在樹林裡面。馬雷把手放在耳朵後面，試著聽出那邊的聲響。

「啊，呃，的確好像有什麼東西，正在往這邊過來……」

「也就是說……不是亞烏菈他們了？」

亞烏菈與芬里爾出發時，幾乎沒發出任何聲響。

「對、對不起，我沒辦法……聽出那麼多……不、不過，是這樣的，我也覺得安茲大人說得對，如果是姊姊的話應該會回來得再安靜一點……只、只是……也有可能是調查過這附近了知道沒有問題，所以故意發出聲響讓我們知道他們回來了……」

換言之就是不知道。

「那就沒辦法了。按照當初預定，由我去看看吧。」

安茲發動「完全不可知化」，指示地獄三頭犬跟他來。

不同於需要口頭命令的情況，腦內命令不會受到「完全不可知化」妨礙。只是，由於地獄三頭犬也看不見安茲，因此位置的選擇很重要。一個弄不好還有可能被地獄三頭犬踢飛。

（嗯——「完全不可知化」果然很方便。可惜只有化身為我的潘朵拉．亞克特用得來。雖然說如果硬是使用卷軸的話還有一些人也用得來，但也有材料或時間限制等等的各種問題……）

安茲一邊在腦中念念有詞，一邊讓地獄三頭犬帶路往前走。不久安茲的耳朵也聽見了踩踏草地的聲響，看見一個巨大身影。

（熊？）

但那不是一隻普通的熊。牠似乎一共有六隻腳，毛皮也好像都溼透了，看起來像是黏在身上。不知是不是某種具有生水特殊能力的魔獸。

更吸引安茲目光的，是亞烏菈騎在牠的背上。她手上握著鞭子，時不時地呼嘯揮動，把熊型魔獸嚇得渾身一抖。

芬里爾緊跟在旁邊。

（……亞烏菈的下屬當中，應該沒有那隻魔獸吧？從哪裡弄來這玩意的？）

不，這種事情直接問她就行了。亞烏菈那邊似乎已經發現到地獄三頭犬，保持戒心看著牠。不過他們沒有即刻出手攻擊，想必是因為不能確定是野生的地獄三頭犬，或者是安茲召喚出來的。

之前聽說如果是安茲的僕役可以隱約感覺得出來，也許召喚出來的魔物又是另一回事。

安茲解除「完全不可知化」。

「安茲大人！」亞烏菈一掃臉上的警戒神色，開心地出聲呼喚。「好啦！快過去！」

看到那熊一副非常不願意過來的樣子，亞烏菈揮動鞭子。熊發出怕會讓人懷疑虐待動物的哀叫聲，心驚膽戰地往安茲面前走來。

亞烏菈來到安茲的面前，從熊的身上下來。

「妳回來了，亞烏菈。」

「我回來了，安茲大人！呃，我想您一定覺得很奇怪，所以我先回答您的疑問喔。這隻熊型魔獸似乎是這附近的老大，所以我把牠納入我的支配了！我已經用鞭子讓牠徹底明白我比牠了不起了。不過如果特地跟安茲大人解釋這麼做的原因，可能就有點那個了喔。」

那個是哪個啊？安茲心裡這樣想，不過大致上猜得到。

「……坦白講，我看不出這隻魔獸有多少力量……有強悍到會讓黑暗精靈提高戒備嗎？」

「啊，說得也是喔。像安茲大人這樣強悍的話，可能看不出這種小怪的實力高低吧。我想想，雖然是沒有強到哪裡去，但好像還是足夠占據這附近當成地盤。因此，對於普通的——一般黑暗精靈來說是很危險，應該不會想接近牠。實際上大家好像也都害怕這傢伙，沒有人接近這附近區域。所以就極少有人會入侵這點來說，我推薦拿這個地點當成暫時露營地。」

「那真是太棒了。」

安茲心想，有道理。

的確比起殺掉，納入自己的支配更有好處。這是因為以這裡做為據點對黑暗精靈進行搜索或觀察等等不知道會花上多少時間。那麼如果殺掉地盤主人，導致周邊區域出現亂象，難保不會引來黑暗精靈們打探情形。為了避免這種不期而遇，還是放牠一條生路比較好。

話雖如此——

「亞烏菈。我無意質疑妳的判斷，但妳支配的魔獸數量應該已經達到能力上限了吧？把這隻魔獸納入支配，會不會造成納薩力克內的魔獸脫離妳的支配？」

從大多數情況來說，如果不是自己選擇解放而是強制解放的話，按照常例都是從舊到新依序重獲自由。這點同樣適用於召喚或創造等等。在ＹＧＧＤＲＡＳＩＬ反而比較少發生顯示警告文字等等，讓玩家自己選擇要解放哪一隻的情形。

「請大人放心！馴獸師跟自己支配的魔獸會有聯繫，但我跟這隻沒有，也就是說牠並不是完全受我支配。我只是單純地讓牠清楚知道，我比牠厲害而已。所以，馴獸師提升魔獸力量之類的能力也沒辦法用在牠身上。」

「原來如此……那這樣說來，也不是完全安全了。」

也就是說牠也有可能野性本能忽然甦醒，反咬他們一口。話雖如此，安茲不認為亞烏菈會忽略這個可能性。她一定是判斷這熊沒那本事傷害這裡的任何一個人。但是保險起見，起碼還是得做個確認。

安茲心想不知道牠大概有多少等級，無意間想起了一隻巨大的可愛寵物。

「……順便問一下，牠跟倉助相比誰比較強？」

亞烏菈露出歉疚的神情。

（不是，不用露出這麼難過的表情吧……看也知道這隻魔獸熊比較強悍啊。）

「我可以實話實說嗎？」

「當然。妳不用顧慮到我是倉助的主人，讓我聽聽妳毫無保留的意見。」

「那麼……單純就肉體能力而論的話，牠比以前的倉助更強。不、不過！倉助會使用魔法，這樣一想就很難預測兩隻對打的話誰會贏。因為如果魔法生效的話就能一口氣扭轉戰局了。再說……現在的倉助還擁有戰士職業。如果穿著那件鎧甲的話，我想一定是倉助會贏。」

安茲腦中浮現出倉助整天睡大頭覺的模樣。不知為何身旁還有個死亡騎士。

安茲不禁覺得有點火大。

沒錯，牠是寵物所以可以發懶打混沒關係，而且光是跟飛飛走在一起就已經算是有在做事了。再說安茲也知道牠有在努力習得戰士職業等等。但是自己在努力工作時看到旁邊有人在玩還是會很不爽。

不過，安茲硬是把「亞烏菈，妳不用這麼努力幫倉助說話沒關係」這句話吞回去。他這麼做是顧及亞烏菈的心情，絕不是對倉助有什麼好評價。

「原來如此──」除了原來如此還能說什麼？安茲很不想說「原來倉助也挺有一套的」，無話可回只好簡單帶過。「──沒想到能碰巧遇到這麼厲害的魔獸。還是說這個水準的魔獸在這座樹海裡很常見？真想仔細調查一下。我們一路來到這裡，並沒有看到其他高等級的魔獸吧？」

「是。雖然也有可能是經過沒注意，但我沒有看到。說不定試著搜索看看的話可以找到，大人您覺得呢？」

「不了，沒那個必要。我來到這裡不是為了尋找這類魔獸。」

「是，安茲大人。不過，進行探索活動確實有點吸引人呢。就連在都武大森林都沒找到像這隻熊這樣的魔獸。因此，這個地區很有可能有它特有的——演化成最適合棲息於這個環境的動植物，例如固有的藥草等等。而且說不定也有一些會發生特殊現象的地點。」

在這個具有魔法的世界，有些地方會發生異於尋常的現象。

聽說在那些地方，可以看到由下往上倒流的瀑布、只有下雹的日子會升起彩虹光柱的山丘，或是沙漠中幾十年才發生一次的巨大龍捲風等奇觀。對，只是聽說——很遺憾地魔導國所吞併的領土當中，目前還不包含這種奇山異水。

在YGGDRASIL當中，這種地點總是具有特殊效果，不然就是能夠找到稀有的素材或是魔物。

這項法則在這世界似乎也通用，例如據說在七色光柱消失後，可以撿到彷彿光柱凝聚而成的彩虹石。聽說這件知名的道具有助於魔法道具的製作。

假如能夠把這類特殊地區納入魔導國的版圖，或許能夠間接強化納薩力克的力量。

「我不認為森林精靈們對這座大樹海瞭若指掌。這樣一來，如同亞烏菈所說，今後以探險為目的——我想想，或許有必要派冒險者前來執行這個任務。」

安茲創造的不死者沒辦法尋找新品種的藥草。恐怕還是得派出加入了不死者搬運工的冒險者隊伍才行。

「那麼——我們回屋子裡吧。馬雷在等我們。」

「是！……那麼，安茲大人，我還是問一下好了。那隻地獄三頭犬是安茲大人召喚的魔物，對吧？」

「嗯，當然是了。是我召喚出來代替芬里爾的魔物。」

安茲伴著亞烏菈一起邁開腳步。當然芬里爾與地獄三頭犬也跟了過來。魔獸熊表現出很不想過來的樣子，但亞烏菈一揮鞭子就默默跟來了。

「……話說回來，亞烏菈，妳打算怎麼處置那隻魔獸？我想妳應該考慮到牠沒有完全受到支配，審慎處理這個問題吧？」

「是。關於這點我想跟大人商量一下，請問我能不能把牠帶回納薩力克？」

「妳要在地下六層放養牠嗎？」

如果牠像倉助那樣具有能夠對話的智力還好，但安茲覺得智力較低的魔獸不適合放養。即使是這點等級的魔獸，一樣能夠殺死一般女僕。

那樣做的話，以後部分ＮＰＣ就進不了地下六層了。不只如此，地下六層還有其他植物系魔物在。他們的安全保障也是個問題。

「我沒想到要不要放養，只是想試試看能不能不用馴獸師的特殊能力讓魔獸受我支配。我想拿牠來做實驗。」

「嗯——如果是這樣，我是很想提供協助……」

安茲向來認為獲得在ＹＧＧＤＲＡＳＩＬ辦不到、只有這個世界才有的特別力量，能夠幫助無法成長的他們提升實力，因此亞烏菈的這項提案應該批准。但是——

「不一定非得是這隻魔獸吧？不如從更弱的……一級程度的魔獸開始怎麼樣？」

如果是那點等級的魔獸，ＮＰＣ——一般女僕就算遇襲，應該也能用裝備的力量設法脫困。

「那樣也不是不行……」亞烏菈顯得不太能夠接受。「只要安茲大人這樣要求——」

「——不，我不會要求妳這麼做。我只是好奇，妳為什麼會選上那隻熊？難道說其實妳很喜歡熊？」

突然間，亞烏菈轉過頭去。

「……芬恩，我要生氣嘍。」她用有些冰冷的語氣只說完這句話，就立刻把頭轉回來。

「——非常抱歉，安茲大人。剛才芬恩好像要做什麼奇怪舉動，所以……」

安茲轉頭看看，沒看出牠有什麼動作。不過既然亞烏菈這樣說，就一定是這樣吧。他把視線轉回來，向亞烏菈問道：

「噢，好吧，不用放在心上。那麼，妳為何會挑中那隻熊？」

「是這樣的，牠雖然不像倉助會說話，但我感覺牠還算有點智慧。像芬恩也不會說話，但就很聰明啊。我覺得會不會說話不能代表聰不聰明。而且還是要有點腦袋比較好訓練。」

的確，安茲看到芬恩時好像也有過同樣的想法，又好像沒有。鈴木悟一輩子從沒養過寵物，但覺得芬恩跟他聽說過的「聰明的狗狗」等等似乎有著根本性的差異。當然，如果一句話跟他說「因為是魔獸」他也無話可回就是。

「所以芬恩有時也會聽馬雷的命令，我覺得還是要有點頭腦才適合訓練。不然就是從幼獸時期開始培養……」

「但那樣太花時間了，是吧？那麼如果用類似狗那種成長迅速的……啊，但那樣不見得在魔獸訓練上有幫助，對吧？」

想要訓練魔獸，用魔獸做測試合情合理。這樣一想，就不得不接受亞烏菈的提案。

「……不過，還是在納薩力克以外的地方比較好。對了，目前不是有個地方供那些從王都帶來的人類生活嗎？那裡怎麼樣？」

「您是說我建造的假納薩力克對吧？可是那裡冒險者們會用到……那麼如果在我判斷已經完全馴服之前，先在地下六層進行隔離而不是放養的話呢？」

「……或許這就是折衷點了吧？」

「是！謝謝安茲大人願意接受我的任性要求。」

看到亞烏菈低頭致謝，安茲對她笑了笑。

「別放在心上。如同雅兒貝德會進行戰鬥訓練，你們提升自我的意願非常值得讚賞。你們全體NPC都是我——不，是安茲．烏爾．恭的驕傲。」

亞烏菈睜大雙眼，停住了動作。

看到她的這種變化，安茲焦急地心想自己是不是說錯了話。儘管他不記得有說錯什麼。

不——

（會不會是我沒有那個意思，但聽在亞烏菈耳裡會讓她不舒服？比方說她只想成為茶壺桑的驕傲，其他成員她才懶得管？還是說其實這是……高興的反應？但她沒有露出笑容……嗯——比起期待最好的結果採取行動，還是應該料到最糟的狀況行動才對。）

但是，隨便亂道歉更不可取。因此安茲能採取的手段只有一種。

「對了，為了慰勞亞烏菈你們，餐點已經準備好了。是我跟馬雷一起準備的。啊，當然我們不會做菜，所以只是回納薩力克去把料理端來而已。」

那就是打馬虎眼。

順便還「哈哈哈」笑個幾聲，觀察亞烏菈的反應。

（嗯？她沒在生氣？雖然也許只是假笑或陪笑，但至少是笑容沒錯。）

亞烏菈對安茲露出了不像是陪笑臉的笑容。也許是聽到他們準備了餐點就開心了。還是說得到安茲稱讚才真正讓她開心？

（不管是怎樣，我都得更常稱讚NPC才行。）

安茲下定決心。感謝的心意就是要說出口才能讓對方知道。他記得好像有個公會成員用失去情感的聲調說過，以為對方了解就什麼都不說，會讓老婆的不滿情緒在不知不覺間累積到瀕臨爆發。

（好像是塔其桑？）

安茲正在拚命回想時，綠祕密住宅已經漸漸映入眼簾。一行人站到門前，從內側偷看外面情形的馬雷打開屋門。

「姊、姊姊，妳回來了。」

「對啊～我回來了。」

在馬雷的背後可以看到布置完成的餐桌。亞烏菈的視線掃過桌面，安茲也跟著緊張起來。

「哇啊，看起來好好吃喔。」

看到亞烏菈笑逐顏開，安茲這才鬆了口氣。他原本還有點擔心亞烏菈會說「啊～今天本來想吃豬排丼的說……」之類的話——雖然同時他也知道亞烏菈絕對不會那樣說。這是因為安茲很少跟人同桌吃飯，有點擔心自己對食物的執著會不會已經變得極端遲鈍。

「是啊。聽到妳這麼說，料理長一定會很高興。我們也幫芬里爾準備了一份……」

設置在據點旁邊的樹墩放著給芬里爾吃的巨大肉塊。這是畜產飼育的牛，是現宰的所以還在滴血，新鮮度滿分。牧場位於離納薩力克稍遠的地方，幾乎都是在廣大牧草地上放養牛隻。

料理長的說法是：「那種品種的話比起以牧草為主食，我個人比較喜歡以穀物為主食飼養的，肉質吃起來更美味。」不知道是他的影響力夠大，還是說其他人也持相同觀點，這種肉在納薩力克不太受歡迎。

其實應該試著把牠們養得更美味，而不是用放養的方式，問題是人手不夠。為了在耶·蘭提爾建造——俗稱——亞人類地區而強制撤離的居民們沒幾個擁有畜產相關技術，少數幾個也已經請去開拓村那邊了。不過說歸說，這裡講的是那些挑嘴的人，當成魔獸飼料的話就不成問題。

「……需要給那隻魔獸熊準備嗎？」

「牠不用吃沒關係。牠在碰到我之前好像才剛吃過東西。而且直到牠完全理解我比牠偉大並乖乖聽話之前，不給牠吃好像也是一種訓練的方法。」

「是這樣啊……不過好吧，或許妳說得沒錯。就像人類也是要逼到瀕臨崩潰，才會發自內心服從我們。」

他們邊走邊聊天，三個人一起進入綠祕密住宅。

「可以吃嘍。」

亞烏菈在進門之前說了這句話後，一直乖乖忍耐的芬里爾才開始大口啃肉。魔獸熊只是愣愣地看著。那副垂頭喪氣的模樣的確頗人模人樣的，讓安茲覺得如同亞烏菈所說，好像還真的有點智慧。

順便一提，地獄三頭犬不需要進食。拿東西餵召喚魔物沒什麼意義。雖說有時候給點具有增益效果的料理是可以強化魔物，但至少安茲現在完全不覺得有那個必要。看到安茲執意不餵，地獄三頭犬給他的反應似乎是「咦？真假？」「虐待動物不好吧。」「我們餓了。」等等，但應該是他多心了吧。

三個人一起在安茲準備的餐桌就座。

「好，你們吃吧。」

兩人齊聲說「我開動了」。當然，安茲不能吃東西。吃第一口的是亞烏菈。

「安茲大人！好好吃喔！」

馬雷不住點頭贊同姊姊說的話。安茲對兩人笑著說：

「那就好，我會跟料理長說一聲的……我希望你們倆邊吃邊聽我說，根據亞烏菈的調查，這附近似乎很適合建立臨時據點。因此，我想選個地方把綠祕密住宅遷移過去，等弄好之後就動身尋找黑暗精靈的村莊。」

兩人停止吃飯，認真聽安茲說話。好吧也是，換成鈴木悟如果聽到上司開始談起公司業務的話也會暫停吃飯。

「之後，我們要和黑暗精靈建立友好關係。至於具體的計畫——只要亞烏菈同意，我想展開墜淚紅食人魔行動。」

安茲咧嘴一笑。這是過去他與同伴們一起執行，由同伴命名的一種卑鄙計策。他本來想用自己召喚的魔物，正好亞烏菈帶了一隻適合的魔獸來。只要她答應讓安茲借用，沒有比這更棒的祕密武器了。

儘管牠不完全受到亞烏菈的支配讓計畫不夠完善，但也反而能夠增加真實性。

不知道是個體還是種族的問題，魔物也有分演技好壞。憤怒魔將展現過精采絕倫的演技，希絲則說過：「頭冠(Circlet)惡魔超不會演戲。」

安茲本來是想隱藏他們的身分與實力，但如果想迅速滲透村莊，這樣做或許更好。假如要花幾年時間都行的話也許還有其他手段可用，問題是考慮到教國的狀況，他不認為可以那樣慢慢耗。

「最累？不，還是贅累？安茲大人，請問這是什麼樣的計畫？」

看到亞烏菈滿頭問號，安茲再次咧嘴而笑。以前同伴教過他很多作戰方式，這就是其中之一。

這個作戰名稱似乎有個典故，當時安茲不知道卻不懂裝懂。不過，他至少可以藉由親身經驗說明作戰的內容。安茲開口——

「——啊！是《哭泣的赤鬼》對吧！我之前看過那本書！」

安茲這才第一次知道作戰名稱的出處，閉上嘴巴慢慢仰望天空。

假如從這裡能夠看見萬里晴空的話，或許還能讓被小孩子一句話指出自己有多無知的安茲內心得到一點慰藉。可以自我安慰地說比起這世界，自己終究只是一粒沙子。

然而他能看到的只有綠祕密住宅的屋頂。仰望了一下枯燥無趣的屋頂後，安茲轉回來看著馬雷純潔無瑕的笑容。

說不定只是馬雷太早下結論了。

「……是這樣啊，馬雷你真棒。其實我沒看過那本書耶。原來叫做《哭泣的赤鬼》啊……」

「是的！既然是按照那本書的內容——所以是要用姊姊帶來的那隻熊嘍！」

啊，看來被他猜中了。

安茲可以很肯定地這麼說。

「……嗯，嗯。馬雷你真厲害……」

然後安茲對兩人露出了笑容。

第三章 亞烏菈的奮鬥

Chapter 3 | Aura's Hard Work

1

位於大樹海的黑暗精靈村。

它跟森林精靈的村莊毫無二致。

例如有種稱為荒野精靈的種族過去曾經是普通的森林精靈，但是自從將生活圈遷移到草原後不只文化型態，連肉體都產生了變化，如今已經被視為一種新的物種。

再來說到黑暗精靈，他們原本與森林精靈是同族而且生活在相同環境，所以並未產生肉體或魔法上的變化。文化方面大同小異，以森林精靈樹為中心的生活型態也都一樣。因此，黑暗精靈經常習得的職業，也跟森林精靈一樣以游擊兵或森林祭司等等為中心。

不同之處頂多也就是膚色與驅逐野獸的方式了。

黑暗精靈村向來都是利用野獸討厭的氣味驅逐牠們。這是在黑暗精靈遷徙到大樹海之前，在其他森林向樹人等森林居民求教得來的寶貴知識。他們會在村莊周圍廣植香味濃烈的香草、調製並噴灑野獸討厭的特殊藥品，或是使用森林祭司的魔法——只是這種方法的有效時間與範圍都有限，必須騰出大量人力。

這種方法在大樹海一樣有用，比起其他森林精靈的村莊——除了王都以外——黑暗精靈的村莊安全性算是比較高。

然而，森林精靈並不知道有這種方法。一旦方法傳開來，野獸對氣味的排斥感就會減弱。不只是魔獸，所有野獸都比外表看起來更聰明。如果被牠們知道氣味的後方就有食物的話，危險性反而更高。基於這些原因，即使對方是願意接納他們的親戚，他們也不能輕易把這種方法告訴森林精靈。

然而，這天黑暗精靈將會知道，他們所相信的安全其實搖搖欲墜。

遠遠可以聽見野獸粗暴的吼叫。

這在大樹海不足為奇。有時在朝陽中，有時在夜深人靜時，沒有一天聽不到野獸們的叫聲。

況且有些生物體型雖小，卻能發出驚天動地的嚎叫。只不過是聽見一聲吼叫，沒什麼好大驚小怪的。

野獸的咆哮的確很嚇人。有不少魔獸的嘶吼帶有特殊力量，種類各有不同。像是讓聽者心驚膽寒、陷入混亂狀態或是喪失戰意，有的甚至還能引發虛脫狀態。

不過如果距離太遠，這些特殊能力就無法生效了。來自遠方的吼叫不會帶來危險，應該只是平凡無奇的日常現象罷了。

可是，在這一天，有個黑暗精靈男子提醒村民提高警覺。

男子的身高以黑暗精靈來說不出平均標準。然而修長柔韌的四肢以輕靈、俐落的身手躍動的模樣卻讓人感覺到體內隱藏的力量，使得男子看起來比實際上的個頭更高大。

神態自若的相貌五官十分端整，在村子裡廣受女性青睞。

住在大樹海裡的黑暗精靈沒有人不知道這名男子。他擁有在昔日種族大遷徙之際，成為中心存在的家族——顯赫的創始十三家當中藍莓家的姓氏，是經驗豐富的一流游擊兵。

男子——藍莓．艾古尼亞手裡拿著村裡只有少數幾把的黑暗精靈式複合弓。

拿著唯有在貝科雅花盛開的季節——每三年一次——舉辦的弓術大賽上成績輝煌之人才能獲准使用的弓。

聽從艾古尼亞的呼召，黑暗精靈兵丁們立刻集合。說是兵丁，但並不是專業士兵，其實就是那些沒有外出打獵的游擊兵。

艾古尼亞居住的村莊是這一帶最大的黑暗精靈村。即使如此居民也只有兩百人出頭，養不起專業戰士。

面對露出狐疑表情前來集合的同伴們，艾古尼亞微微搖動長耳朵——專心細聽遠處的聲音——語氣緊繃地告訴大家：

「這次特地請大家集合不為別的，是關於剛才的吼叫。那種吼叫我以前有聽過，是已經進入成年期，而且發育得十分成熟的甲熊的吼叫。」

艾古尼亞感覺到現場集合的人氣氛變得相當緊張。

這是當然的。只要是住在森林的黑暗精靈，就連小孩子都知道連甲熊——這個恐怖魔獸的名字。

儘管在這村莊的周邊區域不只一種高危險性的魔物，連甲熊在牠們當中可是排名第一。

如果是甲熊幼獸還另當別論，說招惹成年——而且是發育成熟的成年熊等於自找死路也不為過。牠們有著連弓箭都能彈開的鱗甲，以及能夠輕易把黑暗精靈剁成兩段的臂力。再加上身體能力樣樣強健，想徒步逃離這種恐怖魔物絕非易事。

「……是有聽到某種動物的吼叫沒錯，但真的是甲熊嗎？會不會是你聽錯了？」

一名女性黑暗精靈向他提出疑問。

她是這村莊中三名副狩獵領班中的一名，手裡拿著跟艾古尼亞一樣的弓，也是個游擊兵好手。

看來即使是她也無法僅憑吼叫分辨是否為甲熊。

再說——例如有種可愛的鳥類叫做呼嘯小鳥（Howling Bird），能夠藉由特殊能力模仿幾種魔物的吼叫聲。而且這座森林裡還有其他生物擁有類似的能力。

在有著這類生物棲息的森林裡，光靠一聲吼叫很難判定聲音的來源。她會有這種疑問也無可厚非。但是艾古尼亞是這村莊裡最優秀的游擊兵，不只是弓箭本領，還具有敏銳的感官，以及出色的感官訊息分析能力。她的疑問並不是針對艾古尼亞，大半是出於「但願是你聽錯了」的期望心態。

「很遺憾，這是千真萬確。那種令人渾身發毛的——感覺得出壓倒性力量差距的哮吼聲，不管經過多久的歲月我都絕不會忘記。就連現在那聲音都還緊黏著我這耳朵不放。我絕對不會聽錯。」

接著換狩獵領班發言了。

這個村莊的權力中樞是長老會、狩獵領班、藥師領班與祭祀領班。長老會由三名長老構成，因此一共有六人。這個發言者就是其中之一。

他的手裡沒有複合弓。他的專業領域要區分的話屬於陷獵，即使扣除這點不論，整體能力仍然遠遠落後艾古尼亞。話雖如此，他作為游擊兵也還是佼佼者，儘管年紀比艾古尼亞小卻顯得成熟穩重，是個稱職的狩獵領班。

「發育成熟的甲熊大聲吼叫，就表示……可以確定有東西闖進了牠的地盤，是嗎？」

甲熊會發出吼叫，大抵來說都是正在跟強敵或敵對的同族打鬥。不然就是為了誇耀勝利，或是故意暴露自己的行蹤等等。還有一種情況是正逢交配之類的時期。但無論是哪一種，都很有可能是某個外來生物闖進了甲熊的地盤。

這是因為連甲熊一旦劃定地盤——儘管地盤會隨著體格的成長而擴大——就不會輕易換地點，也極少離開勢力範圍狩獵。因此，認為有外來生物入侵地盤比較合理。

「唉……真是給人找麻煩。不知道入侵的是哪裡來的魔物，總之那種擾亂和平的粗心傢伙最好被甲熊吃掉算了。」

狩獵領班的牢騷引起了周圍其他黑暗精靈的共鳴。艾古尼亞對這些同伴露出苦笑。

大家都知道連甲熊基於牠的天性，只要不要無故去騷擾，從某方面來說還能在附近地區扮演平衡的角色。

「你抱怨得有理，但還不確定是不是有魔物入侵牠的地盤。再說我上次聽到甲熊的吼叫，是在牠們甲熊鬧內鬨的時候。而且那次還是發生在地盤以外的區域。」

「那個，不好意思，艾古尼亞先生，我想請教一個問題……我沒聽到什麼聲音，但既然艾古尼亞先生都這麼說了，我想甲熊發出吼叫應該是事實。可是，牠的地盤不是離這裡很遠嗎？叫大家過來集合是為了什麼呢？」

聽到在場眾人當中最年輕的男子這麼問，周圍成員都默默表示同意。

「嗯，這是因為雖然不知道甲熊出了什麼事，但肯定發生了某種需要吼叫的狀況。說不定地盤會改變範圍，或是易主。也有可能是發生其他更難以想像的狀況。例如……這麼說吧。」

講到這裡艾古尼亞喘一口氣，然後繼續說了：

「也有可能是某種敗給甲熊但還有餘力逃走的強悍魔獸，正在往我們這邊過來。因此，我們必須保衛村莊以便因應任何狀況，同時最好明天就派人沿著吼聲傳來的方向到森林裡察看情形。」

所有人都表示同意。

森林有任何變化都必須及早察知並共享情報，否則後果不堪設想。這對於依靠森林恩惠生存的人來說是非常重要的事。

「——今天的狩獵要取消了。不只狩獵，暫時不進入森林或許比較安全。糧食還有剩，對吧？」

「還不要緊。上次打到了一隻很大的獵物。不過，還是立刻跟祭祀領班說明狀況，請他開始生產水果比較好。否則不知道要等幾天才能確定恢復安全。」

「再來就是……對了，這方面的事最好也跟長老們說一聲。可以請長老們向村民加強宣導，以免有人不知道目前的狀況誤入森林。」

在艾古尼亞的叮嚀提醒之下，成員各自發表意見。沒有一個人說「你想太多了」之類的話。森林會帶來恩惠，但也會忽然降下災禍。在樹海生活必須懂得見微知著，事事謹慎用心。

必須盡早讓全村知道，森林可能正在變得不平靜。

「其他村莊怎麼辦？要等狀況更清楚之後再通知嗎？還是說應該盡早告訴他們目前的狀況？」

「好像都對，又好像都錯……這個問題就丟給長老們去想應該無所謂吧？」

「喂，等一下，我認為我們幾個應該先整理出一個意見。這樣那些死腦筋的老賊如果開始胡說八道，可以說這是大多數人的意見駁倒他們。」

「……說成老賊就太過分了，卡南。長老們的確是有點不知變通，但至少算得上經驗老到。他們只是經由那些知識選擇他們認為更安全的道路罷了。」

狩獵領班對副狩獵領班之一——洋李・卡南好言相勸。

「那——」

漲紅了臉的卡南正要破口大罵，艾古尼亞伸手摀住了他的嘴。

「——該適可而止了。請你考慮到我請大家集合的意義，講正事就好。你也知道甲熊會帶來多大的威脅吧？」

確定卡南閉上了嘴巴，艾古尼亞才鬆手。

艾古尼亞在心中暗自嘆氣。

（我默許大家跟長老們對立是因為這麼做也不是沒有好處，但至少看一下時候與場合吧。）

「就是啊。那些老賊的事情以後再說，現在重要的是如何保衛村莊。應該不需要用到所有人吧？」

「如果今天一整天都要保持戒備的話，我建議輪三班制。考慮到明天的狀況，我強烈建議這麼做。」

他們基本上都習慣整天站崗，而且只要請人施加消除疲勞的魔法，對第二天的行動也不會造成影響。

只是，假如要去甲熊的地盤附近進行調查的話，任何一點感覺的遲鈍都必須避免。

「說得也是。那——」

他聽見了吼叫聲。所有人神色變得緊張，瞪向聲音傳來的方向。

「……怎麼聽起來好像很近？」

其中一人道出了所有人心裡的不安。艾古尼亞只點了個頭表示同意。

「——會不會是像剛才艾古尼亞先生說過的，某個闖進地盤的動物逃了出來，甲熊正在追牠？」

連甲熊具有對獵物窮追不捨的習性。如果被牠視為獵物的生物逃走，牠一定會一路追到地盤外面。雖然邊吼邊追跟牠給人的印象不太一樣，但比起被打敗而逃出地盤更合理。

「假如是那樣的話，只要甲熊抓得到獵物就能填飽肚子，我們村莊說不定就安全了……如果真有個獵物在逃跑，我們是不是該主動過去射殺牠？」

「千萬不行！那樣會平白無故刺激到甲熊。更何況那隻獵物很有可能厲害到有辦法逃離甲熊。如果那隻獵物跑了過來，最多把牠趕回去就是了。」

「不，等等。要是讓甲熊跑來村莊附近就麻煩了。最怕的就是牠把這裡當成獵場。最好派個幾人出村，如果看到甲熊或獵物跑來，就引誘牠們往別的方向跑。」

大家踴躍提出意見是好事，但是不能耗費太多時間。艾古尼亞並不想再繼續插嘴，但也由不得他。他拍了一下手，引起大家的注意。

「無論現在是什麼狀況，可以確定的是異常情形已經發生。我想我們最好趕快動身。甲熊如果願意回地盤去當然很好，不願意回去的話……萬一都跑出了地盤卻追丟獵物的話——」艾古尼亞環視眾人。「——而且萬一是在這座村莊附近追丟的話，今天想必會是漫長而慘烈的一天。」

所有成員想像到之後的狀況，都蹙額顰眉。

「首先最重要的是，不只在場的我們幾個，也得請全體村民提供幫助。特別是森林祭司的力量不可或缺。還有藥師領班說不定會有對甲熊同樣有效的毒藥。」

像甲熊這種野獸系魔獸，與其試著用物理攻擊打倒，有時候精神控制魔法會更有效。即使是受到厚實皮膚、脂肪或肌肉保護不怕弓箭的對手，仍然可以用魔法——例如森林祭司召喚的火元素光是碰到就能給予火焰損傷——等等的手段，對牠造成比弓箭攻擊更大的損傷。

硬碰硬或許打不贏，但只要運用魔法等手段，他們過去甚至勉強打贏過足以與甲熊匹敵的魔獸。

「只是，如果大家都要集合起來討論方法的話太浪費時間了。整個行動最好由我們來主導——」艾古尼亞看著狩獵領班。「——這事可以交給你嗎？」

「唉……」狩獵領班不情願地搖搖頭。「……這次是迫於無奈。好吧，你們幾個，把有本事的傢伙找來，按照能力高低順序抓一半加強村莊防衛。剩下的一半挨家挨戶警告村民。他們警告完之後，就去保護沒有戰鬥能力的人。人員的分配方式交給貝尼利處理。然後卡南去通知藥師領班，歐維去通知祭祀領班。好了，動起來！動起來！動起來！」

艾古尼亞也準備去做事，但狩獵領班對他打了個信號，於是他跟過去一起奔跑。

「我很久以前就在想，你是這村莊裡最有本事的人，怎麼不是你來當領班？」

「那樣會把事情搞得更複雜。我的名字因為家世背景的關係，其他村莊也有少數幾人聽說過我的事。」狩獵領班說「最好是只有少數」，艾古尼亞沒理他繼續說：「這樣一來，對立狀況會擴及到其他村莊，弄得比現在更嚴重。」

「……啊——真令人頭痛……你覺得如果長老他們稍微……真的只要稍微讓步的話，事情會好轉嗎？」

「想都別想。他們要是讓步了，大概又會以另一種形式讓事情惡化吧。就算長老們全體引退，恐怕也只會讓問題擴大到其他村莊。可以說長老們的食古不化，反而有助於穩定狀況。」

「到底要怎麼做才能解決問題？」

「不可能解決。除非等到在某件事上發生嚴重紕漏的那一刻。」

狩獵領班不禁沉默了。

「我去負責村莊的防衛工作。拜託你了。」

「好，那邊的事也拜託你了。」

艾古尼亞與狩獵領班告別，在吼叫聲傳來的方向站好崗位保持警戒時，情報似乎在村子裡迅速擴散。不只是游擊兵們四處通知的關係，也因為村莊與危險魔物比鄰而居，早在日常生活中建立起了一套情報傳遞的完整體系。

然後用不到十分鐘，祭祀領班已經開始用魔法生產糧食。藥師領班也派人將強效毒藥與以防萬一的解毒劑送到了艾古尼亞手上。

眾人保持警戒，過了一段時間。

在那之後，他們一直沒聽到甲熊的聲音。這使得集合的游擊兵們心情輕鬆了一點。艾古尼亞也跟他們一樣，放鬆了肩膀力道，替握緊弓的手按摩放鬆肌肉。

也許是甲熊抓到了獵物或是讓獵物跑了，所以回到地盤去了。

這時，狩獵領班走到他旁邊。

「……以防萬一，最好盡快去地盤附近做個調查。可以麻煩你跑一趟嗎？」

「——我就知道你會這樣說。交給我吧。」

艾古尼亞早已在腦中想好進入地盤之後的行動方式。

彷彿要捕捉到應該就在視線前方的甲熊蹤影，艾古尼亞瞪著地盤的方向，覺得好像在森林樹木的後方看到某個巨大的身影。

「吱吱！」

艾古尼亞震動嘴唇，發出鳥叫般的聲音。這不是普通的聲音，是艾古尼亞嫻熟的職業能夠發出的特殊聲音，可用來提醒聽見的同伴提高警覺。聽到這個聲音，己方人員就不會因為嚇呆僵住而猝不及防。

原本開始鬆弛的氣氛霎時變得緊張。

艾古尼亞感覺得到眾人都在注意自己，但他未曾移動視線分毫，用下巴指出剛才看到蹤影的那個方向。

但願是他多心了。

但願是他看錯了。

但願是他搞錯了。

他只有在短短一瞬間內捕捉到那個蹤影。就只是視線在眨眼間，正巧掃過出現在好幾棵巨樹後面的一個身影罷了。很有可能只是他看錯了。然而，作為游擊兵身手了得的艾古尼亞卓越的視力，輕易就違背了他自己的期許。

「……是連甲熊……」

某人──明明音量聽起來只是不慎脫口而出，聲音卻清晰傳進了在場所有人的耳裡。

沒錯。如今誰都看得一清二楚。

那個巨大身影從樹木之間動作遲鈍地走過來。

在那裡的正是大樹海的破壞者──連甲熊。

只是──

「請、請問一下，藍莓先生。牠……是不是……有點……大？甲熊的體型有那麼大嗎？」

年輕游擊兵吞吞口水，向他問道。

牠躲在森林的樹木後面加上有點距離，無法看清楚牠的軀體。即使如此，只要跟周圍的樹木比較就能看出個大概。牠實在是太大……不，是太巨大了。

「……李子，我之前看到的甲熊沒有那麼大。應該說沒有長到那麼大。也許是成長速度異常迅速的……異常個體……甚至有可能是……」艾古尼亞擠出聲音般說道：「……王種。」

一種震駭情緒在空氣中傳播。

他們的村莊將大小超出一般標準，或是體毛顏色異於同族等等，諸如此類發生特殊變化或擁有特異能力的個體稱為異常個體。但是在那當中有些更是進化得格外強壯剽悍，君臨該物種的頂點，有時甚至憑著戰鬥能力對廣大地區發揮巨大的影響力。因此他們都稱那種個體為王種。

換言之，假如眼前的連甲熊真的就是王種，那就表示牠遠比普通個體要強悍更多。

普通連甲熊雖然也難以對付，但只要全村出動的話還不至於無法擊退。然而假如眼前的魔獸真的是甲熊之王，硬碰硬恐怕會落得滅村的下場。

「怎麼可能！我是聽說過王種的存在，但那應該是在更北方的地區吧！」一名游擊兵口沫橫飛，激動地說。但有壓抑音量以免刺激到甲熊。「那亞朮村怎麼了！」

他們聽人說過，同樣由黑暗精靈構成的村莊——亞朮村的附近有王種棲息。王種不是那種會頻繁現身的存在。既然如此，牠跟亞朮村附近那隻很可能是同一個體。

「——被襲擊了嗎？」

如果王種是出於換地盤等理由才移動到這座村莊附近的話，亞朮村應該會有人來警告他們才對。但是沒有人來過。可是王種明明就在那裡。

沉默支配了現場。從最初聽見那聲吼叫的方向繼續往前走，就是亞朮村了。

（……亞朮村變成了獵場，然後甲熊嘗過了黑暗精靈這種食物的味道，循著氣味或是什麼來到了這裡。）

沒有人開口，但每個人都想到了同一個答案。

緊張的氣氛開始帶有絕望之色。

就算甲熊真的在亞朮村嘗到了黑暗精靈的滋味，牠應該還不知道這裡有新鮮的肉。

連甲熊有很多是美食家。牠們雖是雜食性，但有時會偏好食用特定食物。假如黑暗精靈滿足了牠的胃口，他們就得棄村逃走，而且就算做到那種地步也不能保證牠不會再找上門來。因此，最好的方法還是引誘牠遠離這座村莊。

只是，有個疑問。

「不，還不能斷定亞朮村已經遇害。」眾人紛紛望向艾古尼亞。「如同我之前親眼看到的，本來有隻甲熊在這附近劃定了地盤。如果王種從亞朮村一直線來到這裡，一定會進入那隻甲熊的地盤。那樣的話應該要聽到兩陣吼叫才合理。也就是說……應該是原本就把這附近當成地盤的甲熊長大，成為王種了吧。」

當然也不能說一定不是亞朮村的王種。如果王種與占據這附近作為地盤的甲熊性別不同，也許不會發生打鬥。而且就算兩頭甲熊發生衝突，也有可能其中一隻——王種比較有可能——沒有發出咆哮。

不過以眼下的狀況來說，重點不在於亞朮村是否平安無事。現在該思考的問題是如果王種還是會來到這座村莊的話，他們該怎麼做，以及哪種方法才是最好的選擇。

既然如此——

「——與王種開打等於是自找死路。現在只能召喚元素精靈，爭取時間讓大家逃走了。」

「怎麼可能辦到啊！那樣做鐵定只會在森林裡被牠襲擊！與其這樣，我們應該給牠大量儲備的肉餵飽牠才對。」

「沒錯！甲熊的習性跟熊很像，照理說也非常喜歡蜂蜜吧！可以把肉塗滿蜂蜜，拿去餵牠——」

就在這時，一種震盪大地、大氣、森林，以至於讓人由裡到外震悚驚恐的吼叫聲轟然響起。牠不再藏身於樹木背後了。

連甲熊王悠然現身，慢慢走來。

黑暗精靈們的呼吸變得急促，在場所有人的腦袋都變得一片空白。剛才想到的每個點子也都忘到九霄雲外去了。

他們切身感受到彼此的力量差距，內心萎靡不振。並不是剛才那聲吼叫具有特殊效果，引發了恐懼等精神作用。

就只是單純地，而且致命性地，黑暗精靈們不幸理解到了彼此作為生物的層次差距。換言之雙方的力量就是相差得如此懸殊，黑暗精靈不過是等著被蹂躪的柔弱存在罷了。

（——不妙。）

幾乎所有黑暗精靈都已經確定自己將會落入何種慘劇，絕望支配了他們的內心。但是，要認命還嫌太早。

艾古尼亞大叫：

「——快做點什麼！」

這聲大叫同時也是一種喝斥，要自己振作起來。

「叫、叫、叫我們做點什麼，到底要怎麼做啦！」

「我哪知道啊！」

被女性黑暗精靈慘叫般問道，艾古尼亞回給她一句當頭棒喝。

「你、你哪知道……」

「惱羞成怒……」

「不要靠——不對！我哪會知道在這種狀況下什麼才是正確答案啊！但還是得做點什麼才行啊！全部擠在這裡又能怎樣！至少把剛才的點子——」

不知道是不是存心要讓他們害怕，甲熊王的腳步莫名地緩慢。

牠低垂著頭，想從栽種在村莊周圍的花卉中嗅出黑暗精靈的味道。那副模樣不知為何，很適合用「有氣無力」來形容，給人一種非常窩囊的印象。這讓艾古尼亞很想樂觀地猜想也許牠受傷了，不然就是生病或是中毒，但那一定是在極限狀態下容易迷失自我的某種現實逃避思維吧。

（要放箭嗎？已經不用考慮會不會激怒牠了，牠一定會過來。既然如此，不如先下手為強……弓箭的話射得到。而且這樣也能讓大家下定決心。如果牠把注意力轉向我，我可以設法引誘牠離開村莊……等等，還有其他方法……）

「……用油。」

聽到艾古尼亞喃喃自語，周圍的游擊兵們一時露出狐疑的表情，但立刻就弄懂了他的意思。

「我懂了！潑油之後用火元素點火！」

「牠身軀那麼龐大，很難不被油潑到！」

「同時還要請祭司召喚水元素，以免火勢擴大！」

村裡沒有儲備太多的油。倒不是因為人手不足，是因為用途有限，所以不會特地去儲存這類物品。

「我去。」一名黑暗精靈叫道，往村莊中央跑去，想必是要去通知倉庫裡的森林祭司。如果祭司在不知情的狀況下把所有魔力全變成糧食就糟了。

這時，甲熊王的吼聲震撼了空氣。雖然就跟剛才一樣讓人感覺到壓倒性的力量差距，但如今黑暗精靈們已經堅定決心，不會再驚慌失措。

「怎麼搞的？」

一名黑暗精靈不解地叫道。不只是艾古尼亞，在場所有游擊兵都心生相同的疑問。

連甲熊出於天性，會在現身的同時一口氣衝向目標，現在卻沒有那種跡象。簡直好像幹勁缺缺似的——不，也許是王種習性不同，另有目的吧。

眾人正觀察情形時，甲熊王站起來開始嘶吼。

讓自己看起來更巨大以威懾對手，是野生動物的常見行為。只是令人無法理解的是：牠為何不發動攻擊？

甲熊不是普通野獸而是魔獸，牠的王種當然是相當有智慧的存在。照理來講應該是這樣，然而牠明明看見了確實比牠弱小的存在，卻為何要停在那裡做出威嚇行為？

更重要的是，從剛才到現在頻頻發出的咆哮到底有什麼用意？

「我說啊，這該不會是在教小熊練習狩獵吧？」

聽到某人的聲音，艾古尼亞心裡也表示同意，覺得這種說法可以解釋牠那奇怪的行為。

據說野獸爸媽會帶著孩子外出狩獵，讓孩子觀摩爸媽的打獵方式，學習獵捕每種獵物的竅門。少了這個練習，幼獸無法學會狩獵技術，即使離巢獨立也常常活不久。甲熊王這些不可思議的行為，或許是在教導躲在某處的孩子黑暗精靈這種食物的特性。

「如果是這樣的話，為了將來著想，我們應該讓小熊記住黑暗精靈是會傷害牠們的難纏對手，對吧？要是牠只把我們當成食物，以後就麻煩了。」

「……萬一殺掉小熊，不怕王種會失控大鬧嗎？」

「小熊的話可以用淋了蜂蜜的肉……不行，騙不過。既然是狩獵練習，恐怕只會對活餌有興趣。可是還是有一試的價值，對吧？」

突然間，甲熊王開始抽動鼻子，往黑暗精靈們這邊衝了過來。

方才那種沒精打采的模樣已經不見了。但很不可思議的是，感覺不到迫近而來的殺意。

只是，好像有另一種不同的氣息。艾古尼亞不禁飛快地看了甲熊王的後方一眼。總覺得好像有種被追趕的野獸特有的拚命感覺——

（——後面不可能有東西。首先，根本就沒有什麼生物能嚇跑甲熊王。）

「搞什麼鬼啊……一整個莫名其妙……」

不只是艾古尼亞，許多同伴對這狀況都毫無頭緒。

連甲熊王採取的行動讓人丈二金剛摸不著頭腦。或許想去理解森林魔獸王的想法本身就是痴人說夢，但他還是第一次遇到游擊兵的經驗或直覺這麼派不上用場的對手。

然而即使陷入這般混亂場面，黑暗精靈們仍然沿著吊橋機敏地後退。甲熊王正往這邊跑來是無庸置疑的事實。一旦行動稍有延遲就會淪為甲熊王的口中肉。

甲熊王來到變得空無一人的森林精靈樹根部，站了起來。

好巨大。

大到輕輕鬆鬆就能搆到吊橋的高度。

然後牠揮動了一次粗壯胳臂。

森林精靈樹的樹幹像是炸碎般被挖掉一塊，衝擊力激烈搖晃了精靈樹。

連結精靈樹的吊橋彎曲彈跳，黑暗精靈們拚命抓住周圍的物體，以免被甩出去。

村莊外圍的森林精靈樹打造得特別堅固。是施加過多次魔法促進成長，給予大量營養培育得又粗又大的特製樹木。能夠抵擋任何魔物衝撞的堅韌巨樹，才一瞬間就變成了這副慘狀。如實證明了甲熊王的臂力勝過至今來過村莊的任何一種魔物。

「這個怪物……」

「也可以說跟想像的一樣……但怎麼會這麼驚人……」

「——現在是佩服牠的時候嗎？怎麼辦？怎麼做才能將犧牲控制在最小程度？」

才不過一擊就變得無心戀戰的幾人喃喃地說。

畢竟是親眼目睹了光是擦到都能致人於死地，他們黑暗精靈無法妄想匹敵的一擊，會有這種反應也是情有可原。

甲熊王像是發了瘋一般，從剛才到現在一直在攻擊同一棵森林精靈樹。

這種行為極度反常，但感覺不像是中了魔法導致忘我發狂。那種動作簡直像是跟森林精靈樹有仇似的。不時還會停止攻擊，瞄一眼艾古尼亞等黑暗精靈，然後再開始攻擊。

（感覺……也不像是在教孩子找食物……）

在甲熊王的周圍沒有看到小熊。

艾古尼亞瞥一眼掛在自己腰上的箭筒，以及裝在裡面的箭。

（會不會是哪個黑暗精靈出手攻擊，無故騷擾了牠？所以才會對森林精靈樹懷恨在心？）

也有可能只是黑暗精靈以為森林精靈樹本身沒有氣味，搞不好像連甲熊這種魔物可以用牠優越的嗅覺聞出來。不過如果是那樣的話，只要放棄這座村莊就能暫時確保安全。

（不，我不認為事情會那麼順利。牠鬧過一番之後肚子會餓……而且也有可能聞出我們的味道追上來。目前或許也只能給牠塗了蜂蜜的肉，祈求這樣能讓牠滿足……只是令人不安的是，牠不時會窺探我方的狀況……看起來像是在觀察我們的反應。）

甲熊王依然頻頻偷瞧黑暗精靈，然後再攻擊森林精靈樹。

「該不會是……在引開我們的注意？」

「你是說有另一隻正在從其他方向靠近村莊？……有必要這麼做嗎？牠可是甲熊王耶？」

「如果目的是把我們趕出村莊的話，也不無可能吧？例如一逃出村莊，就碰上其他甲熊的埋伏之類。」

「從來沒聽說過甲熊有這種狩獵方式……不過，似乎也只有這樣才說得通了。那唯一的方法可能就是所有人往四面八方逃跑？大家各自帶著肉或什麼逃走，這樣至少牠在吃肉的時候會變得安分點吧？」

「——或許也只能這樣了吧？」

「別擺出這種臉了。我們並不是要棄村，等甲熊離開後再回來就好啦。」

也有人這樣安慰同伴，但艾古尼亞不認為事情會那麼順利。

這是因為甲熊王已經開始嘎嘎作響地刨挖森林精靈樹了。恐怕是想把這裡當成地盤。

這樣一來，艾古尼亞等人除了拋下一切棄村逃亡之外別無選擇。

魔法的效果能促進森林精靈樹高速成長。即使如此，要把樹木養到這麼大仍然不是一天一夜的事。對於與森林精靈樹共存共榮的黑暗精靈來說，失去精靈樹就等於失去一切。直到再次養出巨大精靈樹之前，必須請其他村莊暫時收留他們，否則不知道會造成多大犧牲。

「好，那就一面拿塗了蜂蜜的肉餵甲熊一面離開村莊吧。」眾人點頭同意狩獵領班所言。「總之，李子與黑棗先去準備塗了蜂蜜的肉。其他人留下來引開甲熊王的注意，不要讓牠跑進村子裡。」

兩名年輕游擊兵往村莊中心跑去。

甲熊王已經把第一棵森林精靈樹打得殘破不堪，正要對下一棵樹揮動爪子時，忽地停住了動作。

艾古尼亞等人還來不及思考是怎麼了，甲熊王已經開始移動。

往村莊的中心。

「阻止牠！」

艾古尼亞即刻從箭筒抽出兩枝箭，搭在弓上。艾古尼亞用眼角餘光瞄到同伴們接受他的命令，紛紛猛然回神舉起弓箭。

他使用特殊技能同時射出二箭。

兩枝箭都射中甲熊王的龐然巨軀——雙雙被彈開。

接著又有好幾枝箭飛去。

飛去的箭不是擊中甲熊王的臉孔或前腳被彈開，就是刺進牠眼前的地面或樹上。不是射偏了。即使說已經開始移動，這麼大一隻要射偏還比較困難。

放箭的目的不是要造成損傷。

而是要引來對方的注意，以爭取時間。

然而，甲熊王卻一瞬間都沒停步，只是窺探似地瞥他們一眼罷了。

「怎麼會！」

（——牠不是生態系的頂點嗎？被我們這些不如牠的生物攻擊，怎麼會完全不予理會？是沒把弱者當成弱者嗎？行動模式簡直好像另有目的似的……會不會是在其他地方襲擊過黑暗精靈村？知道村莊中央會有小孩子等柔弱的生物？所以試著用威逼的方式抓出他們的位置？王種甲熊會忽視我們盯上更弱小的目標，難道是牠在自己還很弱小的時候學過這種狩獵方式嗎！）

以前這樣狩獵成功過所以故技重施，是很合理的行為。就算後來變成人稱王者的強大存在也一樣。

這樣想來，反覆攻擊森林精靈樹也有可能是為了把能夠戰鬥的人聚集到自己身邊或是類似的目的。從這個角度去思考，那種奇怪行為就不再自相矛盾，變得能夠理解。

就連那種行為，或許也是基於以前狩獵順利的成功經驗。但是就算能推測出這些，艾古尼亞等人能做的還是只有一件事。

就是不讓甲熊王前往中央地點——孩子們很可能都在那裡。

「快追！」

不用狩獵領班特別提醒。所有人都跳下吊橋，在地面上奔馳。

如果沿著架在森林精靈樹上的吊橋跑，不免會繞一點點遠路。雖然在甲熊王能夠輕易搆到的位置奔跑非常危險，但也只能幹了。再說——

艾古尼亞瞪著跑在前面的甲熊王。

——就算萬一，甲熊王掉頭回來攻擊他們，最起碼可以爭取時間。

對於體型龐大的甲熊王來說，在村子裡奔跑——穿梭於並立的森林精靈樹之間似乎很不容易，儘管雙方在跑步能力上有著壓倒性差距，但黑暗精靈並沒有被拋下。反倒是在黑暗精靈當中體能最為出色傲人的艾古尼亞，逐漸成功縮短了與甲熊王的距離。

前方開始傳來慘叫聲。

並不是有人遇襲。

是村莊中央的那些人也開始看到甲熊王了。

（該死！）

村莊中央有個大家稱為廣場的地點，不過不是位於地上。它指的是以樹上許多吊橋固定在半空中一處，像是托盤的場所。

甲熊王抵達廣場後直起身子，張開牠粗壯恐怖的雙臂又一次發出吼叫。

這陣比剛才更大聲的吼叫，具有足夠讓在場所有人不寒而慄的魄力。廣場雖然遠離地面，但憑著甲熊王的龐然巨軀隨便都能搆到。

讓人感覺到生物層次差異的咆哮，以及令人望而生畏的龐大身軀；兩個加在一起，嚇得無法列入戰力的一些人——訓練程度較低的新手游擊兵或是孩子們渾身僵硬。

艾古尼亞丟掉黑暗精靈式複合弓，把雙手空出來。

這把弓是黑暗精靈的至寶。在這座森林裡找不到製作這把弓的各種材料，是用過去所居之地採得的材料所製成。能夠用來修理的零件很少，無法再做出第二把。現在被他這樣粗魯對待，恐怕要挨長老們的罵吧。但是，他根本沒那多餘精神把弓仔細收好。

「唔哦喔喔喔喔！」

為了引開甲熊王的注意並且自我激勵，艾古尼亞發出吶喊，然後撲到牠的身上。艾古尼亞緊緊抓住那龐然巨軀，以粗糙不平的硬皮為抓點連跑帶爬地攀登上去。

「——吼喔！」

甲熊王不安分起來，扭轉身體想把艾古尼亞甩掉。

一瞬間，艾古尼亞的身體向上浮起，險些沒被離心力拉扯著吹飛出去，但勉強撐過來了。他就這樣抵達了後腦杓的下方位置。甲熊王掙扎得更激烈了。

這是當然的了。黑暗精靈要是被一隻蜜蜂在脖子附近嗡嗡亂飛，想必也會做出同樣的動作。

艾古尼亞讓身體緊緊貼向熊王的脖子，拚命撐住不讓自己掉下去。

不可思議的是熊王沒有在地面翻滾或是用恐怖利爪抓他，但這對艾古尼亞來說是值得感激的幸運。

他繼續撐住。

在搖晃不定的視野中，艾古尼亞發現村民們——尤其是小孩子都在看他，頓覺火冒三丈。

「你們在做什麼！快逃！」

他很不想大叫，但沒辦法。事實上，甲熊王也像是對聲音起了反應般，動作變得更為激烈。箭矢飛了過來阻止牠亂動。憑著熟練的弓箭本領，即使在這種狀況下也幾乎不會誤射艾古尼亞。

只是，就連艾古尼亞的一箭都沒能刺破牠一層皮了。箭看起來並未傷到甲熊王分毫。如果連一點擦傷都不能留下的話，就算塗上毒藥也沒用。

艾古尼亞雙手使力。他現在不能從甲熊王身上離開。

經過一段感覺起來異樣漫長的時間，甲熊王的動作逐漸變得稍稍遲鈍一點。大概是亂打亂鬧了半天，多少有點累了吧。但是對方是王種，耐力應該也超出常識範圍。牠一定很快就會恢復體力，再次開始瘋狂大鬧。

艾古尼亞的手已經麻了。再來一次就撐不住了。

這是——最後的機會。

他一隻手伸向腰際，抽出掛在那裡的短劍。

然後往能夠搆及甲熊可能比較脆弱的——眼睛或鼻子的距離一口氣把身體往上拉。甲熊身上還是有些部位沒有甲殼，例如脖頸等處。然而那些部位在厚厚的毛皮底下有著肥厚肌肉。他不知道用手中的短劍能不能給予損傷。

就在這時，艾古尼亞的身體，輕飄飄地浮了起來。

就在他鬆開一隻手的瞬間，甲熊王激烈地扭轉了身軀。他是用上全身機能才能勉強抓住甲熊，如今鬆開了一隻手根本不可能撐得住。

視野轉了一大圈，某處傳來了慘叫聲。

（糟——）

他一理解發生的狀況，立刻丟掉短劍，把手伸向腰際。他拿出了一只小皮袋。

艾古尼亞被砸在地面上。撞擊力道擠出了肺部的空氣，使他一瞬間失去呼吸能力。

但是儘管感覺得到痛，更強烈的是湧現心頭的焦慮。

摔倒在地的艾古尼亞正面迎上甲熊王瞪著他的目光。

動彈不得。

眼前的甲熊王帶來的壓力，令他渾身僵硬。

他知道只要亂動，自己的死期就到了。

甲熊王呼出的氣息落在身上。莫名好聞的香氣令他大吃一驚——豈止如此，根本到了驚奇駭異的地步。

艾古尼亞差點沒笑出來。

不用思考也沒有迷惘。他早已抱定一死的決心。

（放馬過來吧。讓你配著這個吃我的肉。）

被甲熊王吃掉是最糟的死法。因為會讓牠記住黑暗精靈的滋味。

但是假如牠吃了黑暗精靈，覺得難吃呢？

他拉鬆緊握在手裡的皮袋袋口。

這是祭司事前拿給他的毒藥。從甲熊王的體格來想，分量實在太少。

但是就算不能毒死牠，至少能讓牠嘗到毒藥的味道。

只要牠張開血盆大口咬過來，就把袋裝毒藥連著整條手臂一起塞進牠嘴裡。

但如果是被爪子攻擊就沒戲唱了。

等著被咬的，恐怕也不會只有手臂。

艾古尼亞已經決定慷慨赴死。

不，是早就決定了。

決定為了村莊而活，為了村莊而死。

自己之所以比其他人身心強健，一定就是為了這一天。

（——有膽就來啊。這座村莊的黑暗精靈可是難吃到會讓你想吐！）

甲熊王移開了視線。

（——怎麼了？）

甲熊王發出一聲咆哮後甩動牠的尾巴，幾乎是洩恨般地開始反覆攻擊周圍的森林精靈樹。牠好像根本沒看到艾古尼亞似的，但那是不可能的。艾古尼亞剛才分明感覺到自己與牠四目交接。

「艾古尼亞！快！」

艾古尼亞無法理解狀況，腦子正亂成一團時，游擊兵同伴的聲音讓他猛一回神。

雖然已經做好被吃的心理準備，但他可不是喜歡被吃掉。

可是有辦法逃得掉嗎？甲熊王雖然顯得不感興趣，但仍然頻頻望向他們。也許是另有目的。

（逃走——是對的嗎？）

一點也搞不懂。不知道對方葫蘆裡賣的是什麼藥。

就在艾古尼亞迷惑不解到了極點時，突然飛來一枝箭，扎在了魔獸眼前的森林精靈樹上。

咚——！一道令人起雞皮疙瘩的清越之聲如漣漪般擴散。所有的黑暗精靈——甚至連甲熊王都停住了動作，四下頓時鴉雀無聲。

在這當中，響起了一個可愛的聲音：

「呃……給我適可而止吧！」

整個世界都明亮了。

一個黑暗精靈小孩，忽地從森林精靈樹的後面蹦了出來。但是，不是這座村莊的居民。看起來既像是可愛極了的小男孩，也像是可愛極了的小女孩。不，仔細一瞧，原來是個令人驚為天人的可愛少女。艾古尼亞不由得——

「——多、多麼惹人憐愛啊。」

從嘴裡冒出這麼一句話來。

怎麼會有如此可愛的少女？遠遠超過當朝露凝結成珠從葉片滴落時，在黎明之光的照耀下如寶石般璀璨的美感。

看起來簡直像是自身體內部散發耀眼光彩。這必定就是剛才他感覺到世界變得明亮的原因。

不只如此，少女的每個動作彷彿都在散發生命光輝的芬芳。明明離得這麼遠，那股芳馨仍然一路飄到他的身邊。

艾古尼亞忍不住抽動了幾下鼻子。

為的是盡可能將這股香氣吸進自己的肺，經由血液循環填滿全身上下。

這是何等的芳香（Fragrance）啊。彷彿每一個細胞都在欣喜若狂地起舞。

這樣一位絕世美少女的手上——她戴著手套，很遺憾地無法看到她的手指——

「太驚人了……」

——握著一把精美絕倫的好弓。令人驚嘆的作工絕不只是為了美觀，艾古尼亞身為游擊兵的直覺大聲告訴他，那比他所看過的任何一把弓都更具有力量。

不過，這些都不重要。

少女拿著不合體格大小的弓形成一種不平衡感，又成了增添可愛魅力的一個要素。

一切都充滿了魅力。

閃閃發亮。

「唷唷，你這魔物。好了，還不快點走開——有我在，你別想繼續胡作非為。」

聲音好可愛。

太可愛了。

可愛到不行。

雖然剛才已經聽過了沒錯，但那時他分心注意少女的美貌，沒對聲音留下印象。然而，這次大腦對聲音也做出了正確反應。

聲音一遍又一遍地重複迴響。每一次都讓他幾乎要起雞皮疙瘩。

絕世美少女用手指直直指著甲熊王。

為什麼那根手指，指著的不是自己？

真不甘心。

太遺憾了。

那雙美麗的眼眸沒有對著自己，令艾古尼亞傷心不已。

「咕嚕嚕嚕……」

甲熊王發出低吼聲。

不是用來威嚇獵物。聲音中帶有畏怯。

甲熊王對那位絕世美少女抱持著戒心。

當然了。

眼前出現這樣一位絕世美少女，不管是誰都會變得畏畏縮縮，懷疑自己看到了女神。

當然，或許有人會認為魔獸不可能具備那種美學意識。但是這樣想就太蠢了。

艾古尼亞強烈否定這種觀點。

這種否定自有根據。

擁有強大力量的魔獸總是很美。那麼反過來說，這位絕世美少女即使身懷無人能敵的力量也不奇怪。

沒錯，一點都不奇怪。

甲熊王一作勢要採取行動的瞬間——艾古尼亞睜大眼睛。

絕世美少女已經搭箭上弦了。

自從絕世美少女現身以來，艾古尼亞的目光沒有一刻從她身上移開。因為覺得可惜，就連眨眼都沒眨過一次。但是此刻，箭已經在弦上了。

不，沒什麼好不可思議的。

這世界就像是由這位絕世美少女所創造的。既然如此，這點小事對她來說當然沒什麼。

艾古尼亞敢如此確定。

一道閃光飛去——

「咕喔喔！」

——甲熊王發出哀嚎。

他不在乎射出的箭去了哪裡。與其去管那種事，他一瞬間都不想把目光從絕世美少女身上挪開。

「■、■■■■？■■■■■■■？」

「■■■！」

「■■■■■■？」

其他人七嘴八舌地不知道在說什麼。

吵死了。

（拜託快住嘴！萬一那位絕世美少女開口說話，會被你們的聲音蓋過的！）

對於一心想聽見絕世美少女說話的艾古尼亞來說，這些噪音只會造成嚴重干擾。

甲熊王的腳步聲不斷遠去。

他還是一樣不在乎。

「■？■■■■■■■■■■■■■■■■■？」
（就跟你們說很吵了！要是害我聽不到她的聲音，你們要怎麼賠我！）
「……你沒事吧？」
絕世美少女跟艾古尼亞說話了。
是跟我。不是跟其他任何人。
是跟我說話了！
艾古尼亞興奮到渾身僵硬，說不出話來。大腦停止運轉，不知道該說什麼才好。就連氣都開始喘不上來。但是擺出這種態度怎麼想都太失禮了。即使思維因為缺氧而亂成一團，艾古尼亞仍然用盡全身的力量，擠出最恰當的回答：
「敲，口……愛。」
「……嗯？……咦？……什麼？」
絕世美少女露出了狐疑的表情。就連這種表情，都可愛到不像話。不，只要是她露出的表情一定統統都可愛。
「抱、抱歉。艾古尼亞似乎是被甲熊王嚇到了，頭腦有點混亂。」
「喔——」
對於狩獵領班的回答，絕世美少女只語氣平坦地回了一聲。這時艾古尼亞才總算稍微恢復一點理智，當眾出醜讓他面紅耳赤。

「是滴！謝妳的出！」

「…………？噢，你是說謝謝我的出手搭救吧。」

周圍的其他游擊兵，似乎也終於想起來首先該對這位絕世美少女說些什麼。眾人爭相從樹上下來，對這位絕世美少女低頭敬禮，開口道謝。

「是～不客氣。」

不對。

錯了，不應該是這樣。

該感謝的不是她出手搭救大家。而是願意出現在這裡——在自己的面前現身。

「是滴！」

「……你真的沒事嗎？是不是被震飛的時候把頭撞壞了？還是去給神官……你們這裡的話是森林祭司吧？去給人家看看比較好吧？搞不好是那隻魔獸具有什麼特殊能力也說不定。」

「妳說得對。我看好像是把頭撞壞了，把艾古尼亞搬去做治療吧。」

有人拿了用兩根木棍與繩索做成的擔架過來。他並不覺得被震飛的時候撞痛了哪裡，但也很有可能是因為看到絕世美少女太興奮而感覺不到痛。人在極限狀況下能夠忘記疼痛繼續行動。既然如此，面對一位絕世美少女而變得感覺不到痛也很合理。

坦白講，艾古尼亞很想跟著她。想繼續留在這裡呼吸同一片空氣。可是，萬一自己真的有受傷，絕世美少女也許會感到心痛。她這麼可愛，心地肯定也很善良。所以絕對不能讓這種事情發生。

經過理性對自身欲望的一番拚命說服後，艾古尼亞決定乖乖讓同伴把自己抬走。眼睛追著絕世美少女跟狩獵領班講話的背影跑，艾古尼亞心想：

（……我的心臟怎麼會跳得這麼劇烈……難道……我戀愛了！）

藍莓．艾古尼亞，在兩百五十四歲迎接他的初戀。

2

黑暗精靈——自稱狩獵領班的男子走在前面，亞烏菈跟在後頭。這名男子似乎是這座村莊裡游擊兵們的隊長，但感覺剛才那個倒地的男子比他更強。既然這樣，怎麼會是這名男子擔任代表？在人類社會當中，戰士等集團大多都是由最厲害的那一個以隊長自稱。不——

（——也許是職業不一樣？例如剛才那個是戰士，這個是游擊兵？還是說就像威克提姆那樣？）

亞烏菈想起納薩力克地下八層的樓層守護者，恍然大悟地心想這人或許也扮演著某種特殊角色，然後試著感覺背後的氣息。

在。

還有，那位大人也在。

在亞烏菈與狩獵領班的後方，跟來了人數頗多的黑暗精靈。送進村子裡來的魔獸熊應該幾乎沒造成損害。因此，他們大概是閒著沒事做——還是說被挑起了好奇心？——才會跟在異鄉客的後面過來？

可想而知，從他們身上感覺不到敵意或殺氣等等。

當然，也有一絲可能性是他們隱藏得十分巧妙讓亞烏菈察知不到，但亞烏菈的直覺認為不太可能。最大的理由是如果有造詣那般高深的人在，那點程度的魔獸，不用等亞烏菈出面就能輕鬆宰殺了。

（……看樣子沒穿幫。）

目前看起來，村民並未發現魔獸熊是亞烏菈等人送來的。

（唉——）亞烏菈漫不經心地思考。（安茲大人為什麼說不要對這座村莊造成人員傷亡呢？）

主人的指示講得簡單點，就是「潛入這座村莊，製造出友好的立場」。

等死了更多黑暗精靈之後再出手搭救應該能夠獲得更大的感謝。雖然說不定也有人會說「怎麼不早點來」之類的話，但是那種只會抱怨的蠢蛋不管在什麼時候都只會滿口牢騷。那種只會妨礙亞烏菈——進而對納薩力克帶來害處的傢伙，逮到機會速速處理掉就行了。

例如再把魔獸熊送過來一次，諸如此類。

（嗯——可是，真不懂安茲大人的想法。從指示內容來想，我還是覺得讓村民面臨更令人絕望的處境，之後的救援行動才會更有戲劇性，效果更好……如果是雅兒貝德或者迪米烏哥斯的話，是不是就能理解安茲大人的用意？）

憑亞烏菈的腦袋，再怎麼想也猜不透主人的目的。當然，也許不管是誰都不可能理解那位英明領袖的目的。但是，不可以因為這樣就放棄思考，停止前進。

主人可是對他們的成長寄予期待。特別是身為納薩力克最高幹部的樓層守護者，更是被要求成為納薩力克全體人員的榜樣。

（嗯……嗯……比方說萬一殺掉，以後要用到就麻煩了或許也是原因之一，但我覺得安茲大人的話應該會想得更深吧。）

還有那隻魔獸熊也是。

當亞烏菈請示主人要不要在黑暗精靈們的面前殺掉牠時，主人告訴她這樣很浪費，而且有個很大的壞處。

的確，那隻熊是亞烏菈從未見過的——似乎頗為稀有，以這世界來說還算強悍的個體。在尚未發現力量相等的個體之前，她也同意主人的判斷。

沒錯，亞烏菈也提出過有效活用魔獸熊的方法，可是乾脆殺掉更能降低被懷疑是一夥的可能性。而且主人也同意她的看法。

只是就亞烏菈的感覺，主人似乎並不希望她直接殺了魔獸熊。

當時，主人不願意把這麼做的壞處告訴亞烏菈，所以她到現在仍然百思不解。

（安茲大人很聰明，我只要聽命行事就不會有問題也不會出錯，可是也不能老是這樣……）

只會聽命行事是二流的作法。要能夠理解命令的目的或真意並交出更好的成果，才稱得上一流。

（像雅兒貝德或是迪米烏哥斯都能夠做出一流的成果，獲得安茲大人的稱讚。我也不可以輸給他們。可是……嗯……我是不是不該殺掉這個村莊附近的弱小魔獸熊，而是應該拿來用？那樣是不是就一百分了？）

亞烏菈眼睛望向走在前面的狩獵領班的背影。

這個男的從剛才到現在一句話也沒說。
（一般來說，如果是像我這樣的小孩救大家脫險，應該會問一堆問題吧。我連自己叫什麼都還沒說耶。黑暗精靈都是這樣嗎？應該不是吧……）
感覺不像是不樂意跟亞烏菈說話，或是沒那個意願。從那背影感覺不出那種拒絕的氛圍。而且只要看他的步履就知道了。
男子配合亞烏菈的個頭縮短步伐，而且也放慢了走路速度。如果他表面這樣做，心裡其實很討厭亞烏菈的話，那只能說這個人個性也太複雜。
照亞烏菈猜想，大概是本身沉默寡言，不然就是不習慣跟亞烏菈這樣的小孩說話。
坦白講以接待人員來說有失專業，但亞烏菈沒有在計較這方面的事，拿這點挑人毛病就搞錯方向了。硬要說的話，可能得怪亞烏菈沒有挑選看起來更會交際應酬的黑暗精靈。
（──沒辦法了，可能還是得由我主動找話講。）
為了緩和氣氛，或許應該先講點開場白什麼的，但是想到離目的地沒剩多少路程，亞烏菈決定打開天窗說亮話。
「你們剛才好像說到長老？現在就是要去見那些魔獸熊來襲時沒有現身的人，對吧？」
「魔獸熊？你們那邊是這樣稱呼連甲熊的嗎？」
「嗯，我們那邊是這樣叫牠的。」亞烏菈臉不紅氣不喘地撒謊。「別說這個了，可以跟我說說長老的事嗎？」

「好。妳說得對，我們現在要去見長老們。如果長老們剛才有現身的話也不用勞煩妳跑一趟了，但他們似乎正在自己的森林精靈樹裡幫我們製油。」

「是喔——那他們大概有幾個人？」

狩獵領班這時第一次轉頭，越過肩膀看她。

「喔，你們那邊不是嗎？我們這邊是三個人。」

亞烏菈稍微加快腳步，跟狩獵領班並肩前行。

「我住的那座——離這裡很遠的一座都市，好像沒有所謂的長老會。」

「是這樣啊，所以跟我們這種村莊不一樣了。也對，聽說森林精靈們的都市也有個國王……我曾聽說都市就是居民人數更多的村莊，所以是不是人口一多，只靠三位長老就管理不來了？」

「不知道耶。我們國內沒幾個黑暗精靈，所以這方面的事我也不是很懂。」

亞烏菈只想探聽對方的情報而不想提供己方的情報，聳聳肩說。

更何況她也不知道長老擁有多大的決定權以及他們的角色定位，根本回答不出正確的答案。首先，人數少不見得就不能經營一座都市。像她的主人就是個好例子。

（要是有三個安茲大人的話，搞不好就能把整個世界都治理得沒話說，可能就不需要我們了……）

亞烏菈正在思考主人的事情時，狩獵領班略微睜大了眼睛。

「……妳不是從黑暗精靈的國度來到這裡旅行的嗎？」

「嗯？不是喔。就像我剛才說過的，我居住的國家沒幾個黑暗精靈。」

把正確數字告訴對方就吃虧了。因此她先回答得模糊一點。

「住在那裡的都是其他種族。像是人類、哥布林、蜥蜴人、半獸人，還有其他很多種族。我們是聽說在這座森林裡有黑暗精靈同胞，才特地過來看看的。」

「原來是這樣……」

這個語氣沉重的回答不知道具有何種意義。亞烏菈有點想問個清楚，但心想焦急會壞事，於是避免主動追問。比起這個，她反倒希望男子可以多問一下「我們」是什麼意思。

「不過，你們竟然能夠跟那麼多的種族一起生活……真令我驚訝。」

「會嗎？」

只要有個絕對君王帶領群眾，不管有多少種族，所有人自然都會向那至尊君王俯首稱臣。反過來說，這個世界之所以還沒有變成那樣，總歸來說就是——因為大家還沒見識過真正的無上君王。

所以，無論如何都要讓安茲．烏爾．恭之名廣為世人所知。

（一定要讓貴為唯一統治者的安茲大人支配這世界上的所有生物才行。）

這樣一來，就能開創恆久的太平盛世。如果有人希望迎接那樣的將來，就應該接受至高君王的統治才對。

亞烏菈覺得這個黑暗精靈很可憐，竟然不認識她的主人。就像是文明人會對無知蠻族產生的那種憐憫。

（如果是雅兒貝德他們的話可能會對這些人的無知發脾氣，但那樣就太過分了。重要的是知道了之後懂得乖乖下跪就好。）

只是就算知道了，除了本身太過愚蠢之外，還有一個可能性讓對方不俯首稱臣。

就是對方與偉大的存在旗鼓相當，或是已經受到那種存在的支配。

儘管各位無上至尊是可與神明匹敵的存在，令人懊惱的是還是有人能與他們分庭抗禮。

當然，各位無上至尊在那些人當中仍然屬於高等存在。過去一些企圖前來踐踏納薩力克的人全都反被擊退，而且聽說其中一位無上至尊的實力在全世界排名第三。

只是看起來，還有其他同等存在似乎是絕對無法動搖的事實。正因為如此，主人這位留在他們身邊的無上至尊才會嚴加戒備。

（我明白安茲大人是因為熟知那些問題才會這麼擔心，可是……我覺得，他們應該沒有來到這世界……雖然說安茲大人這樣處處提防，我有這種想法會帶來不好的影響……）

如果這世界有那種能與無上至尊匹敵的存在，無論如何巧妙隱藏，只要建立起人際關係應該都會打出一點名聲或知名度。就像類似的存在會受到世人千古傳誦。可是以目前來說，類似的存在連一點歷史軼聞都沒聽到。

不過他們目前的地點似乎地處邊疆，也有可能是存在於情報傳達不及的遙遠地區。

（迪米烏哥斯之前也認為，目前還需要保持警覺……）

迪米烏哥斯說過，魔導王的降世與其力量無論如何封鎖情報都一定會洩漏到國外，因此當這些情報在大陸全境廣泛流傳時，就是判斷這世界上是否有同等存在的玩家最佳時刻。所以他說身為樓層守護者必須把主人的警告放在心上，嚴加防範。

然後他又說，對方如果要介入局勢的話一定會選在戰亂等禍亂交興的時期，那時反而是找到對方的大好機會。

「不過也是，我們雖然跟其他種族的關係稱不上友好，但也沒有發生過激烈衝突。或者應該說我們沒有那個餘力。大家有著魔物這種共通的敵人，有時為了盡量建立安全的家園而不得不互相對立，有時則是攜手互助……森林外面的魔物厲害嗎？」

她感覺男子的這句話帶有詢問「所以妳武藝才這麼高超？」的意思。

「——啊，嗯。還算……厲害吧？對我來說不是很厲害？」看到男子有話想說，亞烏菈反過來問他：「你好像不知道森林外面的情形，那你們有多久沒離開這座森林了？」

「我聽長老們說過，我們是在三百多年以前來到這座森林的，沒聽說過後來有哪個黑暗精靈離開森林。」

「三百年？聽說過？聽起來怪怪的耶……三百年前的話，叔叔你應該已經出生了吧？」

狩獵領班的表情第一次有了明顯變化。

「──我從出生到現在才過了兩百年出頭而已。」

亞烏菈差點沒盯著狩獵領班的臉瞧，但努力克制住了。

（兩百年？有沒有謊報年齡啊？還是說，這附近的黑暗精靈計算年齡的方式跟其他地區不一樣……）

亞烏菈覺得他在鬼扯，但還不至於真的說出口。這是因為男子回答的時候，整個人的感覺明顯變得陰沉很多。

大概……不，是絕對很介意。

亞烏菈沒那義務安慰他，但為了今後能夠建立起良好關係，還是講點安慰話比較好。

「啊……嗯。因為你看起來……自然散發出成年人的魅力，所以……嗯。」

「……沒關係，別放在心上。這只是證明了在這座森林生活有多辛苦罷了。」

亞烏菈對此決定不再多說什麼。只要他能接受，只要他試著去接受，什麼都不說才是善良的行為。

「是喔………那你們不會想離開這座森林嗎？比方說到我的國家看看。」

雖不知主人心裡有何打算，提一下這個話題應該沒有壞處。既然是小孩子說的話，要找藉口說是童言無忌還是什麼都行。況且這點程度的自作主張，依主人的個性是不會嚴加斥責的。

再說如果真的不行的話，應該會用「訊息」等方式提醒她才對。

「那樣或許也不錯……吧。」

「你好像興趣缺缺耶。我那個國家是個很好的地方喔。那裡還滿安全的，印象中也不會出現那種會襲擊黑暗精靈的魔物。雖然說來到我的國家可能也有別的事情要煩惱，但應該可以得到各種支援吧。我覺得不會比現在辛苦啦。」

「那真是個理想的國度，聽妳這樣講就知道那個國家有多安樂了。但這樣還是很難消除我心裡的不安。像是對於遷居新環境的不安，以及到了當地還能不能像現在這樣生活的不安……與其擔心這擔心那，我會覺得不如維持現狀，也許是因為我比較保守吧。」

對於小孩子直言不諱的意見，男子回答得還真認真。不知道是本性務實善良，還是說這就表示他真的很欣賞亞烏菈？不管怎樣，看來男子無論她如何深入追問都會有問必答；亞烏菈在心裡滿意地微笑。

「不然我覺得先讓幾個人過來看看也不錯啊。」

「這的確也是個好主意……要不要去，以及如果要去的話要派幾個人都是問題。假如我們決定認真討論這些問題，長老們的發言會很有力量……但可能也會有不少人反對那三人的意見……」

「咦？……我們現在要去見的長老，該不會其實不太能凝聚向心力吧？」

狩獵領班變得苦著一張臉。

「我是不討厭他們啦——就是這了。」他們來到一棵樹的前面。感覺跟隨便一棵森林精靈樹沒什麼差別。「我想妳應該知道，裡面不是很寬敞。我把長老他們叫出來好了——各位長老，客人到了！」

男子稍微放聲喊完後，三名黑暗精靈從樹洞一一現身，來到地上。來者兩男一女。

雖然稱為長老，外貌看起來年紀不是很大。以人類來說的話大概三十五歲上下吧。

（黑暗精靈的年齡真的很難從外貌判斷呢。我已經在叔叔身上失敗過一次了……啊，還是說我應該叫他大哥哥？可是跟長老相比，看起來好像差不多大的說。）

亞烏菈漫不經心地想著這些事情時，隨後跟來的黑暗精靈們圍著亞烏菈，站成了半個圓圈。

「這位客人，這三人就是我們村莊的長老。各位長老，我來介紹。就是這位旅客替我們擊退了甲熊王，她來自這座森林外的一個——以多種種族所構成，黑暗精靈人數極少的國家。」

得到狩獵領班的介紹，亞烏菈輕輕低頭致意。說是低頭，其實也就只是點個頭。因為她想到假如把姿態放得太低，對於自己將來在這座村莊裡的地位說不定會造成壞影響。亞烏菈雖是小孩，但也是救了這座村莊的恩人。可不能只因為年紀小就看輕她。

（安茲大人的指示是要我跟村民好好相處，所以姿態擺得太高可能也不太好？）

「……我叫亞烏菈．貝拉．菲歐拉。請各位多多指教。」

「唔嗯。歡迎妳來，遠方的嫩樹，亞烏菈．貝拉．菲歐拉。」

站在中間的男性——他大概就是三名長老中的代表了——黑暗精靈語氣莊重地回答。話是這樣說，但因為看起來沒那麼老，莊重的語氣與外貌有落差，甚至顯得有些滑稽。

周圍的黑暗精靈當中有個人輕聲——用大家正好能聽見的聲量——說道：

「對於解救了村莊的恩人，第一句話應該是道謝才對吧。而且面對有恩於村莊的人，還真有臉直呼姓名呢。」

「嗯，就是說啊。要是真的懂得感恩的話，應該不會那樣跟人家致意才對。是不是因為對方是小女孩，就得意忘形了？」

是兩名女子的聲音。

讓亞烏菈直話直說的話，她不覺得長老的發言有多失禮。這就是所謂的對人不對事，同一件事讓喜歡的對象來做覺得順眼，討厭的對象來做就覺得不愉快。

長老代表的臉色變得很難看。

「急什麼？我現在正要跟客人道謝──亞烏菈．貝拉．菲歐拉閣下。妳擊退連甲熊王，解救村莊於危難之中，我們向妳致上最深的謝意。」

「就是啊。年輕小夥子就是急躁。講話是有順序的。」

聽到站在長老代表旁邊的女長老這樣說，別的地方又傳來女子嘰嘰咕咕的聲音：

「明明是在說你們搞不清楚先後順序。人一老腦袋就會僵化，真讓人困擾。」

亞烏菈瞥了一眼狩獵領班，只見他一副犯胃痛的表情。大概是有被問過「你站在哪一邊？」吧。右邊那名男性長老也是同樣的表情。其餘兩名長老都繃著臉孔，女性長老更是瞪著周圍群眾。

（這樣看來……可能得仔細考慮好要站在哪一邊，然後再決定怎麼表態了。）

照常理來想，兩邊派系應該都會想拉攏亞烏菈這個強大的外來勢力。到時候亞烏菈應當如何行動，才能為納薩力克帶來最大的利益？

最好的方法，也許是每個問題都向主人請示。可是，有些情況下可能會等不了主人的指示，必須由亞烏菈自行判斷採取行動才行。

（要是安茲大人能直接把答案告訴我，就沒這麼複雜了……）

主人之所以不把他的目的告訴亞烏菈，一個原因可能是希望他們——包括樓層守護者在內，隸屬於「安茲．烏爾．恭」的所有人——能有所成長，期待大家各自發揮自主性。主人是期待大家能夠自己思考、獨立行動。

可是——這對亞烏菈來說負擔實在太重了。

（雖說大人可能是覺得就算我犯錯了，只要用他平常那些妙計輕鬆解決就好……）

但這不代表她可以犯錯沒關係。

只因為主人會幫忙收拾爛攤子就做事不用大腦，是無可辯解的不忠行為。

身為樓層守護者，身為參與這次任務的人員，亞烏菈必須認真思考每個行動，找出最能為納薩力克創造利益的一條路。

而看在義無反顧的亞烏菈眼裡，眼前上演的黑暗精靈們的爭吵，只會讓她傻眼地覺得當著客人的面鬧內鬨簡直蠢到極點。

但是，這說不定是個好機會。她該如何活用這種敵對關係？搞不好這點將會變成最大關鍵。

（……這就是安茲大人的目的？不，沒那麼誇張吧。安茲大人應該沒有得到這座村莊存在著這種問題的情報。不過考慮到大人命令我潛入村裡，建立起友好的地位，這時候應該……）

「我說啊——我大老遠跑來你們卻這樣，是故意要讓我後悔嗎？如果不是的話，可不可以在我看不到的地方吵？希望你們可以給我看一點好的部分，讓我回家鄉時可以跟其他種族的熟人說黑暗精靈村是個好地方。」

現場頓時變得鴉雀無聲，沒人說話。

這是當然的了。只要他們還懂得為自己剛才的表現感到羞恥，就不會希望這種事情傳出去讓其他種族知道。

不過坦白說，亞烏菈也反省了一下，覺得自己說話太直了。畢竟雖說她擊退了魔獸熊——連甲熊，但一個小孩子講這種臭屁的話，搞不好會同時引來兩邊派系的反感。不過，也不能斷定剛才那樣絕對搞砸了。

亞烏菈是解救這座村莊脫險的旅人。假如有人不懂得反省自己的丟人現眼卻想排擠亞烏菈，那一定是些人格有問題的傢伙。那種人不要成為自己人，與亞烏菈為敵她反而更高興。

沒錯，主人下達的指令是建立友好的地位，但並沒有要亞烏菈被所有黑暗精靈喜歡。儘管她還沒能看清計畫的全貌，但是不配加入納薩力克的黑暗精靈當然應該早點滾蛋。

（再說如果我跟其中一個派系為敵，原本與他們對立的另一個派系一定會想拉攏我。那樣也可以，或者是以我為中心組成第三派系也不錯。）

亞烏菈隱約感覺得出來，就算兩個派系都與她為敵，也還是有一些像狩獵領班這樣的黑暗精靈不屬於任何一個派系。最糟的情況下，把那個集團拉攏過來就行了。只是如果變成那樣，就有必要跟主人請罪了。

「咳哼。那麼亞烏菈．貝拉．菲歐拉閣下來到我們村莊，不知所為何事？」

「叫我菲歐拉就好，那是我的姓氏。言歸正傳，我想你們大概也猜到了，我是聽說這座森林裡住著一群黑暗精靈才會過來的。所、以、說，我來是想見到我的族人。在我的家鄉幾乎沒有幾個黑暗精靈的說。因此呢，假如你們願意的話，能不能讓我在這座村莊待一陣子？」

「這是無所謂——不過閣下是一個人嗎？」

「現在是一個人。」

「現在是？」

「嗯。我很擅長穿越森林，所以長輩要我先過來。其實按照預定，之後……最慢三天吧？我弟弟跟舅舅應該就會來了。」

不用說也知道，舅舅指的就是主人安茲．烏爾．恭。

「舅舅？」

「嗯。因為我的親生——母親失蹤了。」亞烏菈在心中向泡泡茶壺賠罪。「現在是舅舅在養我。」

雖然說謊比較方便，但日後要是謊言被揭穿也很麻煩，因此她盡量講得離事實不遠。

「是這樣啊……抱歉讓妳講起傷心事了。所以妳才會有辦法隻身前來——既然擁有能夠擊退連甲熊王種的實力，獨自穿越森林或許不是難事。」

亞烏菈覺得相當意外，她本來以為會聽到更多的安慰話。

仔細想想，這裡是充滿危險的大樹海。大概是失去父母親的小孩太多，沒必要特地安慰吧。

「話說回來，我們完全歡迎閣下暫居本村。只要閣下需要，我們可以讓妳借住森林精靈樹，閣下覺得呢？」

「嗯，麻煩各位了。」

「好的。你們有誰——蘋果，我想請你帶菲歐拉閣下去森林精靈樹的空屋。可以麻煩你嗎？」

狩獵領班回話了。

「當然了，交給我吧。我會帶她去村子裡最好的森林精靈樹。」

「還有，如果大約三天後菲歐拉閣下的舅舅與弟弟就會到來，可否等到那時候再一起設宴歡迎？」

「當然可以。那就拜託各位了！」

「那麼菲歐拉閣下，晚點可以請妳講些旅途中的見聞給我們聽嗎？還有菲歐拉閣下說過你們國內沒有黑暗精靈，這方面的事情我們也願聞其詳。我們對這座森林以外的事情可說一無所知。當然如果妳怕觸及傷心事，我們絕不會強求。」

嗯，現在該怎麼辦呢？

亞烏菈想了想。

笨笨地說實話被對方摸清自己的底沒有好處。雖然也可以講出來引人注目，但亞烏菈剛才已經公開展現過自己的力量了，這麼做沒意義。不過，儘管不經思考就把情報大放送不是好事，但事事故作神祕也不太好。那麼應該撒謊，還是一次給一點點真實資訊？或者是講得虛實參半……

（為了避免將來說法出現矛盾，我得跟安茲大人他們編好一套說詞，總之就是不能什麼都不講。雖然很想叫他們等安茲大人來了之後再問他，但又怕他們會懷疑我幹嘛這樣搞神祕……）

在目前的狀況下引起對方的疑心不是好事。

特別是在瞭解主人的最終目的之前，也得為了好聚好散鋪路才行。

（嗯——沒有收到「訊息」，表示大人的意思應該是要我自己想答案吧。可是以安茲大人來說，不知道哪種作法才是最好的？）

「——菲歐拉閣下，有什麼問題嗎？」

看來有點沉默太久了。亞烏菈微笑著說：

「沒有，只是擔心說了你們也不會信，不過講點旅途或家鄉的事情應該沒關係。例如精靈小徑之類的。」

「精靈小徑！那不是只存在於傳說中嗎？」

一旁的黑暗精靈出聲叫道。

「……月亮之路或是精靈小徑，都是真實存在的喔。」不過是存在於納薩力克的地下六層就是了。「所以，我可能不太方便跟沒被精靈選上的人說出詳細地點什麼的喔。」

「呵呵，不好意思，菲歐……不，我可以叫妳亞烏菈閣下嗎？」

女性長老兩眼散發炯炯強光。問題的答案不用想也知道。因為儘管亞烏菈不太喜歡這樣，但是想到主人的命令就不能拒絕。

「無所謂啊。」

「這樣啊。亞烏菈閣下，我剛才就在想，這個名字真好聽。」

「謝謝。」

亞烏菈笑容可掬，不帶半點譏諷的意味。對方稱讚了無上至尊替自己取的名字，她對此絕不可能有任何批判。不過她知道這只是場面話，所以並不想往這方面繼續聊下去。

即使只有這點程度，女長老好像也滿意了。她心情愉快地接著說：

「原來亞烏菈閣下也是被精靈選中的黑暗精靈啊，那真是太棒了……這座村莊裡有很多人不是獲選者。他們不知道我們——過去在北方生活過的黑暗精靈是怎麼遷至此地的。」

（……黑暗精靈們是用精靈小徑來到這裡的？那個東西有這種功能嗎？）

納薩力克內的精靈小徑無法傳送太遠的距離。不知道是女長老誤會了，抑或是有另外一種精靈小徑。

能夠問出情報是好事，但亞烏菈覺得自己可能出了點小錯。但她又轉念一想，能巧妙問出情報才重要。然後——

（我要得到安茲大人的稱讚！）

亞烏菈在心中用力握緊了拳頭。

●

亞烏菈在狩獵領班的帶領下，前往留宿地點。

使用「完全不可知化」一直跟在亞烏菈背後的安茲，放心地呼出了一口氣。

一則是沒有出現旗鼓相當的敵人，一則是亞烏菈與村民的第一次接觸做得非常好。

話雖如此，目前給他們的好印象，還無法斷定不是在演戲。面對一個特地遠道前來的小孩，拿出本性冷淡應對的人恐怕人格大有問題。就算不歡迎她的到來，一般來說也會假裝一下。

因此，儘管有可能是安茲多心了，他還是希望能有證據證明這些人不是在演戲。像之前擄來那個森林精靈時使用迷惑系的精神控制術是很簡單，問題是如果連「竄改記憶」都用上就又得費工夫善後了，他希望把那個當成最終手段。除非打算直接殺掉的話就好辦了。

首先，目前應該繼續刺探村莊的內情。

這個看起來缺乏變化的村莊，忽然來了亞烏菈這個全新的話題。現在村民一定迫不及待地想聊亞烏菈的事情。

不知道在亞烏菈不在場的時候，村民們會吐露多少真實的心聲。

對於處於「完全不可知化」狀態的安茲來說，現在正是親耳收集真實情報的好機會。

三名長老已經回到剛才那棵樹上，聚集而來的黑暗精靈也都各自四散。問題是，現在該跟著哪個黑暗精靈走，偷聽他們說話？在剛才的群眾當中，安茲已經看到了幾個與亞烏菈年紀相仿——從身高推測——的小孩。

說句真心話，安茲很想跟蹤那些小孩，然後聽聽他們對亞烏菈的看法。

然而——剛才那棵樹卻傳出了有人說「那個女孩」的聲音。

（該死！這下我得去偷聽那些長老怎麼說了！）

長老們可能會講到最重要的內容——儘管跟兩人交朋友的事情無關——不能不聽。

安茲維持著「飛行」狀態，輕飄飄地飄浮到長老們進入的那棵樹的入口。

探頭一看，沒看到三名長老。室內有個階梯，從樓上傳來說話聲。雖然從這裡也聽得見，安茲為慎重起見進入室內，用「飛行」爬上階梯。

「那麼，你們覺得那女孩說的話有幾分真實性？從她的說法聽起來，她似乎是用精靈小徑四處旅行。」

最年長的長老講話方式跟剛才不太一樣。不過，這沒什麼好奇怪的。安茲也會看對象改變成各種說話方式。不如說如果都沒有改變，反而會讓他覺得有點可怕。

換言之對他來說，跟幾個朋友說話時，大概就是這種感覺了。

「我不覺得她全部都在撒謊。要不是使用精靈小徑，那麼小的孩子一個人旅行不容易吧？」

「這也很難說吧。她的實力都能擊退那隻甲熊王了。」

「哎呀，那不是因為那把武器厲害嗎？你們也看到了吧？那把光彩奪目的弓！那絕對是世間少有的珍品！搞不好是精靈送給她的。」

亞烏菈裝備的那把弓原為安茲所有，在ＹＧＧＤＲＡＳＩＬ算不上太厲害的裝備。只是以外觀的華麗來說或許是一等一沒錯。

（是不是也該在這裡宣傳一下盧恩符文……）

安茲正在考慮時，三名長老繼續談話。

「不曉得那孩子願意在我們這裡待多久？如果可以的話，真希望她永遠住下來。」

「不，我看很難吧。等到她的舅舅與弟弟日後抵達與她會合，就算立刻出發也不奇怪吧？黑暗精靈村並不是就我們這一個，他們可能會想多去幾個村莊看看，試著拓展交友關係。雖不知道那孩子是為了什麼目的來見我們──她的族人，但應該沒有理由執著於這座村莊吧。」

「你說得對，還有她為什麼會來見我們──她的族人，這點我也想問清楚。所以歡迎宴會一定要盛大舉辦。」

「對，就該這樣。就算她會去其他村莊，我們至少可以集結村莊的力量大宴賓客，好讓她對這座村莊留下最深刻的印象。這下得努力準備食材，為三天後做準備才行了。」

「那些年輕小夥子會不會有意見？」

「不至於啦。現在可是要宴請拯救了村莊的那孩子的家人耶？就算是那些毛頭小子也應該明白這個責任推不掉。」

「妳說得對……然後到了宴會上，再向那位舅舅問問精靈小徑等等事情就好。只要能夠感受到我們歡迎的誠意，那位舅舅或許也會比較願意分享。」

「就是啊。不過話說回來，我是真的很希望她留下來。」

「……妳還真捨不得她走啊。可能是被精靈選中之人，對妳來說就這麼有魅力嗎？」

「有啊，難道不是這樣嗎？我們——不，這附近村莊的始祖幾乎都已經失去精靈的祝福了。假如那孩子願意留下……」

「妳不會是以為這樣就能對其他村莊擺大架子吧？如果是的話，我可得反對妳的所有決定才行。」

「我不會那樣講啦。可是如果能弄清楚她是怎麼獲得精靈祝福的，我們說不定也能取回那份力量啊。」

就他們的說法聽起來，這裡的精靈指的似乎不是精靈族，而是近似於元素的精靈。如果是那種精靈給予的祝福，ＹＧＧＤＲＡＳＩＬ也有。還是說這個世界的精靈具有那類祝福的力量？

又或者是這世界有著類似以喜樂王庭(Seelie Court)或哀怒王庭(Unseelie Court)為友的職業？記得那種職業有著一項特殊能力，可以使用精靈小徑等傳送系能力。

（可能得找個人問清楚才行。）

而且這項情報最好先跟亞烏菈分享。

安茲正左思右想時，長老們繼續談話。

「這樣一來，那些毛頭小子就會對我們刮目相看了。」

「妳可別硬逼人家開口喔。不只是這樣，等到她的舅舅以及弟弟到來，我們也得對兩位表示敬意。我可不希望當他們回到自己的國家後，到處說我們村莊或黑暗精靈的壞話。」

安茲的眼神——浮現於空洞眼窩的紅光稍稍變得黯淡。

（唔嗯……選擇這座村莊是錯誤的決定嗎？我可不願意讓亞烏菈變成村莊內部派系對立的工具。）

他絕不能讓泡泡茶壺託付給他的孩子心靈受創。那個女長老弄得安茲很不愉快。

（……不要跟這些大人太親近……這下只能祈求孩子們心地純潔了。）

三人開始談到設宴的話題，安茲聽出他們對亞烏菈並沒有疑心，安心地施行「高階傳送」，傳送到另一處後解除了「完全不可知化」。

「啊，安茲大人，您回來了。」

在綠祕密住宅門外等候的馬雷向他一鞠躬。

「我回來了，馬雷。看來你這邊沒發生什麼狀況。」馬雷身邊飄浮著以創造高階不死者做出的眼球屍。安茲移動視線尋找那隻大傢伙，但沒看到牠的蹤影。「喔，芬里爾還沒回來啊。」

「是、是的，還沒有。」

安茲已於事前命令芬里爾去把逃出黑暗精靈村的連甲熊帶回來這裡。

只要黑暗精靈們有任何一點腦袋，既然得到了亞烏菈這個致勝王牌，一定會追蹤連甲熊的足跡試著消滅牠。

因此，如果要把連甲熊帶回臨時據點，必須先瞞過黑暗精靈討伐隊的耳目。

問題是連甲熊身形龐大，且不具有隱蔽或移動方面的特殊能力，很難讓牠自行湮滅足跡。這麼一來就必須由連甲熊以外的某人，用某種手段幫牠湮滅。

就這樣，芬里爾被選上了。芬里爾具有森林行者能力，只要讓連甲熊騎在牠的背上，就能不留足跡地回到這裡。

當然也有其他的運送方法，例如讓安茲親自前去使用「高階傳送」進行傳送，或是像娜貝拉爾那樣用「飛行」把牠扛起來搬走都行。

然而安茲除了必須跟亞烏菈一起進入黑暗精靈村，盡全力收集情報之外，在發生緊急狀況時還得幫助亞烏菈脫身或是殲滅敵人，因此就把這事交給芬里爾了。

（有點預測失準了……本來以為他們會立刻派出有亞烏菈加入的部隊，來討伐逃走的連甲熊……早知道有時間與餘力的話，我就去那邊了。）

「是嗎，那就在這裡稍等一會好了。總之我想你原本可能在擔心，先跟你說一聲……不過你看我一個人回來應該也猜到了，亞烏菈也沒跟你說什麼吧？」馬雷點個頭回應安茲的詢問。「就是這樣。她似乎已經順利潛入黑暗精靈的村莊了。」

馬雷與亞烏菈持有道具，可以進行雙向聯絡。既然馬雷沒收到亞烏菈的ＳＯＳ，可見她目前很安全。但也不能斷定亞烏菈絕不會因為無法應付緊急狀況而被剝奪戰力。所以安茲不能鬆懈。

而且在潛入村莊時，安茲稍微更換了一下亞烏菈的武裝，比平常那套弱得多了。要殺死現在的亞烏菈會比平常容易很多。

安茲分明了解這點，卻沒有偷偷讓護衛跟著她，當然是因為這不是安茲一個人的決定。在跟亞烏菈還有馬雷討論過後，他們決定不在亞烏菈的身邊配置任何人員。安茲是懷抱著如果有胃的話早就痛到抱住肚子的不安才做下這個決定。

安茲到現在還在後悔，擔心這個決定可能是錯的。難道就沒有更好的點子了嗎？例如安茲製作的不死者當中也有不具實體的種類，也許可以讓那種不死者潛藏在某個地方。

不在亞烏菈身邊配置任何人員有兩個好處。一個是發生緊急狀況時可以視需要召喚各種魔物。另一個是——

（只要身邊沒有納薩力克的成員——尤其是部下，亞烏菈或許就能忘記納薩力克的事，放鬆身心悠悠哉哉地跟黑暗精靈們相處。這樣一來……）

——亞烏菈或許就能交到朋友。
只是以現況來說，出現了一個致命性問題妨礙亞烏菈交朋友。
那就是亞烏菈如今成了村莊的救主。
也不能說是哭泣的赤鬼作戰不好。想讓亞烏菈融入村莊，恐怕沒有比這更快更好的方法了。只是以現況來說，是好過頭了。
假如鈴木悟一開始是在關係不平等的現實世界遇到大家，他一定不可能跟「安茲．烏爾．恭」的每個人成為朋友。同理可證，現在亞烏菈的身分是村莊的恩人，不可能跟村裡的普通小孩成為對等的關係。
為了弭平這一點，安茲必須採取行動。
沒錯。
安茲必須把亞烏菈的地位降低成普通小孩才行。
安茲看著馬雷。
給亞烏菈交朋友的機會，卻不給馬雷同樣的機會就太不公平了。不只是亞烏菈，他也想給馬雷交朋友的機會。
亞烏菈與馬雷都是泡泡茶壺託付給他的孩子。他不可能偏袒其中一方。
的確，考慮到兩人的個性採用不同的養育方式或許也很重要。只是，機會還是要平等賦予。

（說到底，沒養過孩子的我想這些有用嗎？我該去問誰，才能知道父親是什麼樣的存在……）無意間，恩弗雷亞的臉浮現在安茲的腦海。（這人選不錯，他是個像樣的父親。但是——）

對，但是，馬雷本身有一個問題。

他指的不是馬雷怯生生的個性。

（問題是泡泡茶壺桑出於個人喜好，讓馬雷扮女裝……）

安茲去看過黑暗精靈村的情形，大多數村民都穿長褲。偶爾也會看到穿長裙的黑暗精靈，但都是女的。而且穿那種長裙的女人，裙子裡好像也穿了長褲。安茲不便去把裙子掀起來看看，所以不能斷定絕對是這樣。說不定那個其實是褲襪。

亞烏菈曾經跟他解釋過森林的生活環境不適合暴露肌膚，連女性也穿長褲大概就是因為那樣吧。

（「完全不可知化」只要一攻擊對方就會讓魔法失效。不，應該說危害對方才對。那這樣的話……我如果把裙子掀起來一點看看，會被判定為攻擊嗎？）

他以前從來沒想過這種問題。

安茲瞥了馬雷的臉一眼。

「啊，咦，請、請問有什麼吩咐嗎？」

「沒、沒有，沒什麼。」

（白痴啊！我在想什麼！）

正常的——不，應該說符合常理的自己嚴詞指責。

當然，他知道這麼做是錯的。可是在魔法領域裡想解決一切疑惑的好奇心正受到強烈的刺激。

（——快住手！我到底在想什麼啊！竟然想偷窺馬雷的裙底，這已經不只是人格異常了！）

雖然說只要開口，馬雷的話應該會答應——

（——我在想像什麼啊！）

「大、大人怎麼了嗎？」

「——沒有，只是不慎產生了一些腦袋有病的念頭……雖然將來也許會做點實驗，但不是現在，而且也搞錯對象了。」

面對一臉不解的馬雷，不需要再多說什麼。

再說比起馬雷，還不如找雅兒貝德——與其說比較好，應該說比較像話。

安茲產生這種念頭，告訴自己根本全搞錯了，把頻頻刺激心智的好奇心趕出腦海。

（不管怎麼樣，村民搞不好會覺得扮女裝的馬雷很奇怪，於是不願親近他。這種情況一定要避免，可是……為什麼偏偏是女裝啊……不，不，不對。現在不該想這個問題……是茶壺桑要他這麼做的，我亂出主意叫他換掉絕對是錯的。雖然是錯的……但我是不是可以叫他暫時別這麼做？如果馬雷可以換掉女裝，就可以讓他跟亞烏菈一起在村莊裡生活了……可是……）

萬萬沒想到有一天，朋友的喜好會把他弄得這麼苦惱。

「是這樣的，馬雷，有件事想跟你商量……」

「是。」

馬雷表情嚴肅地注視著安茲。

（——茶壺桑，我這樣做錯了嗎？）

粉紅色的一團東西浮現在安茲的腦海裡。不知為何她還豎起了大拇指，看了就有氣。

「請、請問……」

「……抱歉，馬雷。我忍不住想了一下……」安茲用沒有肺的身體呼一口氣，面對面看著馬雷。「馬雷啊，我希望你可以暫時換掉這身女裝。」

講得太簡短了。

安茲有自知之明，於是不等馬雷的表情產生變化就搶著說道：

「聽我說就像我說過的只是暫時不是要你永遠改掉我這麼說是因為馬雷你也知道我希望你能當亞烏菈的助手一起去村莊對吧？為此你只要待在那個黑暗精靈村的時候別穿成這樣就好這個就某種意味來說算是潛入行動但是執行任務時穿這樣太顯眼了所以我希望你穿上別種服裝執行任務你覺得怎麼樣？」

安茲忙不迭地辯解。

馬雷目不轉睛地看著安茲。大概是不懂為什麼只有自己得換衣服吧。因為安茲並沒有這樣要求亞烏菈。

安茲沒辦法再多說什麼了。

他想不到適當的藉口。事實上如果嫌女裝奇怪卻不說男裝奇怪豈不是說不過去？泡泡茶壺也是想到這一點——

（不，就只是她喜歡——或者應該說是她的癖好。畢竟是佩羅羅桑的姊姊嘛。）

既然如此，最好的方法就是打馬虎眼。幸運的是由於在納薩力克使用的裝備太顯眼，亞烏菈的武裝有經過大幅變更。真沒想到會在這種時候派上用場。

「我不是也讓亞烏菈改變了一下裝扮嗎？太強力的裝備可能會啟人疑竇，那樣就不妙了。你覺得呢？」

（真是下流……丟給馬雷做判斷，等於是把責任推到馬雷頭上。）

「我、我明白了。我會處理好的，安茲大人。」
「可以嗎？」
「可、可以。只、只要是為了潛入任務，呃，我想泡泡茶壺大人也會諒解的。」
「是、是嗎？對，她一定會諒解的。」
安茲透過女裝感受到馬雷對泡泡茶壺的心意，心想換作是過去的那個朋友，不曉得會作何反應。
（感覺有很大的可能會發出無聲哀嚎向馬雷道歉……不，也有可能是正好相反……？）
不過，這下應該可以判斷亞烏菈與馬雷的朋友計畫進入最終階段了。
「好。那就做好準備，與亞烏菈會合吧。」

3

亞烏菈在離黑暗精靈村有點距離的地方舉起弓。這把以金屬製成的弓，遠比平時黑暗精靈使用的弓更粗獷。
大小也比亞烏菈的個頭大多了。

這樣的一把弓被逐漸拉緊到嘎嘎作響。

這是村裡原來就有的東西，連力氣最大的村民都拉不動這把硬弓。現在看到一個小孩一臉若無其事地把它拉開，所有黑暗精靈無不睜圓了眼，但隨即露出服氣的表情。

「——保存方式很差喔，會發出聲音是因為很多部位老化了。沒人拉得動應該只是因為弓老舊了吧？嗯——可能會射歪耶。不知道能不能飛向瞄準的位置……」

亞烏菈這時，正在瞄準一頭名叫巨角駝鹿（Giga Horn Elk）、外形像是駝鹿的魔獸。這種魔獸有著異常巨大的犄角，但憑藉森林行者的能力，即使在森林裡也能行動自如。據說活用這項能力發動的衝刺攻擊破壞力相當驚人。

如果亞烏菈這時以犀利目光瞪著獵物，看起來也許會像一流獵人一樣帥氣，但安茲望著亞烏菈，看到她的側臉浮現出……該怎麼說呢？就像平常那樣——從某方面來說缺乏緊張感的表情。看起來就像是準備隨手拿顆小石子丟過去，那種平靜自如的表情。

這跟待在亞烏菈附近盯著同一隻獵物的黑暗精靈村三名游擊兵——兩男一女——簡直截然不同。他們的表情極其嚴肅，同時又匿跡潛形以免被獵物感知到自己的存在。安茲是不清楚，總之一定是屏氣凝神，進入無我境地了吧。

他們一手拿著弓，但沒有擺出架式。

一般來說為了不讓獵物逃走，或者是為了避免遭受激烈反擊，獵人們會一齊放箭。但是他們這次不這麼做，因為他們不想妨礙到亞烏菈。

這點從他們目前的所在位置也看得出來，因為這次所有人都在地面待機。

黑暗精靈的狩獵方式，基本上為了防範獵物的反擊，都會盡可能在安全的樹上占好位置等待對付得來的獵物出現，屬於埋伏型的狩獵。然而他們這次卻這麼做，正是因為他們信任亞烏菈。

那麼在這些狩獵人員當中，最缺乏屏氣斂息能力的安茲又在做什麼？就跟平常一樣使用了「完全不可知化」。藉由這招太常使用讓他開始擔心「每次都依賴這招會不會出問題啊」的魔法，安茲完美隱藏起氣息，獵物——以及黑暗精靈們也都絲毫沒發現到他的存在。安茲在這場狩獵行動中一直跟在大家後頭，但只有亞烏菈做出過注意到他的反應。

亞烏菈放箭了。

僅僅慢了那麼一瞬間——大概一眨眼的工夫吧——巨角駝鹿轉頭確認周圍情形。

箭矢離弦時，發出了不存在於大自然的聲響。也許是聽見了那聲響吧。

安茲心想：不，不可能。

那聲響非常之小。而且與目標離得夠遠，照常理來想不可能聽得見。既然這樣，巨角駝鹿是對什麼起了反應？

最接近正確答案的解釋應該是湊巧，不然就是牠具有特殊能力。假如不是，那就是敏銳地察知到了在攻擊的瞬間發出的氣息——不過這只是安茲的個人推測。

然而，就好像連那些微反應都早已預料到了，亞烏菈的箭無視於肉體的抵擋，直直扎進巨角駝鹿移動了位置的頭部。

巨角駝鹿的身體頓時往旁一歪，但是——沒有倒下。明明被箭射穿了大腦，竟然還沒倒下。

無論是魔獸還是野獸，獸類總是具有格外旺盛的生命力。

要是換成亞烏菈平時裝備的ＹＧＧＤＲＡＳＩＬ產弓箭等武器早就造成致命傷了，然而向黑暗精靈們借用的東西似乎不足以讓她一擊奪命。

（像這樣看起來，裝備品或武器性能對使用者造成的影響還真大。不過亞烏菈本身似乎也沒用上多強勁的特殊技能，如果使用了的話或許會有不同的結果。）

獵物就這樣頭上深深插著一枝箭，蹦跳著準備移動。可能是因為受了重傷的關係，失去了戰意想逃走吧。

然而，就好像連這都料到了似的，亞烏菈又射了一箭。

頭部再度中箭，巨角駝鹿發出巨響倒到了地上。

「哎，大概就這樣了吧。」

「菲歐拉大人果然厲害！」

相較於亞烏菈一副理當如此的態度，離她最近的一個黑暗精靈男子用由衷崇拜她的語氣叫道。這人名叫洋李．卡南，身分是副狩獵領班，也是這次亞烏菈狩獵成員裡的領隊。

他的反應與表情都不像是在演戲，對亞烏菈來說似乎會是個有力幫手。然而安茲的表情卻很僵硬。

因為反應好過頭了。

這名男子炯炯有光的眼瞳中，有著尊敬、崇拜、敬意與熱望在翻騰打轉——跟聖王國那個眼神嚇人的少女復活後露出的眼神很像，講句老實話，不是對外表年紀看起來與自己差了一輪的小孩該有的眼神。

這次是第二次跟這些成員一起狩獵了，但上次可不是這種態度。

亞烏菈的確是擊退了連甲熊沒錯。

不過他似乎認為那只表示她戰鬥能力高強，狩獵的才能又是另一回事。事實上他開口找亞烏菈一起打獵，主要就是為了看看她身為游擊兵的實力；他當著使用了「完全不可知化」的安茲面前講過這些話。

但是——之後他就被亞烏菈在大樹海裡的機敏步法嚇得渾身發抖，對她消除氣息的技巧驚愕不已，又對她拉弓射箭的姿態瞠目結舌。他愣愣地張著嘴巴的模樣看起來其實還滿滑稽的。於是到了現在，他恐怕已經是黑暗精靈村裡的頭號亞烏菈信徒了。

只是以安茲的目的來說，他是個頭痛人物。

有這種人物在，想讓亞烏菈變回普通小孩就難了。

如果他是為了利用亞烏菈而討好她的話還好解決。但他偏偏沒那個意思，讓安茲不知該如何應對。

（非到不得已又不想殺人……）

「好了好了，要稱讚我晚點再說。趕快把牠肢解掉啦。」

「是！遵命，菲歐拉大人！大夥兒，幹活啦！」

其餘兩名用難以言喻的神情看著洋李——雖然似乎也很尊敬亞烏菈，但因為洋李表現得太激動使他們反而能夠保持冷靜——的黑暗精靈也開始做事。

他們用繩子捆起巨角駝鹿的腳，把繩子掛在旁邊樹木的樹枝上，將牠頭下腳上地往上拉。只是，巨角駝鹿體型龐大，即使三個人一起動手似乎還是很難拉得動。

亞烏菈伸手抓住繩子，隨口喊了一聲：「嘿！」同時把繩子一拉。三個人合力都還很吃力的獵物就這樣上去了。

「厲害！不愧是菲歐拉大人！」

被洋李這樣盛讚，亞烏菈略微皺起了眉頭。

安茲可以體會。

他一邊想起納薩力克那些成員的神情，一邊大大地點頭。

不只是被人搞錯重點亂稱讚會不舒服，為了一點小事就被人捧上半天高感覺也一樣奇怪。會讓人不禁懷疑，對方是不是把自己當成了笨蛋。

這可能是因為自己缺乏自信？當安茲這樣思考的時候，一旁的獵物肢解進行得很順利。

男性黑暗精靈把手掌朝向獵物，接著從手心吹出了某種白霧。看來是能夠冷卻獵物的特殊力量。只是就安茲所知，一個普通游擊兵不會有這種能力，所以大概是森林祭司，或是這個黑暗精靈另外習得的職業力量吧。

接著眾人割下獵物的頭，在底下放個容器盛裝流出的血。這樣放血似乎是為了阻止血液裡的細菌繁殖。也許光靠剛才那個黑暗精靈的力量，不足以把這麼大一隻獵物完全冷卻。

盛裝在容器裡的血似乎可以用來做菜等等。

拿著血移動會吸引肉食動物，因此黑暗精靈他們自己狩獵的時候很少會這麼做；這也是第一次狩獵時，安茲從他們那裡聽來的。

頭部與內臟則在地上挖個洞全部丟掉。

平常他們會把部分內臟帶回去，這次丟掉是因為巨角駝鹿的身體已經夠重了。

目前就先處理到這裡。

等運回村莊後再做剝皮等動作，這是黑暗精靈式的作法。

安茲想得好像他很懂似的，但如果有人問他那麼一般作法是怎樣的話，他只能回答自己毫無狩獵知識所以完全不知道。搞不好這個什麼黑暗精靈式才是一般作法。

黑暗精靈們把獵物放到地面，綁在棍子上。然後齊聲吆喝「嘿咿嚇」，把牠抬了起來。看起來相當重。他是不知道正確來說有多重，不過大概就去頭去皮去蹄後好肉比例五十幾%吧。

亞烏菈沒一起做這件事。亞烏菈負責的是戒備周圍情形。

一行人開始往黑暗精靈村移動。

平常狩獵的時候由於採用埋伏型，光是要解決獵物都要費一段時間，但這次托亞烏菈的福很快就能把獵物帶回村莊，他們的表情都很開朗。即使是活在森林裡的黑暗精靈，要離開安全的村莊恐怕還是不免緊張害怕吧。

「——不是我要說，真不愧是菲歐拉大人。今天您的弓箭本領還是一樣了得。」

回程的路上，第一個開口的是洋李。不是在拍馬屁，看樣子說的是真心話。

「會嗎？好吧，或許是比你們厲害沒錯……不過強中更有強中手喔。呃……我的親戚……嗯——這樣講可能冒犯了。好吧，總之就是有一位很厲害的高手。啊！我說的不是那位舅舅喔。」

「……聽您說您的舅舅與弟弟今天或明天就會來到村子，請問兩人是否也像您一樣，是本領高超的游擊兵？」

「沒有，他們倆都不是游擊兵喔。」

「是這樣啊？既然能夠只靠兩個人走過這片森林，我還以為他們都是本領高超的游擊兵……既然如此，請問他們都是什麼樣的人物？」

「……他們本領都很高超沒錯。至於是怎麼樣的高超法，你們很快就會知道了。就拭目以待吧。先別說這個了，能不能讓我專心戒備啊？我一個人的話要逃走很簡單，可是考慮到還有大家在，能不能盡早發現威脅就就是關鍵了對吧？」

大概是不知道能說出多少安茲或馬雷的能力，所以搶先找了個不錯的藉口堵住對方的嘴吧。只是不知道對方會怎麼去理解。

當自己帶著好心情找對方說話卻被打斷時，就算聽到合情合理的理由也不見得能坦然接受。有些人可能心裡還會覺得不愉快。

（對方是亞烏菈的信徒所以應該不會怎樣，但他在那座村莊裡還算有點權力。他如果為了奇怪的理由嫌棄亞烏菈，我得想好各種辦法避免她的風評變差……）

目前亞烏菈的風評下降或許不能說完全沒好處，但是變差到超乎預期就傷腦筋了。

不過安茲的擔心果不其然，只是白操心而已。

「真的非常抱歉！我想得不夠周到！」

洋李氣勢驚人地低頭道歉。要不是正在扛著獵物的話可能已經做出下跪磕頭——相當於這種作法的精靈式謝罪——的動作了。就是這種過剩的反應讓人覺得他是信徒。

「啊——不會啦，你的本領還不錯，平常的話應該會注意到吧？你好像是因為跟我一起的關係所以有點鬆懈，但這就表示你真的很器重我的本事對吧？我也覺得很高興啊。只是，希望你可以注意一下時間與場合。」

（哦——作為上級的安慰方式還挺有一套的……也許是活用了樓層守護者的經驗。如果這代表了NPC的成長，那我還真有點開心。還是說……是從泡泡茶壺桑那裡繼承到的某些要素？那樣的話我也一樣高興。因為這就表示茶壺桑活在亞烏菈的人格特質當中。）

想像亞烏菈的背後出現一團粉紅色的東西——儘管畫面看起來不怎麼漂亮——安茲沒有變化的臉上浮現微笑。

一行人按照亞烏菈的指示持續保持警戒，靜靜地返回村莊。一路上就這樣沒遇到任何猛獸，大家平安回到村莊。洋李確定已經返回安全地帶後，高聲喊道：

「——大家這下開心啦！菲歐拉大人又打到巨大獵物啦！」

安茲嘖了一聲。

儘管早就料到會是這樣，但安茲也知道自己無法阻止這種狀況。身為前往危險地帶打獵的獵人，當然會誇示獵到的獵物，也當然會讓大家知道這是誰的功勞。特別是亞烏菈是個外人，他這麼做必定是想幫亞烏菈提升地位。

然而安茲卻覺得他的好意有點雞婆。

村民們走過架在森林精靈樹上的吊橋聚集過來，用讚嘆的眼神注視著巨大獵物。

「那麼，我要回去嘍。」

「是！之後交給我們就行了，菲歐拉大人！」

把之後的事情交給洋李之後，亞烏菈與聚集而來的村民擦身而過，走向她在村莊裡借住的屋子。

安茲很想追上獨自走回住處的亞烏菈。但他必須獲得亞烏菈的立場變化等詳細情報，不能跟著她走。

開始往前走的亞烏菈只轉過頭來，望向停在空中的安茲。

（看起來好像很寂寞……）

或許只是安茲的感受性太豐富了，但亞烏菈的側臉看在他眼裡就是那種感覺。

黑暗精靈當中有人用畏懼的眼光看亞烏菈，也有人對她抱持敬意。但是沒有一個人帶著親近感接近亞烏菈。

村民不是把她當成小女孩旅人，而是一切都在他們之上的存在，對她既恭敬又佩服。安茲必須重複一遍，這種立場本身沒什麼不好。

然而從安茲的目的來看，卻不是件好事。

（我必須讓亞烏菈從村莊英雄變成普通的小孩……但不管怎麼想都有困難。如果試圖破壞這種在我抵達之前已經建立起來的立場，村民可能會反過來排擠我……這不用想也知道。就算是有血緣關係的親人，村民重視的當然是幫助過村莊的亞烏菈而不是後來出現的傢伙。）

安茲留在原處，看到村莊裡的黑暗精靈陸續聚集過來。當然，其中也有個頭與亞烏菈相仿的黑暗精靈小孩。

遭到肢解的獵物變成食材，一塊塊交給村民們。

「好啦，要記得感謝獵到牠的菲歐拉大人啊！」

每個黑暗精靈拿到肉都眉開眼笑，連聲道謝。

據說即使是狩獵本領熟練的黑暗精靈也不是每次都能打到獵物，能拿到這麼好的肉並不是常有的事。這是安茲不記得在上次還是上上次聽到的。

大量的肉不斷分配給村民，變得越來越少。每當把一塊肉交到某人的手裡，虔誠的信徒洋李就會說：要記得感謝菲歐拉大人啊。

容安茲從剛才到現在一再重複，他對這件事本身並沒有怨言。

亞烏菈獵到獵物是事實，如果有人不懂得心懷感激，那才是真的讓人不舒服。但是——

「真不愧是菲歐拉大人。村子就是應該交給那樣的大人帶領才對。」

「是啊，說得對極了。不只是擊退甲熊王，連獵人本領都是一流。要是那位大人願意留下來，村莊的生活就安定了……」

「就是啊，就是啊。」

聚集在洋李周圍的五名成年黑暗精靈，異口同聲地說。

亞烏菈的聲勢與日俱增。一個很大的問題是，現場聚集的孩子們都聽見了這些讚揚。

「……可是，菲歐拉還是小孩子耶？」

身上帶著青草味的一名男性黑暗精靈輕聲說了。

信徒集團頓時變臉。

「你這種思想跟長老們——那些老賊沒兩樣！」

有人發火了。

幾秒鐘前還笑臉迎人的洋李忽然翻臉，然後是一連串的破口大罵。

「年紀小又怎麼樣？年紀大就了不起嗎！才怪！或許有些年長者的確經驗豐富，做事手腕也就比別人高明。然而並不是所有上了年紀的人都是這樣。年齡並不能作為絕對指標——但是，我告訴你！只有本身的能力可以作為絕對性的指標！」

安茲同意他的看法。

安茲在現場業務看多了。有能力的人從一開始就能做事，沒能力的人不管到幾歲都做不來。

「優越的才華！這才是在這危險的地區，能拯救多數人的能力！能力才是絕對性的指標！不管有多年輕！」

「可是……菲歐拉不會有點太年輕了嗎？」

對於一名女子說出的反對意見，另一名信徒口氣冷淡地說了：

「妳這樣想豈不是跟那些長老沒兩樣？原來妳跟他們是同一種人啊。」

「——什麼？」

女子用充滿敵意的眼神瞪著那個黑暗精靈。看得出來長老們有多不得人心。

（老實講，我不覺得那些人有做了什麼要被這樣討厭……）

安茲不懂這些年輕人為何厭惡長老到這種地步。不過，他監視這座村莊也才兩天，還沒有監視到所有層面。因此，也許原因出在安茲所不知情的問題上。

「為了駁斥那些長老——事事以年齡為優先的想法，我們應該服從像菲歐拉大人這樣優秀的黑暗精靈，視情況而定甚至應該設法請她成為指導者，難道不是嗎！」

夠了啦。

安茲露出不快的神情。

他把亞烏菈送進這座村莊並不是為了做這種事。

這些話要是被亞烏菈聽到，她搞不好還會覺得有道理，開始付諸行動掌控這座村莊。這麼做對擴大納薩力克的勢力範圍來說的確很有益處。可是，安茲並不希望那樣。

安茲的眼睛轉向看著幾個大人爭吵的孩子們。

剛才那種準備吃大餐的喜悅心情早已蕩然無存，劍拔弩張的氣氛讓他們的表情蒙上陰霾。

（問題就在這裡……）

安茲很想幫亞烏菈他們交到朋友。

不同於鈴木悟生活過的那個世界的孩子，這個世界的——那個叫妮姆的小女孩就是個好例子——小孩應該可以出於天真無邪的好奇心接近亞烏菈才對。可是就安茲偷看到，以及向亞烏菈問到的狀況，沒有一個小孩子這樣做。

也有可能是生長在大樹海這種危險環境，壓抑了他們的好奇心。但更大的理由恐怕是他們感覺到大人們面對此事的態度，認定雙方活在不同的世界。他們的觀念已經完全固定，覺得亞烏菈是小孩但也不是小孩。

安茲忍不住去想，乾脆讓亞烏菈的風評變差算了，這樣一來孩子們或許會比較容易接近她。

（要孩子們跟大人頂禮膜拜的對象裝熟……呃，我是說跟她親近，是滿難的……就算年紀跟自己差不多也一樣……不，還是說正因為年紀相仿才更覺得異常……？就我所偷聽到的，那些爸媽並沒有叫孩子不准靠近亞烏菈或是態度要恭敬，不知道這算是好事，還是壞事？）

「唉……」他不禁嘆一口氣。

繼續這樣下去是別想交到朋友了。

（既然如此……乾脆我自己採取行動，拜託看看好了。只是，不能保證這樣一定能帶來好結果……但好歹可以期待讓狀況有所改變。世上的父母親都是這麼辛苦的嗎……）

安茲一面深思這個以前也曾煩擾過他的疑問，一面發動「高階傳送」。同時為了最後聽見的聲音頭痛不已。

「——真要說起來，怎麼可以直呼菲歐拉啊！要叫菲歐拉大人才對！」

4

是夢。

我在作夢。
我知道這是夢。
這種的叫什麼來著？
對了，是清醒夢。
就是那種知道自己在作夢的夢。
在夢中我是個小孩。
然後——被揍飛了。
視野在夢中轉了好幾圈。
不會痛。對，因為是作夢所以不會痛。
可是很痛。
臉孔痛得厲害，大概是撞擊力道讓嘴裡破皮了。
嘴裡滿是血腥味。
明明在作夢卻嘗得到味道。
真不可思議。
這真的是夢嗎？
一隻手映入了視野。

是一隻被泥土弄髒的小手。

果然是夢。

我的手現在沒這麼小。

我放心了。

這只是在作夢。

視野移動了。

——不要，我不想站起來。但還是站起來了。

我緊緊握住掉在地上的自己那根棍子，重新站起來。

母親站在我的面前。

面無表情，就好像戴著面具一樣。她眼神冰寒地往下看著我。

手裡握著準備用來痛打我一頓的棍子。

然後她揮動了棍子。

現在的我擋得下來。可是，這時候的我辦不到。

感覺到痛的同時，我飛上半空。

我重重摔在地上，身上又有更多的疼痛。

視野蒙上一層水霧。

是眼淚。

無意間我不禁想到，自己不知是從什麼時候，開始不再流淚。

視野移動了。

母親說了一些話。

視野移向不知何時從手裡掉到了地上的棍子。

大概是聽到了母親對我說「站起來」吧。

但是，我沒有站起來。

我很痛，而且很難受。

我應該有訴苦。

母親的表情沒變。她只是慢慢地，舉起棍子讓我看見。

有個聲音傳來。

視野移動，看到一名發福的女性跑了過來。

是在我家幫忙做家事的阿姨。她總是會煮好吃的東西給我吃。

娜絲爾阿姨。

她做的軟嫩歐姆蛋簡直完美。我好愛吃那個。她的料理對我來說才是懷念的滋味，是美味的標準。

遺憾的是她已經過世了。難得能夠夢到她，如果不是跟母親練武，而是夢到吃她做的菜該有多好。

後來我才知道所謂的母親好像都會做菜，但我不記得有吃過母親做的料理。只記得有人說過她忙著鍛鍊我，沒有那個多餘心力。

我那時候懵懂無知，以為事情就是這樣。

可是，現在——我已經長大成人，可以斷定絕對不是那樣。

我跟母親一起吃飯的記憶實在少得可憐。記憶中幾乎都是我自己吃飯。

「早安……」

世界有了色彩。我要醒來了嗎？既然這樣，為什麼不早一點把我叫醒？

我不是忘了。

對，我明白。

我是被母親嫌棄了。

一定是覺得被侵犯生下的孩子看了就討厭吧。

所以，母親從來沒幫我慶祝過生日。

母親從來沒給過我任何祝福。

像是謝謝。

像是恭喜。

像是好棒喔。

就連這種稀鬆平常的祝福都沒有。

真要說起來——母親可曾呼喚過我的名字任何一次？

這個名字是誰取的？

可是如果真的討厭我，為何不乾脆殺了我？

當時要殺我還不簡單？

可是她沒殺我。

所以我沒有被她討厭。

難道這只是我可悲的心願嗎？

「請、請先等一下，法茵大人。她年紀還太小，繼續訓練只會適得其反。」

母親眼睛轉過去看她，但娜絲爾阿姨並沒有退讓。

現在回想起來，娜絲爾阿姨大概也不是簡單的人物吧。

「差、差不多需要休息了。我來為您準備飲料……」

「沒事。」
「法茵大人可以先喝點飲料，我來幫她包紮……」
「沒事。」
母親用掌心對著我，身上的傷就全好了。
疼痛也消失了。
「妳沒事，對不對？」
母親把臉湊過來。
那張臉上有一雙玻璃珠般的眼睛，好像失去了一切感情似的。看了很不舒服。
「……嗯……我沒事。」
「喔。」母親把臉轉向了娜絲爾阿姨。「……這下知道了吧？她可以的。而且她的實力已經足夠，就算死了也可以復生。妳看，沒有任何問題，對吧？」
「…………是。遵——」
「——大人早安……請問——絕死大人，您在嗎？」
一種最適合用戰戰兢兢來形容的、女子微弱的聲音傳來。這不是夢中的聲音，是現實當中的聲音。

她的意識甦醒過來。

看得見天花板，是她房間的天花板。隔壁房間裡有一道氣息。雖然腦袋還沒完全清醒，但可以確定感覺不到敵意。

「既然是作夢，幹嘛作得這麼有邏輯啊……」她一面喃喃自語，一面不禁嘆了口氣，伸手摸摸眼睛。可能是流了眼淚，手指溼了。「──我醒了。可以等我一下嗎？」

「好滴！請大人不用理會我這種卑微的下人！要小的等多久都行，大人慢慢來！」

她自認為沒有講任何語帶威脅的話，女子卻嚇得魂不附體。這弄得她忍不住又想嘆氣，從床上起身，拿起掛在旁邊椅子上的上衣披在身上。

聽聲音就知道來到房間的是誰了。

既然對方是同性又是同僚，不用太注意儀容應該沒關係。再說也實在不好意思讓她在隔壁房間等到自己梳妝打扮完畢。

她打開房門走到隔壁房間，看到女子站著等她。感覺就像是無處容身又缺乏安全感。

「──抱歉讓妳久等了。怎麼不坐著等？」

「不不不，一點都不久。我不重要，嘿嘿，真是抱歉打擾絕死大人休息。希望您能夠原諒小的。」

女子諂媚地笑著，不停地鞠躬哈腰。而且──大概也不是不小心──雙手還互相搓來搓去。以教國的最終王牌漆黑聖典第十一席——擁有「無限魔力」外號的人類英雄而論，這副德性實在太難看了。

「那麼，可以請妳坐下嗎？」

「不不不不，不用了。小的把事情講完立刻就走，怎敢坐在絕死大人房間裡的沙發上……」

她猛烈地把雙手亂搖一通。

絕死心想：沒必要拒絕得這麼誇張吧。

「妳就坐坐也不會怎麼樣，我也不會生氣啊。不，我說真的……妳也不用這麼卑微吧……我們不是同僚嗎？」

聽絕死這麼說，她還是露出諂媚討好的笑臉。

「嘿嘿，像我這樣的小蟲子，實在不配跟絕死大人共事……」

「不是，真的夠了……我跟妳說，在我負責帶的——跟我打過模擬戰的漆黑聖典成員當中，就只有妳態度最卑微耶？……妳以前明明還滿神氣活現的說。」

漆黑聖典是一群英雄。因此，有時候會有人因此自視甚高，得意忘形。絕死絕命的一項任務，就是徹底重挫那種人的傲氣。所以漆黑聖典的同僚當中，只有曾經態度傲慢的人有機會認識她。

只不過，絕死對漆黑聖典裡每個妄自尊大的成員都是這麼做的，並不是只有她受到特別待遇。被絕死操得更慘——甚至讓絕死有點後悔做得太過火——的隊長，現在也都是用正常的態度與她相處。偏偏就只有她是這種態度。

大概是在給她點教訓的時候做得太過火了。

（今後動手的時候，得多考慮一下對方的個性之類才行。）

「雖然自大也不好，但妳的態度可以再坦蕩一點沒關係的。」

「嘿，嘿嘿。在絕死大人的面前我哪敢啊。」

雙手搓揉得更激烈了。

我有誇張到把妳弄成這樣嗎？絕死心想。

絕死那時只不過是一邊前進一邊從正面擋下她的魔法，把她壓倒在地，一個勁地打她的臉——因為名義上是訓練——還小心不要把她給打死了。

而且她雖然被壓在下面，還不肯認輸地拚命試圖使用魔法，讓絕死覺得她還算有那麼點骨氣。而她後來持續努力鍛鍊，現在已經變得能夠一邊承受疼痛一邊施法了，可以說很有上進心。

看到自己還滿欣賞的對象用這種態度面對她，會讓她有點難過。

「……那麼今天妳來有什麼事？雖然我已經猜到八成了。」

「是，是。真不愧是——」

「——好啦，客套話就免了。」

「啊，好、好的。是因為森林精靈討伐軍已經展開進一步的行動，我是來傳話的，要請絕死大人開始準備動身了。」

「是這樣啊……」

絕死一露出微笑，眼前的人表情僵住了。她不覺得自己有露出多可怕的嘴臉。應該就是一如平常的笑容而已。

「也許，總算可以摘除一個心頭大患了。」

過場

吸收了更龐大的魔力，超越死者大魔法師(Elder Lich)的存在被稱為黯夜巫妖。翻閱史冊能夠確認其存在的只有少數個體，很多活人對此心懷感激。

這是因為黯夜巫妖的力量實在太過強大。

他們能夠運用超越人智領域的——人稱第六位階的多種超高位魔法。藉由這些力量，縱然正面迎戰年老的高位龍族也不會相形見絀。不只如此，他們還身懷多種特殊能力，能夠使喚無數不死者，智慧過人，以固若金湯的多重要塞為住居。

正可稱為一國的統治者，不死者之王。

事實上，名聞遐邇的三個黯夜巫妖——

龍族的黯夜巫妖「克方它拉・安格魯斯」。

巨神(Titan)人族的黯夜巫妖「許伊翁」。

身為黯夜巫妖——有這可能——且世人莫知其姓名的影王「恐怖（Fear）」。

——這幾人掌控統治了可與小國匹敵的領土，是鄰近國家眾所皆知的恐怖存在。因此人們在談及黯夜巫妖之名時只會伴隨恐懼與畏懼之意，可以說他們是與天地變異同義的神話級存在。

在這種人人聞之色變的黯夜巫妖當中，一個不為世人所知、潛藏於黑暗中的個體——外號「深淵」的賓絫里・安沙斯低垂著頭，慢慢從那個巨大的房間退下。

這個擁有雙頭六臂的黯夜巫妖不只能使用到第六位階的魔力系魔法，運用其他系統最高到第六位階的魔法同樣得心應手，是人類絕對無法與之抗衡，只能慄慄危懼的存在。如果這位組織發起人兼高坐內殿、資歷最老的不死者也在歷史舞台上現身的話，上述的知名黯夜巫妖就不是三人而是四人了。

有個組織稱為「深淵之軀」。

這是個由不死者魔法吟唱者組成的集團，成立之初的目的，是為了進行溝通協調以避免彼此之間發生利害衝突。

因為不死者這種擁有無限壽命的存在如果各自進行魔法研究，無論如何都一定會面臨與其他同等存在發生衝突的時刻。

不具有三大欲求的不死者經常具有其他的強烈欲望，以不死者魔法吟唱者來說的話傾向於表現在求知欲上。因此，當他們為了追求同一份知識而發生糾紛時，常常會互不相讓而直接演變成殲滅戰，戰到其中一方滅亡方肯罷休。

也許活人會表現在三大欲求上的欲望如果全集中於一件事，這份欲望就會強烈到令人無法克制自我吧。

以這種原因滅亡的不死者不在少數，甚至曾經發展成覬覦漁翁之利的活人將相爭的兩方一併消滅的狀況。

因此慢慢地開始有些人發現，與其各自獨占知識或魔法道具不肯相讓而自相殘殺，倒不如彼此能夠互助的事情就互助，能做交易的問題就理性解決更聰明。這些人就這樣製作了一份名單。

這份名單在後世被稱作「格雷尼埃佐碑文」，是一塊從未被人注入魔力卻漸漸開始自帶魔力，刻有參加者名字的石碑。

當時石碑上還只有四個黯夜巫妖與三個死者大魔法師的名字，以及幾項規則罷了；集團規定也很鬆散，只警告任何人違反規定將遭到其他成員的圍剿。

後來經過了大約兩百年，他們逐漸發展成了具有一定規章的組織。

同時隸屬的不死者人數也有所增加，變成內殿七名加上外殿四十八名成員，總計五十五名成員構成的大型組織；尤其內殿七名更是全為難度高達一百五十的強大不死者。

只不過，很少有人知道這個組織。

隸屬於這個組織的不死者分成兩派。

一派是在活人之中同樣拓展勢力，並利用這些勢力幫助自己達成目的之人。另一派則是不與活人來往，躲在世界背後悄悄達成自身目的之人。

而由於抱持前者思想的人只在極少數，後者人數占壓倒性多數，使得這個組織向來很少在活人的世界大張旗鼓地進行活動。

況且如果像前者那樣試著在活人當中拓展勢力，相對地也會處處樹敵。特別是不死者如同活人公敵，有時活人還會跨越國界攜手合作，消滅那些不死者。

這樣的狀況使得屬於前者的不死者人數更是日漸減少。儘管當然也有人不為人知地在活人世界的暗處扎根，但那樣優秀的不死者並不多見。

結果使得「深淵之軀」成了只存在於傳聞中的組織。他們之所以沒有勸誘剛才那三個法力強大的黯夜巫妖加入組織，也是擔心他們的加入會引人注目。

賓桀里走出那傢伙高坐的房間，來到一條巨大的走道，旁邊有個點著小燈的房間。

這間等候室專為準備會見那傢伙的人設計。那傢伙不可能會去準備這種東西——才沒那麼好心——這是賓桀里等人提出請願，獲得准許之後自己打造的房間。

房間裡的人向賓桀里出聲打招呼：

「你回來啦。那就換小生了。」

由於剛才賓桀里也待過這裡，不用看也知道是誰在跟他說話。這是因為沒有被叫來的人不准進來這裡——擅自跑來會觸怒那傢伙。今天被叫來的只有升坐內殿的成員們。組織成立至今已經過了將近四百年，隸屬內殿的不死者人數現有九名。

分別是「深淵」、「白之聖女」、「死亡騎手」、「腐敗之王」、「紅眼公」、「賢狼」、「萬軍枯老」、「吞食者」、「蠟黃幽鬼」。

剛才這些人一個不缺，被依序叫去了。現在只剩下最後一個人。

「白之聖女」格蘭貞·羅卡。

她是個膚色有如白蠟的女性不死者。身穿白色頭紗與白色禮服，把自己打扮得通體純白。

這個搶在所有人之前到達第八位階，目前正以第九位階為目標的不死者，若以研究者的能力而論，就連賓槊里也必須自嘆弗如。而她也是備受目前組織支配者器重的寵兒。

不——

（——那傢伙才不會器重任何人，只不過是按捺著脾氣勉強使喚我們罷了。）

這點跟那傢伙講幾句話就聽得出來。

那傢伙從來不會隱藏自己的不愉快。畢竟都親口嫌棄過賓槊里等人使用的魔法骯髒了。

所以格蘭貞即使受到那傢伙的重用也一點都不會高興。

不，面對那個只會剝削而不懂得回報的東西，誰都高興不起來。搞不好以研究者而論才華洋溢的格蘭貞更是如此。

當然，他們不會當著那傢伙的面表現出內心想法。就算組織全體成員一同造反，很遺憾地也不會有半點勝算。

「……對，輪到妳了。結束之後……我們聊聊怎麼樣？很久沒聚聚了。」

「……你說什麼？……原來如此，我懂了。我知道啦。當然，我很樂意參加。老地方對吧？」

「對。我先過去了。」

賓榮里跟格蘭貞道別，在黑暗中走了一段路。這是他身為不死者的特權。等候室點的燈其實沒什麼意義。他不知道那是誰安裝的，大概只是裝飾性質吧。

地板用魔法打磨得像是一塊完整的板子，但牆壁以及天花板都很粗糙，維持著岩洞開挖出來的模樣。

這裡是一處巨大洞窟，但並非渾然天成。是組織的支配者花上漫長的時間，自己親手開挖的。

賓榮里每隔數年——或者是被那傢伙叫來時——就會造訪這座洞窟，每次想到那傢伙挖掘這麼大一個洞窟所耗費的勞力，就不禁覺得可笑。

不僅僅因為他身為擅長魔法的黯夜巫妖因此輕視物理性手段，最可笑的是那傢伙在他們面前態度那般傲慢，這個洞窟卻如實呈現了那傢伙的膽小。

確定走了夠遠的距離後，賓榮里發動兩次「傳送」，移動到目的地。

也就是內殿成員之一「紅眼公」克努伊・勒格・恩特西・納的城堡據點——建造於深山中的城堡大門前。

內殿成員當中就屬克努伊最是喜愛美麗事物，身上穿戴的東西無一不是上等貨。這座城堡據點也不例外。

支付報酬——魔法知識、魔法道具、寶石等金銀財寶——給各種種族建造而成的城堡，就連那些不懂得欣賞藝術的人都能充分感覺出它的莊嚴尊貴。因此每次內殿成員集合開會時，地點都選在克努伊的城堡。

賓桀里傳送到城堡大門前，服侍克努伊的不死者立刻現身，將他請進城堡內。

他跟著不死者來到房間，只見格蘭貞以外的內殿成員都到齊了。

「——抱歉來遲了。」

「辛苦你了，還得應付那傢伙。」

城主克努伊出聲打招呼。

這是個肌膚蒼白的人型不死者。他不是自然誕生的不死者，原本是人類種族，用魔法將自己變成了不死者。可能也因為如此，從他對身邊日用品的講究就能看出過去性情的片鱗半爪。當其他成員總是做一樣的打扮——散發強大魔力的魔法道具——只有他一個人每次都換穿不同的時髦服飾。只是，注入衣服的魔力趨近於零。

衣著對其他成員而言是強化自我的裝備，對克努伊而言卻似乎是用來修飾自我的裝扮。

「我打算等格蘭貞一來就開始，大家都同意嗎？」

賓桀里在房間裡的幾個長椅子之一坐下後，對同胞們這麼問。沒有人提出異議。

晚點他們將會針對不只討論過一次的、圖謀背叛那傢伙的計畫進行協商。

他們一開始會承認那傢伙的地位，純粹只是因為實力強大。

大概是從哪個外殿成員的口中，問出了「深淵之軀」此一組織的存在了吧。那傢伙突然出現在他們面前，展現了無人能敵的力量。

賓桀里等人之所以選擇低頭而不是逃跑，是因為他們認為那傢伙對於這世界的一些最強存在能夠形成嚇阻力。並不是有著擴大組織等等的目的。

誰知道那傢伙以支配者來說，竟屬於最糟的一類。

首先，「深淵之軀」的成立宗旨，並不是要在大陸中央興風作浪。要是把他們當成為了那些傢伙的協定可以外借的戰力，他們可受不了。

既然如此——就該準備一個新的嚇阻力來抵制那傢伙。這是內殿成員——也是有較多機會見到那傢伙的所有人的共通想法。

一般來說一旦參加者眾多，就有更高的可能性會出現洩密的背叛者。然而在場沒有任何一個人有那種意願，可見眾人對那傢伙簡直毫無忠誠心可言。

而且可以確定的是，目前沒有人背叛。賓桀里等人都還沒出事就是最好的證據。

假如被那傢伙知道他們圖謀造反，賓桀里等人早就被消滅了。那傢伙支配組織，接收賓桀里等人的研究成果，用來強化自己的力量。換個說法就是賓桀里等人身上的寄生蟲。但是假如賓桀里等人偷偷搞小動作，那傢伙不會認為自己得到的好處比較大就置之不理。

一定會動手消滅賓桀里等人。

那傢伙沒有半點作為支配者的寬洪大度。不，或許該說是防備心特別強吧。

所以賓桀里等人沒出事，就表示那傢伙沒察覺。

或許可以說幸運的是，那傢伙缺乏支配不死者的能力。因為從力量差距來想，如果特別加強那方面的能力的話一定可以控制住賓桀里等人。

（可別以為我們永遠只能任你壓榨！）

賓桀里在腦中描繪剛剛才見過面的那個大傢伙，在心裡唾罵。

OVERLORD

Characters

角色介紹

Character 62

四方津・時津

亞人類種族

shihoutu tokitu

熱血料理人

職位——納薩力克地下大墳墓料理長。

住處——鄰接餐廳的休息室。

屬性——中立～惡——[正義值：-80]

職業等級—廚師——5lv

大廚——8lv

廚神——2lv

狂戰士——2lv

怒火使者——7lv

[種族等級]+[職業等級]——合計78級

●種族等級 職業等級●

總級數1級 總級數77級

status

能力表

[最大值爲100時的比例]

	0 — 50 — 100
HP[體力]	
MP[魔力]	
物理攻擊	
物理防禦	
敏捷	
魔法攻擊	
魔法防禦	
綜合抗性	
特殊性	

Character 63

連甲熊王

異形類種族

ankyloursus lord

大樹海十五王之一尊

職位——亞烏菈的實驗白老鼠。

住處——大樹海。

屬性——中立——[正義值：0]

職業等級—無（YGGDRASIL無此種族，無從判斷）

status

能力表

［最大值爲100時的比例］

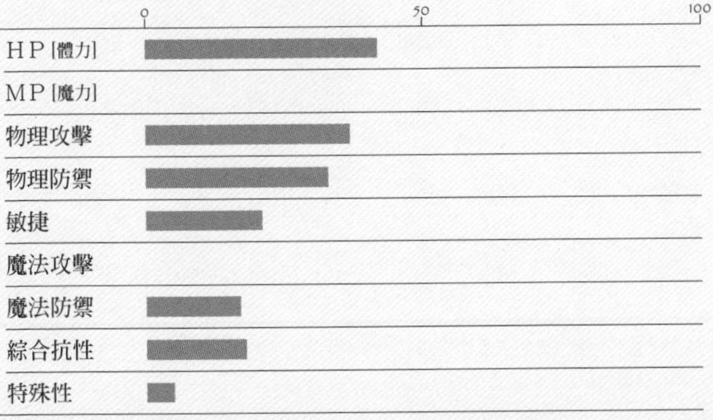

OVERLORD
Characters

角色介紹

四十一位無上至尊篇

12/41

可變護身符

異形類種族

variable talisman

不准脫鎧甲

personal character

由於初期種族百足群屬於盜賊系，
以坦克選擇的職業來說並不恰當。但因爲喜歡外裝，
從來沒有變更過出身種族，因此就能力來說連二流都算不上。
無論是職業組成的天分、玩家能力、技巧或是對遊戲的熱情
統統沒有出色之處。與其說是遊戲迷，
不如說是最接近普通玩家的存在。爲了撫慰在艱困現實當中受到的傷害，
現在一定還在到處玩遍各種遊戲吧。

Postscript by So-bin

睽違兩年的續集！
接下來還有
另一本續集哦!!
工作量爆炸!!!!
So-bin

教國的侵略行動只差一步就要攻陷森林精靈國。心生一計的安茲展開行動，然而——森林精靈族的頂點・森林精靈王阻擋他的去路。

然後是教國的
最終王牌・
絕死絕命。
身經百戰的強者也得
驚恐心悸的
第16集。

Volume Sixteen

OVERLORD 16
半森林精靈的神人｜下
OVERLORD Kugane Maruyama | illustration by so-bin
丸山くがね——illustration so-bin

{敬請期待第16集}

義妹生活 1~3 待續

Kadokawa Fantastic Novels

作者：三河ごーすと　插畫：Hiten

逐漸改變的關係與想要守護的東西。
漸行漸近的兄妹，他們所珍視的日常。

沙季應徵上悠太工作書店的打工。立場成了前輩的悠太，發現她許多嶄新的一面。同時段排班的讀賣栞卻從沙季的模樣，看出那無法依賴別人的認真個性，某天說不定會毀了她。悠太被迫抉擇，要打破最初的約定，插手影響她的生存方式，還是不要……？

各 **NT$200/HK$67**

繼母的拖油瓶是我的前女友 1~7 待續

Kadokawa Fantastic Novels

作者：紙城境介　插畫：たかやKi

「——我們的生日・那天，你要空出來喔。」
以兄弟姊妹關係迎來這天的兩人將面對彼此感情？

　　當起學生會書記的結女，神色緊張地踏進學生會室，誰知室內卻聚集了一群對戀愛意外多愁善感的高中生！以往與水斗成天互酸的她，事到如今難以啟齒表達好感，竟從學生會女生大談的戀愛史當中獲得靈感，想出引誘水斗向自己告白的「小惡魔舉動」？

各 NT$220~270/HK$73~90

國家圖書館出版品預行編目資料

OVERLORD. 15, 半森林精靈的神人. 上/丸山くがね作 ; 可倫譯. -- 初版. -- 臺北市 : 臺灣角川股份有限公司, 2022.09　面 ;　公分

譯自 : オーバーロード. 15, 半森妖精の神人. 上

ISBN 978-626-321-777-5(平裝)

861.57　　　　111011176

Kadokawa
Fantastic
Novels

OVERLORD 15
半森林精靈的神人 上

(原著名:オーバーロード15 半森妖精の神人 上)

2022年9月26日 初版第1刷發行
2023年12月15日 初版第3刷發行

作　者:丸山くがね
插　畫:so-bin
譯　者:可倫

發 行 人:台灣角川股份有限公司
總　　監:呂慧君
總 編 輯:蔡佩芬
主　　編:林秀儒
編　　輯:邱瓈萱
設計指導:陳晞叡
美術設計:黃永漢
印　　務:李明修(主任)、張加恩(主任)、張凱棋

發 行 所:台灣角川股份有限公司
地　　址:104台北市中山區松江路223號3樓
電　　話:(02)2515-3000
傳　　真:(02)2515-0033
網　　址:www.kadokawa.com.tw
劃撥帳戶:台灣角川股份有限公司
劃撥帳號:19487412
法律顧問:有澤法律事務所
製　　版:巨茂科技印刷有限公司
ISBN:978-626-321-777-5